AF307947

Johannes Maria Stangl hat weder als Kind auf der Schreibmaschine seiner Eltern getippt noch in der Grundschule seinen ersten Roman verfasst. Als Spätberufener brachte er irgendwann 2015 die ersten Zeilen aufs Papier. Er schreibt hauptsächlich Kriminalromane, hat aber auch ein Herz für Mystery und Horror und unternimmt regelmäßige Ausflüge in diese Genres.

DUNKLE PFADE

JOHANNES MARIA STANGL

Erstausgabe März 2022

Copyright © 2022 dp Verlag, ein Imprint der
dp DIGITAL PUBLISHERS GmbH
Made in Stuttgart with ♥
Alle Rechte vorbehalten

Dunkle Pfade

ISBN 978-3-96087-621-5
E-Book-ISBN 978-3-96087-441-9

Covergestaltung: Buchgewand
Umschlaggestaltung: ARTC.ore Design
Unter Verwendung von Abbildungen von
depositphotos.com: © stillfx, © tom@tnphoto.ca,
© oliverhlavatyphotographie
stock.adobe.com: © jakkapan
Lektorat: Daniela Höhne
Satz: dp DIGITAL PUBLISHERS GmbH
Druck und Bindung: Books on Demand GmbH, Norderstedt

Prolog

„Wir sind in acht Minuten auf Sendung, Harry! Beeil dich!" Die Stimme des Regieassistenten klang dumpf durch das dünne Holz. Es folgten zwei Schläge mit der Faust gegen die geschlossene Garderobentür.

„Hetz mich nicht, Junge. Die Maske ist noch nicht fertig. Ich mach den Job lange genug. Ich weiß, wann ich fertig sein muss." Harry konnte das gezischte: „Arschloch!", zwar nicht hören, aber er wusste, dass es gesagt wurde. Würde ihn dieses Würstchen nur so weit interessieren, dass er sich seinen Namen gemerkt hätte – er würde ihn feuern lassen! Aber es war die Mühe nicht wert. Er hatte andere Prioritäten. Er hatte Wichtigeres zu tun. Immerhin war er das Gesicht von *Westheim Lokal TV*. Er war das Zugpferd, das mit seiner Talkshow top Einschaltquoten an Land zog. Und auch diese Sendung würde wieder unvergesslich werden.

Die Visagistin ließ mit ihrem Pinsel die letzten glänzenden Stellen auf Schneiders Gesicht verschwinden. „Fertig für die Kamera." Sie beugte sich nach vorne, um ihre Tasche zu packen. Harry stand von seinem Stuhl auf und schlug der Visagistin mit der flachen Hand auf den Hintern.

„Hey! Ich hab dir gesagt, du sollst das lassen." Die junge Frau stemmte brüskiert die Hände in die Seiten.

„Reg dich ab, Süße. Du hast deinen Job nur wegen mir und ich kann schnell dafür sorgen, dass du wieder an der Tankstelle Kippen verkaufst. Also zisch ab, ich hab jetzt eine Show zu moderieren." Harry Schneider verließ seine Garderobe und machte sich auf den Weg durch den schäbigen Backstagebereich zur Bühne. Dort ließ er sich lässig auf das rote Sofa fallen, auf dem er seine Gäste begrüßte. Der kalte Stahl in seiner Tasche bohrte sich unsanft in seine Seite. Er zuckte unmerklich zusammen. Harry Schneider blickte sich um; dort wo bei den großen Sendern das Publikum saß, standen bei *Westheim Lokal TV* nur ein paar Klappstühle für die Produzentin und deren Mitarbeiter. Schneider nahm die Moderationskarten in die Hand und blätterte sie durch. Wer würden denn heute seine Gäste sein? Zuerst die Vorsitzende der Initiative *Rettet den Rheynauer Forst,* Judith Gerber. Er konnte sich die Frau lebhaft vorstellen, ohne sie jemals getroffen zu haben. Mitte vierzig, Brille, Klamotten aus Hanf. So eine Ökoschreckschraube. Er verabscheute solche Menschen aus tiefstem Herzen. Die Menschheit hatte nicht die ganzen Technologien entwickelt, damit man sie nicht nutzte. Wer unbedingt in ein Erdloch kacken wollte, konnte ja in den Wald ziehen. Der Rheynauer Forst war ein Tummelplatz von zwielichtigen Subjekten. Ein Schandfleck in Westheim. Schneider war dafür, dass die Bäume gefällt wurden, am liebsten würde er selbst die Axt schwingen. Zwar brauchte Westheim nicht noch ein Einkaufszentrum, aber besser als der Straßenstrich am Forst war es allemal.

Der nächste Gast war ihm um einiges lieber. Es ging um ein Thema, das nun schon seit Monaten heiß diskutiert wurde. Der Wiederbeginn des Spielbetriebs des SFC Westheim. Nach dem Skandal im letzten Herbst war der Verein offiziell aufgelöst worden. Fast alle Funktionäre und viele Spieler wurden gesperrt, manche für immer. Der Rest war im Ausland abgetaucht oder verhaftet worden. Nach der Auflösung war eine hitzige Diskussion um die Nutzung des Stadions und der anderen Immobilien des SFCs entbrannt. Stimmen wurden laut, die Gebäude für soziale Zwecke zu nutzen, als Flüchtlingsheime oder Sozialstationen. Inmitten dieses Tumults hatte sein nächster Gast, Waldemar Schrock, einen neuen Verein gegründet: Quasi aus den Trümmern des SFCs war Fortuna Westheim entstanden. Somit hatte Westheim den Verbandsligisten mit dem größten Stadion. Der Spielbetrieb lief schon seit geraumer Zeit und die Fortuna hing im Mittelfeld der Liga fest. Die Ränge des Stadions blieben leer, niemand interessierte sich für den neuen Verein. Nur eintausendzweihundert Fans waren zum ersten Pflichtspiel der Fortuna erschienen. Das könnte ein interessantes Gespräch werden. Schneider blätterte die Moderationskarten nicht weiter durch. Über seinen dritten Gast informierte er sich nicht mehr.

Die Uhr über der Kamera zählte die Sekunden bis zum Start der Liveübertragung herunter. Drei, zwei, eins. Das *LIVEÜBERTRAGUNG*-Schild flammte auf. Die Anfangsmelodie erklang, Applaus wurde eingespielt. Schneider stand vom Sofa auf und begrüßte die Zuschauer gewohnt weltmännisch und gestenreich.

„Doch nun zu den Themen unserer heutigen Sendung. Mein erster Gast wird Frau Judith Gerber sein.

Sie setzt sich mit ihrer Petition gegen die Abholzung des Rheynauer Forsts ein."

Ein Begrüßungsjingle lief vom Band, begleitet von noch mehr Applaus aus der Retorte. Judith Gerber betrat die Bühne. Sie wirkte nicht so schlimm, wie Schneider sie sich vorgestellt hatte. Sie wirkte doppelt so schlimm - mindestens. Wenn man ihm sagen würde, die Frau würde in einem Bauwagen in der Natur leben, er hätte es sofort geglaubt. Wie es sich gehörte, stand Schneider auf und gab ihr die Hand, er war ein Profi und stolz darauf.

„Auch von mir ein herzliches Willkommen im Regiotalk." Das Klatschen wurde vom Regieassistenten stümperhaft abgewürgt, vielleicht hätte Harry diesen Nichtsnutz doch feuern lassen sollen, jetzt war es zu spät. Wenig motiviert brachte Schneider das Interview über die Bühne. Er stellte seinem Gast die vorgefertigten Fragen, ohne, wie er das sonst tat, bissig nachzuhaken. Es gab keine kritischen Fragen, obwohl Judith Gerber gerade bei der Drogenproblematik und dem Straßenstrich Angriffsfläche bot. Schneider ließ sie ausreden, anschließend schüttelte er ihre Hand und verabschiedete sich. Er blickte direkt in die Kamera. „Bleiben Sie dran, nach der Werbung gibt es weitere Gäste – und eine große Überraschung." Das *LIVEÜBERTRAGUNG*-Schild erlosch.

„Was soll der Müll?", fragte die Produzentin des Regiotalks. Der erste Werbespot hatte noch nicht begonnen, da stürmte sie schon wutentbrannt die Bühne.

„Was meinst du?"

„Was ich meine? Das weißt du genau! Wo Harry Schneider drauf steht, muss auch Harry Schneider drin sein. Deshalb schalten die Zuschauer ein. Sie wollen die wilde Bestie sehen, die ihre Gäste in die Enge treibt, keinen Stubentiger, der durch Reifen springt. Das ist los!"

„Bleib ruhig, Nele." Schneider war cool wie eh und je. „Ja, ich hätte ein paar unangenehme Fragen stellen können. Muss ich aber nicht. Dieser Wald ist für'n Arsch und das wissen alle. Nur diese Hippies wollen das einfach nicht wahrhaben. Da muss ich nichts zertrampeln, das machen die schon selbst. Ich verspreche dir, die Leute werden von der Show reden – wie immer."

Nele Winter schüttelte resigniert den Kopf. „Was ist das eigentlich für eine Überraschung, die du angekündigt hast?"

Schneider lachte. „Wenn ich sie dir verrate, ist es doch keine mehr. Ich sag nur so viel: Sie wird dich aus den Socken hauen."

„Das hoffe ich!"

„Wir sind in dreißig Sekunden wieder drauf", rief eine Stimme aus dem Off. Nele Winter bedachte Schneider erneut mit einem strengen Blick, dann verließ sie die Bühne. Der Begrüßungsjingle ertönte, der Applaus flachte ab, Schneider sprach direkt in die Kamera.

„Auf den nächsten Gast freue ich mich ganz besonders. Er ist der Mann, der trotz des Widerstandes vieler Interessengruppen Fortuna Westheim gegründet hat. Herr Waldemar Schrock." Schneider streckte seinen Arm aus und deutete zum Besuchereingang. Applaus brandete aus dem Off auf. Der Mann, der auf die Bühne kam, war Mitte vierzig und sportlich-elegant gekleidet.

Er trabte zum Sofa, gab Schneider die Hand und ließ sich lässig auf seinen Platz fallen.

„Danke, dass ich hier sein kann."

„Das Vergnügen liegt ganz auf der Seite des Regiotalk-Teams." Harry warf Nele einen schnellen Blick zu, diese verdrehte die Augen und machte eine fauchende Handbewegung.

Das Gespräch zwischen den beiden Männern entwickelte sich langsam. Ab und an warf Schneider eine unangenehme Frage ein, aber nichts, was einem Angriff à la Harry Schneider gleichkam.

„Sollte ein neuer Club, der sich von den alten illegalen Praktiken distanziert, nicht darauf verzichten, die alten Trainingsstätten zu nutzen?"

Die Frage hatte gesessen. Schneider hakte weiter nach, er fragte nach den Finanzen von Fortuna Westheim. War es hundertprozentig sicher, dass kein Geld aus zwielichtigen Geschäften auf dem Konto der Fortuna eingegangen war?

Sein Gesprächspartner hatte sich gut auf die Sendung vorbereitet. Er war kein Narr, diese Fragen hörte er sicher nicht zum ersten Mal. Gekonnt navigierte er sich durch das Gespräch, gab eloquent und gewissenhaft Auskunft. Harry warf einen weiteren Blick zu Nele hinüber, dieses Mal gab es einen Daumen hoch. Es war schade, dass es so enden musste. Eines der wenigen Dinge, die Harry Schneider wirklich bereute, war, dass er es nie geschafft hatte, Nele zu verführen.

Das Gespräch neigte sich dem Ende, und Harry wusste, dass es eines der besseren war, das er in letzter Zeit geführt hatte. Er verabschiedete sich von seinem

Gast, der nach einem harten, aber fairen Kampf mit erhobenem Kopf die Bühne verließ.

Harry Schneider blickte erneut direkt in die Kamera. Er sollte die nächste Werbepause ankündigen, stattdessen sagte er mit einer gewissen Anspannung in seiner Stimme: „Ich hatte Ihnen eine Überraschung versprochen, meine lieben und treuen Zuschauer. Seit fünf Jahren mache ich diese Sendung. Mein Anspruch war immer, Ihnen das Beste zu liefern, was ich kann."

***

Nele runzelte die Stirn. Was sollte das?

„Soll ich die Werbung zuschalten?", fragte eine Stimme über ihr Headset.

„Nein, bleibt on air", gab sie konzentriert zurück.

„Ich muss zu meinem Bedauern sagen, dass dies meine letzte Sendung sein wird. Seien Sie mir bitte nicht böse, ich habe meine Gründe."

Nele hielt inne.

„Auf Wiedersehen." Harry Schneider zog einen Revolver aus der Innenseite seines Anzugs, steckte ihn in den Mund und drückte ab.

„Werbung!", schrie Nele in das Mikrofon ihres Headsets, aber es war zu spät. Mit einem lauten Knall explodierte der Hinterkopf des Moderators. Blut und Hirn verteilten sich in einem Sprühregen über dem roten Sofa. Harry Schneider fiel auf die Knie, kippte nach vorn und die Waffe fiel polternd aus seiner Hand. Dann flimmerte das Testbild über alle Bildschirme am Set:

Technische Störung, wir bitten um Ihre Geduld.

11

Kapitel 1

Mit federndem Schritt nahm Rolf die letzten beiden Stufen zum Bahnsteig hinauf. Wer sagte, dass Romantik tot sei? Dass es in Zeiten von Dating-Apps und Co. keine wahre Liebe mehr geben würde? Noch nie waren Liebe und Romantik so lebendig gewesen wie in diesem Moment. Selbst der Blick auf den sonst so tristen Bahnsteig löste in Rolf ein lang verloren geglaubtes Glücksgefühl aus. Er könnte die ganze Welt umarmen, wie der Papst auf die Knie fallen und den Boden küssen. Es war endlich wieder ein großartiges Gefühl, am Leben zu sein. Das letzte Jahr war die Hölle gewesen, seit jenem verdammten Tag, der seine gesamte Welt aus den Angeln gehoben hatte.

Dieses Jahr jedoch gab es zumindest ein paar Augenblicke, in denen er das alles vergessen konnte. Die er nicht der Suche und dem Wahnsinn opfern musste.

Es hatte mit der ersten Sekunde des Jahres begonnen. Dabei hatte er eigentlich gar nicht vor, an Silvester auf eine Party zu gehen, nicht nach diesem Jahr. Einer seiner Freunde hatte ihn solange bequatscht, bis er am Ende doch mitging. Er könne nicht ewig Trübsal blasen und Melissa hätte nicht gewollt, dass er sich hängen ließe. Rolf hatte nachgegeben und es war die beste Entscheidung des Jahres gewesen.

Die Stunden des Abends waren verstrichen so wie die von Millionen anderen Menschen in diesem Land. Raclette und Wein, Bleigießen und Partyklopfer. Er würde dieses Jahr einen Schlussstrich ziehen, zumindest sagte das der Bleiklumpen in Form eines Messers. Das neue Jahr war nah, der Countdown wurde gestartet. Drei, zwei, eins: frohes neues Jahr. Im Endeffekt wäre alles so weitergelaufen wie bisher, wenn nicht seine Traumfrau aufgetaucht wäre. In der mit Pulverdampf durchzogenen Dunkelheit stand sie. Sarah Cassato, ein Name wie ein Gedicht, ein Gesicht wie dem Gemälde eines alten Meisters entsprungen. Rolf hatte viele dieser Frauen kennengelernt und sie alle hatten sich einen Scheiß für ihn interessiert, solange sie keine Probleme mit ihrem Computer hatten, warum auch? Er war ein Nerd, schlank, schon fast dürr, mit Brille und schüchtern wie kein Zweiter. Er war ein Mensch, der chronisch übersehen wurde, der Nächste bitte. Dieses Mal aber nicht. Dieses Mal kam die schöne Frau auf ihn zu, lächelte ihn an und hob ihr Glas. Sie sahen sich in die Augen, stießen an und Sarah gab ihm einen flüchtigen Kuss auf die Wange.

„Frohes neues Jahr."

Die Raketen zauberten unentwegt die schönsten Farben an den Nachthimmel und Rolf wusste, dass es ein besseres Jahr werden würde.

Nun waren zwei Monate vergangen und an seiner Einschätzung hatte sich nichts geändert.

Rolf war verliebt - und dreißig Minuten zu früh. Der Bahnsteig war so gut wie leer, nur ein paar versprengte Reisende bevölkerten die grauen Pflastersteine. Der Morgen war jung und die meisten Menschen waren in der Stille ihrer morgendlichen Routine gefangen. Rolf trank seinen Kaffee aus und warf den Pappbecher in einen Mülleimer. Er hatte sich gefragt, ob er Sarah zu ihrem Treffen Rosen mitbringen sollte. Sie liebte die Schönheit aller Wesen, egal ob Mensch, Tier oder Pflanze, aber Rosen liebte sie besonders. Am Ende hatte er sich gegen die Rosen und für eine Schachtel Pralinen entschieden. Die Rosen wären über den Tag nur eine Last gewesen, die Pralinen waren jedoch die perfekte Überraschung, wenn sie irgendwo Pause machten. Zwar gab es da, wo Sarah mit ihm hinwollte, genug Wasser, doch war es unmöglich, dort ein paar Blumen hineinzustellen. Rolf lachte bei dem Gedanken. Sicher würden die Delfine die Blumen auffressen, wenn er sie in ihren Tank stellen würde. Fraßen Delfine überhaupt Pflanzen oder fraßen sie nur Fische? Rolf beschloss, dass er das beizeiten prüfen würde, schließlich wollte er nicht vollkommen ahnungslos sein. Zwar hatte Sarah das Aquarium vorgeschlagen, sie war Biologin, trotzdem wollte er nicht so dumm aus der Wäsche schauen wie bei der Sache mit dem Blauwal.

Sarah hatte ihm gesagt, dass es in dem Aquarium sogar einen Blauwal gab. Er musste sie völlig entgeistert angesehen haben, denn sie war in schallendes Gelächter ausgebrochen.

„Keinen echten Wal, nur ein Modell in Lebensgröße. Man kann durch den Wal hindurchgehen. Das Herz ist so groß, dass ich nicht an die Decke komme, selbst wenn ich mich auf die Zehenspitzen stelle.“

Sie hatte sich gestreckt und ihn umarmt; es waren diese Kleinigkeiten, die Sarah so besonders machten.

„Erst wenn man das erlebt hat, merkt man, wie klein und unbedeutend der Mensch eigentlich ist."

Rolf zog sein Ticket aus der Manteltasche und prüfte Gleis, Bahnsteig und Zugnummer. Er war am richtigen Gleis und der Zug würde pünktlich kommen. Perfekt. Heute würde er nichts dem Zufall überlassen, es musste einfach klappen. Er war auf alles vorbereitet. Heute würde er Sarah sagen, was er für sie fühlte. Die bisherigen Dates mit ihr waren wunderbar gelaufen, sie hatten so viele Gemeinsamkeiten, denselben Humor und die gleichen Interessen. Sie gab ihm das Gefühl, dass sie sich schon ewig kannten. Täglich schrieben sie sich Nachrichten und wenn er einen interessanten Filmtrailer gesehen hatte, konnte er sicher sein, dass Sarah in ihrer nächsten Nachricht einen Kinobesuch vorschlug. Es war der Wahnsinn.

Ein Mann trat neben Rolf auf den Bahnsteig. Er war in eine dicke, dunkelblaue Bomberjacke gehüllt und hatte die Hände tief in den Taschen vergraben. Er warf Rolf einen flüchtigen Blick zu, musterte ihn und als er ihn von der Seite anschaute, trafen sich ihre Blicke. Der Mann nickte, brummte ein leises: „Guten Morgen", und wandte sich den Fahrplanaushängen zu. Ein behandschuhter Finger fuhr über das Glas und tippte ab und zu dagegen. Anscheinend hatte der Mann seinen Zug noch nicht gefunden. Rolf überlegte kurz, ob er dem Mann helfen sollte, entschied sich aber dagegen. Er hatte keine Ahnung von den Zugfahrplänen und fuhr so selten Bahn, dass er auch keinen guten Rat hatte. Stattdessen zog er seinen MP3-Player aus der Tasche, stöpselte die Kopfhörer ein und ließ die Welt die Welt sein. Die ersten Akkorde seines Lieblingsliedes katapultierten ihn in andere Sphären. Er war glücklich, er war frei, er konnte fliegen. Für einen kurzen Moment spürte er den Luftzug, den Gegenwind, der einem fliegenden Vogel entgegenkommen musste, wenn er die Erde mit all ihren Problemen hinter sich ließ. Dann schlug er auf dem Boden auf. Der MP3-Player wurde ihm aus der Hand geschleudert, die Kopfhörer unsanft aus den Ohren gerissen. Die grauen Pflastersteine waren hart und kalt. Sein Gesicht wurde auf den Beton gedrückt. Er konnte die raue Textur des Bodens schmecken. Eine kraftvolle Hand riss seine Arme nach hinten und ein stechender Schmerz bohrte sich in seinen unteren Rücken. Von irgendwoher glaubte er, eine Frau schreien zu hören. Kaltes Metall legte sich um Rolfs Handgelenke und schnitt ihm scharf in die Haut. Er wurde ruppig nach oben gerissen, erst auf die Knie, dann auf die Füße. Rolfs Augen zuckten wild in den Höhlen hin und her, unfähig zu erkennen, was gerade passierte, während ihn eine unbändige Kraft an das taufeuchte Glas des Fahrplanaushanges presste. Grobe Schläge deckten seinen gesamten Körper ein, mit einem Ruck wurde die Pralinenschachtel aus dem Inneren seiner Jacke gerissen. Er wollte etwas sagen, jedoch versagte seine Stimme genauso wie seine Knie. Nur die fremde Kraft, die er in einem klaren Moment als den Mann in der dunkelblauen Bomberjacke erkannte, hielt ihn auf den Beinen. Ein zweiter Mann hatte sich zu ihnen gesellt. Auch dieser war dunkel gekleidet. Er hielt die Pralinenschachtel in seinen Händen. Die Kälte in den Augen des Mannes verwirrte Rolf im selben Maße, wie sie ihn verängstigte. Doch das Schlimmste waren seine Worte. Kalte Wut brach sich in jedem einzelnen davon Bahn.

„Haben wir dich endlich, du perverses Schwein. Damit wirst du kein Kind mehr in deinen Keller locken."

Kapitel 2

„Wie geht es Ihnen heute, Herr Doktor Gusenberg?“

Nicht schon wieder diese Frage. Klar, es war eine gute Frage, es war eine wichtige Frage und gleichzeitig die penetranteste Frage, die ihm seit fast einem halben Jahr jeder stellte, den er privat oder beruflich traf. Und obwohl die Frage bis ins Innere des Seins eindringen konnte, wurde sie doch so oft zu banalem Small Talk degradiert. Gusenberg lehnte sich in den Kissen des Sofas zurück.

„Unser Treffen ist zwar eine Zwangsmaßnahme, trotzdem sollen Sie wissen, dass ich Ihnen nicht ablehnend gegenüberstehe. Ich weiß, dass Sie im Grunde nur das Beste für mich wollen.“ Gusenberg machte eine Pause. Er ordnete seine Gedanken. Was war die passende Antwort auf diese eine Frage? Ein einfaches: „*Gut*“, würde ihm der Psychologe sicher nicht abkaufen, aber was, wenn es die Wahrheit war? Was war, wenn es ihm wirklich gut ging? Nicht sehr gut, aber auch nicht schlecht. Sondern eben dieses einfache *gut*, mit dem der normale Mensch sein Leben bestritt. Schließlich waren die wenigsten Menschen auf dieser Welt glücklich, ein *gut* war mehr, als man erwarten konnte.

Eine gemütliche Stille flutete den Raum. Die hohen Fenster, die warmen Farben der Möbel und der weiche

Teppich, der wie weihnachtlicher Schnee den Lärm der Welt dämpfte, sie alle versuchten, ihm den Aufenthalt so angenehm wie möglich zu gestalten. Und mittendrin saß Gusenberg und versuchte, eine ehrliche Antwort auf eine sehr schwere Frage zu finden.

„Ich glaube, es geht mir gut."

Doktor Morgenstern machte sich eine Notiz.

„Ich bekomme kaum noch Todesdrohungen", fuhr Gusenberg gelassen fort. „Die gesamte Wut dieser Menschen richtet sich jetzt auf die neuen Investoren oder die seelenlosen Leichenfledderer, wie sie im Internet genannt werden. Ich bin vorerst aus der Schusslinie. Das ist meiner Meinung nach eine positive Entwicklung."

„Haben Sie Angst, Emil?"

Gusenberg schaute den Psychiater fragend an. „Wie meinen Sie das? Jeder Mensch hat Angst, Angst ist eine der stärksten menschlichen Emotionen überhaupt."

„Haben Sie Angst um ihr Leben? Angst, dass jemand die Morddrohungen wahr macht?", konkretisierte Doktor Morgenstern die Frage, während er weiter Notizen machte. Gusenberg setzte zu einer Antwort an, hielt inne und dachte nach. Es gab vieles abzuwägen. Nach einer längeren Pause formten die Lippen des Ermittlers eine Antwort.

„Nein. Die meisten Drohungen sind Ausscheidungen, die hirnlose Pennäler in die sozialen Medien kotzen. Sie schreiben meinen Namen falsch, wissen weder, wie ich aussehe noch wo ich wohne." Gusenberg machte erneut eine Pause, bevor er weniger souverän fortfuhr. „Das sagt mir zumindest mein Verstand, der rational arbeitende Teil meines Gehirns und meine kriminalistische Erfahrung.“

„Aber?“, hakte der Psychologe nach.

„Aber trotzdem drehe ich mich öfter auf der Straße um, höre keine Musik mehr in der U-Bahn und schließe vor dem Schlafen gehen die Haustür von innen ab.“

„Wie schlafen Sie im Moment?“ Doktor Morgenstern machte eine weitere Notiz.

Gusenberg lächelte. „Es geht, ich wache nicht mehr bei jedem lauten Geräusch auf und schlafe teilweise sechs Stunden am Stück.“

„Das ist gut, ein gesunder Schlaf ist die Basis für ein gesundes Leben.“

„Wissen Sie“, Gusenberg legte seine Hände auf den Oberschenkeln ab, „ich hatte bisher nie eine Schusswaffe in meiner Wohnung, nun habe ich eine Pistole in meinem Nachtkästchen. Eine alte Walther PPK wie ein Polizist in amerikanischen Filmen. Es war nicht meine Idee und ich fühle mich dadurch nicht sicherer, aber mein Vater hat sie mir überschrieben. Er ist im wahrsten Sinne des Wortes Jäger und Sammler. Ich habe die Pistole noch nicht geprüft, ich zweifle aber daran, dass sie funktioniert.“

„Wenn Ihnen diese Pistole nicht das Gefühl von Sicherheit gibt, was dann?“

Gusenberg dachte nach. „Ich gebe mir Sicherheit, meine Fähigkeiten, meine Erfahrung, mein Verstand. Das Wissen, dass ich bisher immer wieder auf die Beine gekommen bin. Dass es stets weiterging.“

„Wie sieht es mit Ihrer Familie aus? Fühlen Sie sich im Kreis Ihrer Lieben geborgen? Oder fühlen Sie sich häufig einsam und haltlos? Haben Sie schon einmal darüber nachgedacht, eine eigene Familie zu gründen?“

Die Frage des Psychologen traf Gusenberg unvorbereitet und mit voller Wucht. Eine Familie? Er? Mit echten Kindern? Die Bilder vom letzten Weihnachten schossen ihm durch den Kopf, seine Eltern, seine Schwester, sein Schwager und Max und Lena. Er hatte mit ihnen im Schnee gespielt, war mit ihnen Schlitten gefahren. Es waren schöne Momente. Zwar war ihm klar, dass jeder ihn gerne über die Vorkommnisse mit Malte Kramer ausgefragt hätte, aber keiner hatte es getan.

„Ich bin kein Einsiedler, wenn Sie das meinen“, schoss es aus ihm hervor. „Ich habe Freunde und Familie. Ich besuche regelmäßig meine Eltern, meine Schwester und ihre Kinder. Ich habe ein funktionierendes soziales Umfeld, in dem ich mich sehr wohl fühle.“

„Emil, Sie weichen meiner Frage aus. Mir ist bewusst, dass sie Teil einer Familie sind, aber die Frage war: Wollen Sie eine eigene?“

„Eine andere Frage. Glauben Sie, dass ein Mensch alles haben kann?“

Für einen kurzen Augenblick sah Doktor Morgenstern Gusenberg verwirrt an, bevor er mit einem klaren: „Nein“, antwortete.

„Also stimmen Sie mir zu, dass es Fälle gibt, in denen sich Beruf und Familie nicht vereinen lassen? Fälle, in denen man sich entscheiden muss? Ob man sich mit Leuten anlegen will, die einen tot sehen wollen oder ob man sein Kind seelenruhig zur Schule bringen kann?“ Gusenbergs Ton wurde bestimmter, die Zeiten der fröhlichen Plauderei waren vorüber. „Was ist, wenn ich eine Frau habe? Was ist, wenn ich ein Kind habe? Glauben Sie, dass es mein Leben besser machen würde? Bei jeder Vergewaltigung im Gesicht des Opfers meine Frau zu erkennen? Bei jeder Entführung erleichtert zu sein, dass es nicht *mein* Kind erwischt hat? Immer Angst davor haben zu müssen, dass Fraus und Konsorten sich aus Rache meine Familie vorknöpfen? Meinen Sie das, wenn Sie von der mentalen Stütze durch die Familie reden? Darauf kann ich verzichten." Mit jedem Wort hatte sich Gusenberg weiter aufgerichtet, der die Welt dämpfende Schnee war geschmolzen und einer unterschwelligen Anspannung gewichen.

„Sie wissen, dass andere Polizisten auch Familien haben, dass sie ihre Kinder in die Schule bringen und mit ihnen in den Urlaub fahren? Wie dem auch sei, Emil", der Psychologe ließ sich zurück in seinen Stuhl sinken und atmete dabei geräuschvoll aus, Gusenberg tat es ihm unumwunden gleich.

„Sie sind nicht hier, um über Ihre Verlustängste zu sprechen. Sondern damit ich Ihnen abschließend Ihre Diensttauglichkeit bescheinige und die letzten Formalitäten abhake. Ich würde Ihnen trotzdem nahelegen, Ihr selbst gewähltes Eremitentum aufzugeben. Denken Sie darüber nach, sich vielleicht ein Haustier zuzulegen, einen Hund oder eine Katze, etwas, für das Sie Verantwortung tragen außerhalb der Arbeit. Etwas, auf das Sie sich einlassen können, ohne Gefahr zu laufen, von Ihrer Angst übermannt zu werden."

Ein Hund oder eine Katze. Gusenberg ließ die Worte des Psychologen auf sich wirken. Max und Lena würden ihn noch mehr lieben, wenn er beim nächsten Mal einen kleinen Welpen mitbringen würde.

Doktor Morgenstern schlug eine neue Seite seines Notizbuches auf.

„Eine letzte Frage noch. Wie fühlen Sie sich in Bezug auf Malte Kramer?" Gusenberg entließ den kleinen Welpen zurück in das Reich der Fantasie.

„Wie soll ich mich fühlen? Ich habe Kramer erschossen. Auch wenn er alles dafür getan hat zu sterben, habe trotzdem ich den Abzug gedrückt." Gusenberg machte eine kurze Pause. Was ihn am meisten an der Nacht in der VIP-Lounge mitgenommen hatte, war nicht, dass er Malte Kramer erschossen hatte, sondern dass er blindlings auf Kramers Psychospielchen reingefallen war, dass Kramer ihn zu einem willigen Statisten degradiert hatte – dies würde ihm nie wieder passieren. So eine Demütigung würde er nicht noch einmal ertragen müssen.

„Ich tröste mich damit, dass ich keine Wahl hatte. Wie heißt es so schön: Fressen oder gefressen werden – und diese Stadt hat immer Hunger." Gusenbergs Handy klingelte, er zog es aus der Hosentasche und schaute auf das Display. „Siehe da, gerade ist irgendjemand gefressen worden." Gusenberg ging an sein Telefon. „Ja, Gusenberg hier. Ein Toter. Wo? Das ist praktisch, und der Täter? Schon verhaftet. Wozu braucht ihr dann mich? Ja, ja ich komme." Gusenberg legte auf.

„Es tut mir leid, dass ich die Sitzung beenden muss, aber es gab einen Mordfall in der JVA Kranenburg. Ich muss mich darum kümmern. Sie wollten doch gerade die letzten Formalitäten abhaken."

Kapitel 3

Gusenberg war sich nicht sicher, ob er sich über diesen Anruf freuen sollte. Zwar hatte er ihn auf der einen Seite frühzeitig aus den Klauen des neugierigen Psychologen befreit, auf der anderen Seite hatte es irgendeinem armen Teufel das Leben gekostet. Na ja, des einen Freud, des anderen Leid.

Es fühlte sich gut an, wieder im Dienst zu sein, zwar hatte er nicht gedacht, so schnell wieder raus zu dürfen, aber es war klar gewesen, dass er mit der letzten Sitzung auch die Tauglichkeit zurückbekam.

Er hatte die Ereignisse der letzten Monate auf seine Art verarbeitet. Den tödlichen Schuss auf Malte Kramer und die Hölle, die danach über ihn hereingebrochen war. Beleidigungen, Verleumdungen, Morddrohungen, das volle Programm. Hätte er ein Auto gehabt, es wäre abgefackelt worden. Jedoch gab es etwas, was ihn noch mehr belastet hatte, als all der Hass, der ihm entgegenschlug. Die Medien, in einer nahezu alle Grenzen der Moral sprengenden Gier nach Informationen, hatten zum Halali geblasen. Seine Wohnung wurde überwacht, seine Familie belagert und die Nachbarn ausgehorcht.

Bis zum Ende des Jahres war er aus dem aktiven Dienst entfernt worden, zu seinem Schutz, wie es von oben hieß. Obwohl es ziemlich sicher zu deren eigenem

Schutz geschah, denn Presse, Politik und die Öffentlichkeit wollten Köpfe rollen sehen.

Kaltgestellt wie er war, hatte er versucht, die Zeit zu nutzen. Er hatte Westheim den Rücken gekehrt, war in sich gegangen, und hatte versucht, das Erlebte zu verarbeiten. Ohne Psychologen, ohne dumme Fragen und vor allem ohne Interviews.

Nach nunmehr sechs Monaten hatte sich der Staub gelegt, die Titelseiten waren mit noch schockierenderen Schlagzeilen gefüllt worden und der glorreiche Sheriff hatte sich durch die Hintertür wieder in das Polizeirevier geschlichen.

Gusenberg schaute auf die Uhr, zum Polizeirevier waren es drei Stationen und so sprang er in die nächste Straßenbahn und ließ sich auf einen der wenigen freien Plätze fallen. Zwei Reihen hinter ihm saß eine ältere Dame, die einen ziemlich fetten Chihuahua auf dem Schoß hatte.

„Denken Sie darüber nach, sich vielleicht ein Haustier zuzulegen, einen Hund oder eine Katze." Klar. Gusenberg lachte leise, genau das brauchte er, ein fettes Fellknäuel, das sofort einen Herzinfarkt bekam, wenn er auch nur versuchte, ein Stöckchen zu holen. Was waren die Alternativen? Hatte Maryanne nicht einmal eine Katze gehabt? Einen weißen Kater namens Odin. Gusenberg nahm sich vor, sie danach zu fragen, immerhin war das auch ein guter Weg, um das Eis zu brechen.

Es war das erste Mal, dass sie wieder an einem Fall arbeiten würden. Zwar hatten sie sich öfter privat getroffen, ab und an telefoniert und als Gusenberg seinen vorgeschriebenen Innendienst ableistete, zusammen Mittag gegessen, aber das war etwas anderes. Geplänkel ohne wirklichen Gehalt, in einer sicheren Umgebung; das Gefährlichste bei ihren Treffen war die Blumenkohllasagne in der Kantine gewesen. Im Dienst, Seite an Seite war es anders. Man musste sich auf seinen Partner verlassen können, musste sicher sein, dass er hellwach war und das Richtige tun würde. Gusenberg fuhr sich über die Nase. Er zweifelte daran, ob Maryanne sich noch auf ihn verlassen wollte. Oder es konnte. Oder es eigentlich wollte, aber zweifelte. Es gab so viele Möglichkeiten und fast alle waren scheiße.

Ihm war klar, dass dieser Moment kommen würde, er hatte darüber nachgedacht, wie es werden würde, nun war es so weit und Gusenberg hatte keine Ahnung, was er tun sollte. An der Haltestelle *Mittantor* stieg er aus und machte sich zu Fuß auf den Weg zum Polizeirevier.

„Wovor haben Sie Angst?" Die Worte des Psychologen spukten ihm erneut im Kopf herum. Angst? Am meisten fürchtete Gusenberg das Mitleid. Die Rücksichtnahme und das: „Ich nehme dir das ab, das ist noch nichts für dich." Das Tuscheln hinter seinem Rücken und die Blicke. Er war wieder auf dem Damm, auch wenn das der ein oder andere nicht so sah. Er war Polizist, war geschult im Umgang mit Extremsituationen. Er wusste, dass der Einsatz der Dienstwaffe immer möglich war. Er hatte nicht stundenlang mit der Waffe trainiert, weil es ihm Spaß machte, er hatte es getan, um im Fall der Fälle gut vorbereitet zu sein, um das Richtige zu tun, und das hatte er. Er hatte Malte Kramer nicht erschossen. Kramer war für seinen Tod selbst verantwortlich gewesen, niemand sonst.

Vielleicht würde er es irgendwann glauben, wenn er es nur oft genug wiederholte.

Gusenberg entdeckte Maryanne schon von Weitem. Sie saß auf einer der Bänke vor dem gelben Haus, die Augen geschlossen, das Gesicht der erstarkenden März-sonne zugewandt; über all dem Grübeln der letzten Monate war es tatsächlich Frühling geworden. Wortlos schob Gusenberg sich zwischen Maryanne und die Sonne.

„Hallo, Emil." Maryanne schlug die Augen auf, erhob sich und umarmte Gusenberg. „Schön, dass du da bist." Überrascht von der unerwartet herzlichen Begrüßung erwiderte er die Umarmung.

War es Mitleid, weil er gerade aus der Therapiesit-zung kam? Gusenberg scheuchte den Gedanken fort, Maryanne hatte ihn schon früher umarmt, zum Geburtstag, Weihnachten oder sonstigen Festivitäten. Sie waren Freunde und Freunde umarmten sich. Jetzt aber waren sie im Dienst und in der JVA gab es einen Toten. Es war kein Platz für private Zipperlein und Mitleidsparanoia. Die Strecke vom gelben Haus bis zur JVA West-heim-Kranenburg im angrenzenden Stadtteil Neu-Schleßing war ein Katzensprung. Gerade lange genug, um die Fakten zu besprechen, die bei dem kurzen Telefonat unter den Tisch gefallen waren.

„Der Tote ist ein gewisser Rolf Förster. Er saß erst seit knapp zwei Wochen in Untersuchungshaft."

„Zwei Wochen?" Gusenberg stutzte. „Dann hat er sich aber sehr schnell Feinde gemacht. Was war er für ein Typ?"

„Das mit den Feinden ist nicht schwer, er wurde wegen Besitz von kinderpornographischem Material in einem besonders schweren Fall verhaftet." Maryanne setzte den Blinker. „Wobei er vehement seine Unschuld beteuert hat."

„Tun sie das nicht alle?" Gusenberg seufzte. „Glaubst du diesem Förster?"

„Ich weiß nicht. Es spricht einiges für ihn, aber auch genug gegen ihn. Förster war bis zum Zeitpunkt seiner Verhaftung nie polizeilich aufgefallen, er hatte keine Vorstrafen und war bisweilen nicht im Bereich von Sexualstraftaten aufgefallen. Seine Verhaftung kam durch einen anonymen Tipp zustande. Auf einem seiner Computer wurde bei der Durchsuchung eine größere Menge kinderpornographisches Material sichergestellt, was nun von der Sitte gesichtet wird. Förster war ein Computerfreak, eine ziemliche Koryphäe, muss wohl nicht schlecht verdient haben. Die Spurensicherung hat eine Menge Computer bei ihm in der Wohnung gefunden und noch mehr einzelne Festplatten, laut der IT-Spezialisten kann die Auswertung noch Wochen dauern."

„Ich weiß, worauf du hinauswillst, das klingt nach allem und nichts. Aber zumindest nicht nach dem schmierigen Fettsack, der Kinder mit Bonbons ins Auto lockt. Auf der anderen Seite habe ich noch nie einen Nachbarn erlebt, der bei der Polizeibefragung gesagt hat: Ich habe geahnt, dass mein Nachbar ein Serienmörder ist, er hat auf der Treppe nie gegrüßt, sondern nur so geschaut." Gusenberg schnitt eine teuflische Grimasse.

Maryanne musste lachen. „Außerdem ist es nicht unsere Aufgabe, Försters Schuld oder Unschuld zu beweisen, wir müssen uns nur mit seinem Mörder befassen. Was wissen wir über ihn?"

„Der mutmaßliche Täter ist ein Mithäftling von Förster, ein gewisser Thorsten Kessen. Er war einer der Drogenkuriere, der im Rahmen der SFC-Ermittlungen festgenommen wurde."

Gusenberg stieß einen erneuten, dieses Mal lauteren Seufzer aus. „Diese Sache lässt mich wohl nie wieder in Ruhe. Kessen und ich werden uns bestimmt top verstehen. Die da oben haben echt Humor. Warum müssen wir das machen? Ist Eschs Stelle immer noch unbesetzt?" Im selben Moment, in dem der Name seine Lippen verließ, wollte er sich die Zunge abbeißen. Verdammt, wie ein Elefant im Porzellanladen! Da hatte er es monatelang geschafft, dieses Thema zu vermeiden, nur um jetzt mit Anlauf in den Fettnapf zu treten. Gespannt sah er zu Maryanne hinüber, diese verzog keine Miene. Doch der Stachel des Verrats saß tief, da war sich Gusenberg sicher. Paul Esch hatte Maryanne nicht nur angelogen, sondern sie auch mehr oder weniger erfolgreich für seine krummen Geschäfte eingespannt. Vielleicht sollte Gusenberg noch mal mit ihr darüber reden, aber jetzt war nicht der richtige Moment für so ein Gespräch. Den Rest des Weges brachten sie schweigend hinter sich.

***

Maryanne parkte den Dienstwagen auf dem Besucherparkplatz der JVA, wo die Ermittler von zwei Männern erwartet wurden.

Der eine war ein dienstbeflissener Vollzugsbeamter in akkurat sitzender Uniform, der andere war ein eleganter Mann, den Gusenberg nicht viel älter als sich selbst schätzte. Mit dem langärmligen blauen Hemd, der roten Krawatte und dem Cordsakko trug er die typische pseudoelegante Arbeitsuniform des öffentlichen Diensts in Westheim. Er stellte sich als Salomon Diekman und Leiter der JVA vor. Es würde sich zeigen, ob er ein so weiser Herrscher wie sein biblisches Vorbild war. Diekman schüttelte erst Maryanne dann Gusenberg die Hand, während der uniformierte Beamte die Tür zur JVA öffnete.

„Ich bin dankbar, dass Sie hier sind. Sie wurden schon über den Vorfall informiert?", fragte Diekman sichtlich angespannt.

Maryanne nickte.

„Dann sollten wir keine Zeit verlieren. Folgen Sie mir bitte. Gerhard", Diekman legte dem Uniformierten die Hand auf die Schulter, „wird Sie zum Ort des Geschehens bringen. Bei weiteren Fragen finden Sie mich in meinem Büro." Diekman konnte sich gar nicht schnell genug verabschieden und ließ die Ermittler mit dem Vollzugsbeamten zurück, der nun noch hilfloser wirkte. Gusenberg musste sich ein Grinsen verkneifen. Das ganze Leben lief so ab, des einen Freud, des anderen Leid.

Der wortkarge Wachmann führte sie durch die trostlosen Gänge der JVA. Linoleum, Sicherheitsglas und

Gitterstäbe. Es dauerte keine fünf Minuten bis zu ihrem Ziel.

„Wir sind gleich da, der Duschbereich ist abgesperrt. Die Häftlinge müssen bis zum Abschluss der Ermittlungen in den Zellen bleiben." Mit jedem Schritt, der sie dem Tatort näher brachte, konnte Gusenberg das Blut aus dem Gesicht des Mannes weichen sehen. Von einer gesunden Röte ging es über noble Blässe bis hin zu kreidebleich. Mitten auf einem der Flure blieb der Wachmann abrupt stehen.

„Die nächste Tür rechts ist die Umkleide, wenn Sie da gerade durchgehen, sehen Sie es gleich. Ich warte dort vorne am Eingang."

Maryanne und Gusenberg drängten sich an dem Mann vorbei, nicht ohne ihm aufmunternd auf die Schulter zu klopfen. „Niemand gewöhnt sich an so einen Anblick, egal wie oft man an einen Tatort kommt."

Die Umkleidekabine im Gefängnis unterschied sich kaum von der in einem der vielen renovierungsbedürftigen Schwimmbäder der Stadt. Es gab ein paar Haken an der Wand und ein Regal. Alles war entweder aus einem Guss oder so fest mit der Wand verschraubt, dass es unmöglich war, es aus der Verankerung zu reißen. An einem der Haken hing einsam ein Handtuch, auf dem Regal lagen ein T-Shirt, eine Jogginghose und Unterwäsche.

„Laut Gefängnisdirektor musste Rolf zu seinem eigenen Schutz alleine duschen, eine übliche Maßnahme bei Sexualstraftätern", las Maryanne von ihrem Notizblock ab. Die blanken Fliesen erzeugten selbst in diesem kleinen Raum einen gespenstischen Hall.

„Das hat nicht funktioniert wie geplant", sagte Gusenberg, der im Durchgang zur Großraumdusche stehen geblieben war. Die Dusche war ein Schlachthof. Blut war in großen Tropfen auf die weißen Fliesen gespritzt, überall waren verschmierte Handabdrücke und Fußspuren. Teils barfuß, teils von Turnschuhen. In der Mitte der Dusche lag der geschlachtete Rolf Förster auf dem Bauch. Mehrere gut sichtbare Stichwunden in Hals und Rücken zeugten von der Wut des Angreifers. Er war nur noch mit einem Flip-Flop bekleidet, der andere lag, genau wie Shampoo und Duschgel, auf dem blutbesudelten Boden.

„Der Mörder macht es den Leuten von der Spurensicherung sehr einfach, selbst wenn wir ihn nicht schon verhaftet hätten", Maryanne deutete auf die unzähligen Fingerabdrücke auf und neben der Leiche.

„Hier ist sogar ein vollständiges Profil seines Schuhs." Gusenberg beugte sich mit dem Oberkörper in den Raum und ließ seinen Blick schweifen.

„Ich will gar nicht wissen, wie der arme Kerl von vorne aussieht. Wenn ich die Blutlache richtig interpretiere, wurde ihm die Kehle durchgeschnitten." Der Ermittler wandte sich ab und setzte sich auf eine der Bänke im Vorraum. „Puh. Ich habe genug gesehen."

„Dies kann ich nicht behaupten."

Gusenberg drehte sich überrascht in die Richtung, aus der die Stimme gekommen war. Hinter ihnen, leise wie ein Geist und genauso fahl, stand Hermann van Büren. Er trug in jeder Hand einen Alukoffer und hatte sich schon in die weiße Dienstkleidung gezwängt.

„Hallo, Hermann", begrüßte Gusenberg den Assistenten der Gerichtsmedizin. „Wo ist Carl?"

Hermann van Büren stellte die beiden Koffer mit sanfter Ehrfurcht auf den Boden. „Doktor Roomen wird heute nicht kommen. Er hat mir den Fall übertragen. Wissen Sie, Doktor Roomen ist nicht mehr der Jüngste und möchte mich nun vermehrt in seinen Arbeitsprozess einbinden. Als er von dem Fall hörte, rief er mich an und sagte: *Hermann, das ist genau das Richtige für dich. Dieses Mal hast du das Kommando.*" Schulmeisterlich rückte van Büren seine goldene Nickelbrille zurecht.

Stimmt, dachte Gusenberg, *hier kann selbst der grünschnäbeligste Neuling nichts falsch machen. Klar, dass Carl da lieber bei seiner Modelleisenbahn bleibt.* Hermann folgte Gusenberg wohl bei diesem Gedankengang und schob rasch ein: „Es erfordert durchaus einen starken Charakter und einen wachen Geist, sich solch einem Tatort zu stellen", hinterher, um ein bisschen seiner Würde zu retten.

„Da hast du sicher recht, ich bin froh, dass der Fall in deinen Händen ruht. Dann können wir uns jetzt nämlich um unseren Hauptverdächtigen kümmern."

Van Büren reichte Gusenberg seine schweißnasse Hand, die der Ermittler widerwillig zum Abschied schüttelte. „Ein Mensch, der für so etwas Widerwärtiges wie dieser Mann im Gefängnis ist, hat ein solches Schicksal vielleicht verdient. Aber zu richten, steht mir nicht zu.", sagte van Büren, ging in die Knie und zog sich Latexhandschuhe über, während die Ermittler die triste Umkleide verließen.

„Widerlich!", sagte Gusenberg, als sie außer Hörweite waren, er wischte zum dritten Mal seine Hand an der Hose ab. „Die Hände von diesem Knilch sind immer so nass und kalt wie ein toter Fisch." Er roch an seiner Hand. „Wie kann man derart an den Händen schwitzen? Hoffentlich geht Carl nicht so schnell in Rente. Ich ertrage diesen Typen nicht."

Maryanne lachte. „Er hat sich unter Carls Führung in den letzten Monaten ziemlich gemacht, gib ihm eine Chance."

„So wie du?", Gusenberg hob überrascht die Augenbrauen.

„So wie ich", gab Maryanne zurück.

„Hast du ihn nicht zuerst als Knilch bezeichnet?" Der Ermittler grinste schelmisch.

„Ja, und das wird er auch bleiben, egal wie gut er ist." Zum allerersten Mal hatte Gusenberg das Gefühl, dass alles wie früher war. Es war ein gutes Gefühl, von dem er nicht geglaubt hätte, es an so einem tristen Ort zu finden.

Der Wachmann hatte etwas mehr Farbe im Gesicht, als er die beiden Beamten zu Rolf Försters Zelle führte.

„Kennen Sie eigentlich diesen Thorsten Kessen?", fragte Maryanne den Wachmann, der neben ihr lief.

„Ja, schon. So wie man einen Gefangenen halt kennen kann. Er sitzt erst seit knapp sechs Monaten hier in der JVA."

„Ist Kessen im Gefängnis beliebt?"

„Er hatte es ganz gut, dank Ihnen sitzen hier ja auch eine Menge seiner Freunde." Die letzten Worte setzte der Wachmann akustisch in Anführungszeichen.

„Was ist Kessen für ein Typ?", fragte Gusenberg. „Ist er aggressiv oder jähzornig? Sucht er oft Streit oder will er sich in irgendeiner Art beweisen?"

„Wie gesagt, er ist noch nicht lange hier. Bisher ist er mir nicht negativ aufgefallen, eigentlich ist er ein ruhiger Typ.“

„Eigentlich?“

„Ja, kurz vor dem Angriff auf Förster hat er einen Telefonanruf bekommen, der ihn wohl ziemlich aus der Bahn geworfen hat.“

„Und das sagen Sie uns erst jetzt?“ Gusenberg atmete geräuschvoll durch die Nase aus. „Wer war der Anrufer? Wurde das Gespräch aufgezeichnet? Gibt es Zeugen, die bei dem Gespräch dabei waren? Hat irgendjemand etwas aufgeschnappt?“

Der Wachmann kratzte sich peinlich berührt am Kopf. „Laut Protokoll war es seine Verteidigerin, irgendwas von Amtsstätten, die Protokolle bekommen Sie sicher von Herrn Direktor Diekman. Das ist übrigens Rolf Försters Zelle.“ Der Wachmann zog erleichtert einen Schlüsselbund aus der Tasche seiner Uniformhose und schloss die vergitterte Stahltür auf.

Rolf Försters Zelle bestand aus einem Bett, einer Toilette und einem einzigen Hängeschrank. Darunter standen der kleinste Schreibtisch, den Gusenberg je gesehen hatte, und der sicher unbequemste Stuhl der Welt.

„Er hatte sich hier noch nicht eingelebt“, stellte der Ermittler im nüchternen Tonfall fest. „Immerhin wird die Durchsuchung schnell erledigt sein.“

Auf dem Schreibtisch lagen ein paar unbeschriebene Bögen Papier sowie ein Kugelschreiber. Im Hängeschrank standen ein paar Bücher, hauptsächlich Romane, aber auch die Bibel. Maryanne hob die Matratze an, tastete den Bettrahmen ab und durchsuchte das Bettzeug.

„Hier ist nichts."

Gusenberg hatte sich den Büchern zugewandt. Er griff sich das letzte: *Tödlicher Irrtum* von Agatha Christie und blätterte die vergilbten Seiten durch.

„Hier ist auch -"

In diesem Moment fiel ein gefaltetes Stück Papier aus dem Buch auf den Schreibtisch.

„Was haben wir denn da?" Gusenberg nahm den sauber gefalteten Zettel, öffnete ihn und begann laut zu lesen.

An Sarah Cassato,

Wieso? Das ist die einzige Frage, die ich mir stelle. Jeden Tag, rund um die Uhr. Wieso hast du mich verraten? Ich konnte es nicht glauben, als die Polizei meinen Computer mitgenommen hat. Ich konnte nicht verstehen, wie dieser Dreck auf meine Festplatten gekommen ist. Egal wie ich es drehe und wende, es gibt nur eine Möglichkeit: Du warst es! Niemand hatte einen Schlüssel zu meiner Wohnung, niemand hatte die Möglichkeit, meine Passwörter zu knacken. Wieso? Was habe ich dir getan? Warum, Sarah? Auch wenn ich das alles niederschreibe und in die Welt hinausbrülle, niemand glaubt mir. Aber ich verspreche dir, ich werde Gerechtigkeit finden.

Rolf

Für einen Augenblick standen Gusenberg und Maryanne einfach nur da.

„Das geht über die normale Unschuldsbehauptung hinaus", murmelte Gusenberg, der die Nachricht ein weiteres Mal las. „Und wer ist Sarah? Ich würde mich gerne einmal mit ihr unterhalten."

„Wir müssen mit den Kollegen sprechen, die die Daten auf Försters Festplatte sichten." Maryanne erhob sich und Gusenberg packte den Zettel in einen Beweismittelbeutel.

„Ich mach das, ich kenne die Kollegen noch von früher, ich kläre auch die Sache mit Diekman und dem mysteriösen Anruf."

Maryanne nickte zustimmend. „Dann bleibt noch der letzte Punkt auf der Agenda: Wir müssen mit diesem Thorsten Kessen reden."

Gusenberg stöhnte. „Ich freue mich schon sehr drauf, die ganze Zeit beleidigt zu werden."

„Ich mache das schon, ich bin mit Schellner fertig geworden, dann wird dieser Kessen kein Problem sein." Da war es wieder, dieses Gefühl, bevormundet zu werden, dieses: „Die Aufgabe ist zu schwer für dich, geh doch lieber spielen." Dennoch wehrte sich Gusenberg nicht gegen Maryannes Entscheidung, sollte sie Kessen verhören. Sie konnte das gut und er hatte sich noch nie wirklich gerne die Lügengeschichten Verdächtiger angehört. Irgendwo außerhalb der Mauern der JVA gab es Fakten zu finden, und die würde er suchen.

***

Es gab keinen Grund, warum sie Thorsten Kessen nicht gleich vor Ort in die Mangel nehmen sollte. Ein Uniformierter hatte Maryanne die Akte gebracht und sie hatte diese überflogen. Die Aussagen des Wachmanns wurden bestätigt. Es gab keine Auffälligkeit, Kessen war ein farbloser Gefangener. Während der Zeit in Haft hatte er hauptsächlich in der Küche gearbeitet. Maryanne machte sich eine Notiz. Es stand bisher nicht fest, woher Kessen das Messer hatte, mit dem er Rolf Förster massakriert hatte.

Nun saß sie in einem der Räume, die normalerweise für die Gespräche zwischen Anwalt und Klient vorgesehen waren, und wartete darauf, dass Kessen aus der Arrestzelle geholt wurde. Sie musste an Schellner denken, an Kramer und an Paul Esch. Sie dachte viel zu oft an Paul, ihren ehemaligen Kollegen und Liebhaber.

Maryanne atmete tief durch. Im Auto hatte sie nicht darüber reden wollen, aber Emil hatte recht. Das Auswahlverfahren lief noch, irgendwann würde wieder jemand in Eschs Büro sitzen und mit der ehrenvollen Aufgabe betraut werden, seinen Vorgänger zu jagen. Weder sie noch Emil hatten bisher Einblick in die Ermittlungen gegen Esch erhalten. Sie hatte auch nichts anderes erwartet, denn wenn man im Lexikon unter *Befangenheit* nachschlagen würde, man würde ihre Geschichte finden. Eine wilde Mixtur aus Liebe, Lügen, Verrat und Manipulation. Eine Sache hatte Maryanne aus der gesamten Affäre gelernt: Sie würde sich nie wieder so behandeln lassen! Sie hatte in den letzten Monaten eine ganze Menge nachgedacht, hatte Beziehungen und Entscheidungen hinterfragt. Es wäre zu einfach gewesen, den anderen die Schuld zu geben, Paul und Emil oder ihrem Ex-Mann. Auch sie hatte Fehler gemacht und war dankbar, dass sich das Verhältnis zwischen ihr und Emil wieder normalisiert hatte. Trotzdem, es war so verdammt schwer, sich von der eigenen Vergangenheit zu lösen. Sie würde ...

Die Tür wurde geöffnet und ein uniformierter Beamter trat ein. Er grüßte die Ermittlerin kurz, bevor er neben dem Türrahmen Stellung bezog. Dann wurde Thorsten Kessen in den Raum geführt. Maryanne hatte einen Mann vom Kaliber Nils Schellner oder Thomas Brähmer erwartet, groß und bullig, tätowiert und grobschlächtig, aber der Mann, der nun den Raum betrat, würde eher als Buchhalter denn als Hooligan durchgehen. Er war schlaksig und ließ die schmalen Schultern hängen. Geheimratsecken fraßen sich tief in das schwarze Haar. Bartstoppeln zeichneten sich auf den hohen Wangen ab. Kessen trug ein graues T-Shirt und eine schwarze Jogginghose.

Einer der Uniformierten deutete dem Gefangenen an, sich zu setzen. Maryanne fixierte ihr Gegenüber mit einem konzentrierten Blick, während Kessen Augenkontakt vermied.

„Danke, Sie können gehen."

Maryanne komplimentierte den Uniformierten hinaus. Die Tür fiel ins Schloss und die Ermittlerin war mit Rolf Försters Mörder allein.

„Mein Name ist Maryanne Schröder. Ich bin von der Kriminalpolizei."

Kessen hatte den Kopf gesenkt. Maryanne glaubte, ein Nicken zu erkennen, das sie als Kenntnisnahme deutete.

„Ich habe ein paar Fragen an Sie." Maryanne wartete erneut eine Reaktion ab, als keine kam, fuhr sie fort.

„Sie wurden auf frischer Tat ertappt, wie Sie Ihren Mitgefangenen Rolf Förster mit einem Messer angegriffen und tödlich verletzt haben. Warum haben Sie das getan?"

Maryanne beobachtete Kessen genau. Ihr war klar, dass er ihr nichts erzählen würde, das hieß aber nicht, dass sie nichts in Erfahrung bekommen würde.

„Haben Sie Rolf Förster gehasst? Weil er sich an kleine Kinder rangemacht hat?" Maryannes Frage fiel auf fruchtlosen Boden. Ihre Worte verhallten und Kessen schwieg. Er hatte keine Miene verzogen, hatte nicht gezuckt oder schwer ausgeatmet. Es war fast so, als sei der Mann, der ihr gegenüber saß, ein gefühlloses Monster.

Maryanne schwieg. Sie hatten Zeit. Kessen würde nirgendwo hingehen, wahrscheinlich würde er den Rest seines Lebens im Gefängnis verbringen.

„Woher hatten Sie das Messer?"

Keine Antwort. Keine Reaktion. Nichts.

„Mit wem haben Sie vor der Tat gesprochen? Sie wissen, dass wir das ermitteln können. Ihr Schweigen wird Ihnen nicht helfen."

Nun regte sich Kessen doch, quälend langsam erhob er den Kopf, und starrte Maryanne aus traurigen Augen an.

„Mir kann niemand mehr helfen, und nun möchte ich wieder in die Zelle."

Wenig später hatte Thorsten Kessen seinen Willen bekommen und war in seine Arrestzelle gebracht worden. Auch wenn Maryanne den Fehlschlag einkalkuliert hatte, ließ sie ein unangenehmes Gefühl nicht los. Es war die bizarre Aura der totalen Selbstaufgabe, die diesen Mann umgeben hatte. Er hatte erst gar nicht versucht, seinen Kopf aus der Schlinge zu ziehen. Nun war nicht der richtige Zeitpunkt um zu grübeln. Kessen hatte eine Menge Punkte auf die To-do-Liste gesetzt.

Die Ermittlerin erhob sich und verließ den traurigen Raum. Als Nächstes würde sie sich um die Herkunft der Tatwaffe kümmern. Kessen hatte in der Küche gearbeitet, man musste kein Genie sein, um diesen Zusammenhang zu erkennen. Noch ein Punkt, der Kessens Plan zu einem Kamikazeangriff machte. Selbst wenn er mit dem Angriff davongekommen wäre, das Messer hätte ihn mit der Tat in Verbindung gebracht.

Der Küchenchef der JVA, Karl Bredow, war ein Mann, der gerade im Begriff war, die besten Jahre des Lebens hinter sich zu lassen. Die Haare hatten sich gelichtet, die Arbeitskleidung spannte leicht am Bauch. Er empfing Maryanne sichtlich angespannt und darauf bedacht, dass der Besuch der Ermittlerin keine allzu hohen Wellen schlug. Sein weißes Hemd war voller roter Sprenkel, die sich beim zweiten Blick schnell als Soßenflecken identifizieren ließen.

„Guten Tag, Frau Schröder. Der Direktor hat mich über Ihr Kommen bereits informiert. Kommen Sie bitte hier herüber." Der Küchenchef führte Maryanne in einen weniger frequentierten Bereich der Großküche. Die Ermittlerin blickte sich um. Sie zählte knapp zwanzig Männer, die ihrer Arbeit nachgingen. Kaum etwas unterschied die Küche der JVA von irgendeiner anderen Großküche draußen in der freien Welt.

Überdimensionierte Töpfe kochten auf brachialen Edelstahlkonstruktionen. Ein bulliger Mann mit Pferdeschwanz schob eine Karre mit Nudelgroßpackungen durch die Küche. Er warf Maryanne und dem Küchenchef einen beiläufigen Blick zu, der ihr jedoch nicht verborgen blieb. Maryanne fokussierte den Mann, der sich ertappt fühlte und sich schnell wieder seiner Arbeit zuwandte. Er griff sich einen der Säcke, riss ihn auf und schüttete die Nudeln in einen der Töpfe. Der Lärmpegel schwoll an.

„Wir sollten in Ihr Büro gehen." Maryanne schob sich an Bredow vorbei und steuerte auf den Raum zu, an dessen Tür ein Messingschild mit dem Wort *LEITUNG* prangte.

Die Tür fiel hinter der Ermittlerin ins Schloss und der Lärm der Betriebsamkeit erstarb. Karl Bredow umrundete seinen Schreibtisch und nahm in einem heruntergewirtschafteten Bürostuhl Platz.

„Leider habe ich wenig Zeit, Frau Schröder. Wir kochen hier täglich für siebenhundertdreiundsechzig Insassen und das mit einem Team aus gerade einmal zwanzig Mann. Als vor fünf Jahren das Gefängnis erweitert wurde, hat niemand daran gedacht, dass Häftlinge auch Hunger bekommen." Bredow winkte ab.

„Ich will Sie nicht lange von der Arbeit abhalten. Sicher haben Sie schon von dem tödlichen Angriff gehört."

Bredow nickte. „Ja, eine schlimme Sache."

„Kannten Sie Rolf Förster oder Thorsten Kessen?"

„Förster kannte ich nicht. Männer ...", der Küchenchef suchte nach den richtigen Worten. „Männer mit seinen Neigungen kann ich hier nicht brauchen. Auch wenn

Sie es nicht glauben. Die Männer hier arbeiten gerne und professionell. Die Jobs in der Küche sind sehr beliebt, wir wählen nur die Häftlinge aus, die sich diese Aufgabe auch verdient haben."

„Und Thorsten Kessen war einer von ihnen?"

Bredow verschränkte die Arme hinter dem Kopf. „Er hätte einer werden können. Er war pünktlich und zuverlässig, immer höflich und diszipliniert."

„Wie lange war Kessen schon in der Küche tätig?"

„Zwei Monate vielleicht. Definitiv nicht länger. Durch eine vorzeitige Entlassung war ein Platz frei geworden. Normalerweise beschäftige ich mich ausgiebig mit meinen Schützlingen, aber ich hatte bei Kessen keine Zeit für ein ausführliches Gespräch. Und nun hat es sich erledigt."

„Förster wurde erstochen, woher könnte Kessen das Messer gehabt haben?" Maryannes Frage war Bredow sichtlich unangenehm.

„Nicht aus der Küche." Der Küchenchef erhob sich und lief zu einem verschlossenen Stahlschrank. „Die Messer sind abgezählt. Jede Ausgabe wird protokolliert. Die Arbeit wird überwacht und die Messer werden nach dem Schneiden sofort eingesammelt. Und bevor Sie fragen: Zu diesem Schrank haben nur mein Assistent und ich einen Schlüssel." Bredow zog einen Schlüsselbund aus der Hosentasche und schloss den Schrank auf. Zwei Dutzend Messer hingen an Magnetstreifen, ein buntes Sammelsurium aus alt und neu, dezent und bunt. Jede Position war beschriftet. Maryanne inspizierte die Messer. Keines fehlte, das danebenhängende Protokollheft war einwandfrei geführt.

„Heute gibt es Nudeln mit Tomatensoße, bei diesem Gericht wird kein Messer ausgegeben. Wir achten darauf, die Schritte, die den Einsatz von Messern benötigen zu reduzieren. Das Gemüse kommt zum Beispiel schon geschnitten.“

Maryanne nickte wissend. Sollte das Messer aus der Küche sein, würde es nicht auffallen, wenn es gestohlen und ersetzt wurde.

„Danke für Ihre Zeit. Wahrscheinlich wurde die Waffe in die JVA geschmuggelt und nicht aus der Küche entwendet.“

„Davon gehe ich aus. Die Männer wissen, was sie am Küchendienst haben, keiner würde das für ein paar Euro aus krummen Geschäften riskieren.“

Maryanne verabschiedete sich und verließ das Büro. Niemand schien sie zu beachten, niemand bis auf den bulligen Mann mit dem Pferdeschwanz, der sich an seinem Nudelwagen festhielt, auch wenn sich nur noch ein einziger Sack darauf befand.

Maryanne machte einen Schritt in die Richtung des Mannes und sprach ihn an. „Entschuldigen Sie bitte. Mein Name ist Maryanne Schröder, Kripo Westheim. Ich würde gerne mit Ihnen reden.“

Der Mann verzog das Gesicht, blickte sich verstohlen um und brummte dann etwas, das die Ermittlerin als ein *Ja* interpretierte, als er sicher war, dass ihn niemand hören konnte.

„Wie heißen Sie?“

„Murat Aykut“, gab Aykut schmallippig zurück.

„Wie lange arbeiten Sie schon in der Küche?“

„Fünf Jahre und wenn alles gut läuft, bin ich in zwei Jahren draußen.“

„Kennen Sie einen Thorsten Kessen?“

Der Mann nickte.

„Was können Sie mir über ihn erzählen?“

„Nicht viel.“ Aykut stieß hörbar Luft aus. „Er war neu, hat den alten Ralle abgelöst. War aber ’n ganz anderer Typ. Wo ich herkomme, nennen wir solche Leute *nervöse Zipfel*. Man musste nur den Deckel zu fest auf ’nen Topf setzen und Kessen hat ’n Luftsprung gemacht.“

„War Kessen bei den anderen Insassen beliebt?“, fragte Maryanne.

Murat Aykut lehnte sich nach vorne und stützte seine massiven Arme auf dem Griff des Wagens ab.

„Beliebt ist ’n großes Wort für so ’n kleinen Mann. Kessen hat hier genug Leute, hinter denen er sich verstecken kann. Das war alles.“

„Hätten Sie ihm so eine Tat zugetraut?“

Aykut lachte. „Ich kann es jetzt noch nicht glauben. Sie können ja Ihren Job machen. Aber ich glaube, Sie haben den Falschen.“

„Danke für Ihre Zeit, Herr Aykut und seien Sie unbesorgt, wir werden schon den Richtigen verhaften.“

„Da bin ich mir sicher.“ Murat Aykut richtete sich zu seiner vollen Größe auf, zwinkerte Maryanne zu und schob den Wagen an der Ermittlerin vorbei. Maryanne blickte ihm kurz nach und legte die Stirn in Falten, dann verließ sie die Küche.

Kapitel 4

Mit einer gekonnten Bewegung sprang Ann über die kleine Mauer hinweg, die den öffentlichen Park von dem Wohnblock trennte, in dem sie mit ihrer Mutter lebte. Kleine, schnelle Schritte trugen sie über totes Gras und gesprungene Betonplatten. Einzig der Löwenzahn gedieh prächtig in den Spalten und Rissen, die Mensch und Natur dem Gehweg zugefügt hatten.

Auf den Treppen und Bänken lungerten Jugendliche herum, die Bier aus Dosen tranken und Joints rauchten. Ann wurde von dem Geruch jedes Mal übel. Sie hasste es, *an diesem schlechten Einfluss,* wie ihre Mutter die Jugendlichen nannte, vorbei zu müssen. Sie riefen ihr dumme Sprüche nach und kommentierten ihr Aussehen.

Ann hielt den Atem an, beschleunigte ihren Schritt und zischte, ohne nach links oder rechts zu schauen, an den Rauchwolken vorbei. Laute Musik drang aus einem Handy, eine Dose wurde zischend geöffnet. Endlich war sie an der Gruppe vorbei. Ann atmete tief ein. Auch wenn sie zu alt für so ein Geständnis war, ein bisschen fürchtete sie sich vor diesem letzten Stück ihres Schulwegs.

Ann wurde trotzdem nicht langsamer, warum auch? Mit Freude stellte sie fest, dass die Eingangstür des Plattenbaus offen stand, so dass sie keine Zeit damit verschwenden musste, den Schlüssel aus ihrer Schultasche zu kramen. Sie passierte die breite Front der Briefkästen, bei der sich überquellende und aufgebrochene abwechselten. Ein flüchtiger Blick zum Aufzug bestätigte, dass er immer noch außer Betrieb war.

Ann schnappte nach dem Handlauf des Geländers, ihr Rucksack wippte bedrohlich hin und her, als sie Stufe um Stufe in den neunten Stock hochtrabte. Erst vor der Wohnungstür hielt sie an, holte den Schlüssel aus ihrer Tasche und schloss schwer atmend die Tür auf.

„Hallo?"

Ann zog die Schuhe aus, und die Tür hinter sich zu. Ein Blick in die Küche und ins Wohnzimmer verriet ihr, dass sie noch alleine war. Sie lief in ihr Zimmer, stellte achtlos die Schultasche in die Ecke und griff sich ihren Laptop vom Schreibtisch. Mit einer fließenden Bewegung klappte sie ihn auf und ließ sich freudestrahlend auf ihr Bett fallen. Endlich hatte sie ihre Ruhe. Ann drückte auf *Power* und der Laptop erwachte summend.

„Och menno!" Ann seufzte. Sie hatte sich so beeilt, nur um jetzt eine Ewigkeit zu warten, bis ihr alter Laptop einsatzbereit war. Jeden Tag brauchte das Ding länger. Den Blick starr an die Decke gerichtet, dachte Ann an die schicken Handys und Klamotten der anderen Mädchen in ihrer Klasse. Sophie hatte zu ihrem Geburtstag das neuste iPhone bekommen. Voller Stolz hatte sie es in der Pause allen anderen Achtklässlern gezeigt, allen außer Lisa und ihr. Normalerweise hätte Ann sich darüber geärgert, heute jedoch war sie froh, dass diese Zicke Sophie sie und Lisa in Ruhe gelassen hatte. So konnten die beiden sich über ein viel wichtigeres Thema unterhalten. Zuerst konnte Ann nicht glauben, was ihre beste Freundin ihr da erzählte, aber irgendwie klang es aufregend, auch wenn sie sich ängstigte. Sie wollte es auch versuchen.

Blechern klang der Begrüßungssound aus den Boxen des Laptops. Endlich. Das langweilige Logo des Herstellers machte einer Welt aus Blau, Weiß und Glitzer Platz. Hinter den auf dem Bildschirm verteilten Icons zeigte sich eine malerische Szenerie. Hohe Klippen und das weite Meer waren in das warme Licht eines Sonnenuntergangs getaucht, während einzelne Wasserfontänen in der Ferne glitzerten. Ann klickte den Browser an und die Startseite wurde geladen.

Sie scrollte durch die Timeline ihres Social-Media-Accounts, nichts Besonderes, dann öffnete sie ihre Nachrichten – nichts. Hatte sie ihn verpasst? Lisa hatte ihr gesagt, nein, sie hatte ihr versprochen, dass er sich bei ihr melden würde. Sie müsste sich nur an die Regeln des Spiels halten. Ann starrte auf den Bildschirm, unentschlossen, was sie tun sollte. Hatte Lisa sie verarscht?

Nein!

Keine Chance, das würde sie nicht tun. Vielleicht alle anderen, aber nicht Lisa, seit Jahren war sie ihre beste Freundin. Ann öffnete einen weiteren Tab, checkte ihr E-Mail-Postfach und löschte die Dutzenden Spammails, die sich in den letzten Wochen angesammelt hatten. Ann schloss den Tab wieder und checkte erneut, ob sie die sehnlichst erwartete Nachricht bekommen hatte. Frustriert klickte sie auf den rosa Startbutton und tauchte in die bunte Welt von *Candy Crush* ein.

Virtuos verschob sie Geleebohnen und Bonbons, sammelte Kirschen und trieb den Punktestand nach oben. Ein dezentes *Pling* mischte sich in die Komposition der süßen Töne und fesselte Anns Aufmerksamkeit. Sie hatte eine Nachricht. Mit hektischen Klicks schloss sie das Spiel und rief den Messenger auf. Ein roter Punkt zeigte an, dass sie eine neue Nachricht von einem User hatte, der sich *Gamemaster Marc* nannte. Gebannt starrte Ann auf den pulsierenden Punkt, bevor sie zögerlich auf den neu entstandenen Chat klickte.

Gamemaster Marc:
Hallo, Ann. Lisa hat mir erzählt, dass du
Interesse an unserem kleinen Spiel hast.
Doch dieses Interesse haben viele, so obliegt
es mir als Gamemaster zu prüfen, ob du des
Spiels würdig bist.

Ann las wieder und wieder die Nachricht. Sie tippte eine Antwort, löschte sie und starrte auf den blinkenden Cursor. Was sollte sie antworten? Was hatte Lisa gesagt? Es war das aufregendste Spiel, das sie jemals gespielt hatte. Auch wenn sie bei Level vier aufgegeben hatte. Noch nie hatte sie sich so lebendig gefühlt. Ann stockte der Atem, ihr Herz schlug schneller. Dann tippte sie vier Worte und drückte auf *Senden*.

Ann Fischer:
Was soll ich tun?

Ann konnte nicht hinschauen, ihre Nachricht war versendet. Der Gamemaster hatte sie empfangen und gelesen. Ein paar Sekunden vergingen, ohne dass etwas geschah, dann erschien ein *... schreibt ...* anstelle des Namens und Ann atmete erleichtert aus. Als die Antwort endlich ankam, war sie enttäuscht.

Gamemaster Marc:
Ich freue mich über so viel Begeisterung,
aber nur mit der Ruhe. Der richtige
Zeitpunkt für deine erste Prüfung ist noch
nicht gekommen.

Ann Fischer:
Wie soll ich mich beweisen, wenn ich nicht
weiß, was ich tun soll? Sag mir einfach,
was ich machen soll.

Gamemaster Marc:
Sei unbesorgt, Ann. Ich verspreche dir,
es wird schneller passieren, als du es glaubst.

Ann wollte gerade zu einer Erwiderung ansetzen, wollte fragen, wie sie denn erkennen würde, dass der richtige Zeitpunkt gekommen war, als sie hörte, dass ein Schlüssel in die Tür der Wohnung gesteckt wurde. Diese wurde aufgestoßen und Anns Mutter polterte mit einem lauten: „Ann? Komm her und hilf mir bitte mit den Einkäufen!“, in die Wohnung.

„Jaaa, ich komme.“ Ann verdrehte die Augen, warf einen Blick auf das Chatfenster und den blinkenden Cursor. Der Gamemaster war offline. Erneut rief ihre Mutter nach ihr, dieses Mal lauter. Offensichtlich hatte sie auf der Arbeit keinen guten Tag gehabt. Der Ruhe und dem Frieden nachtrauernd stand Ann auf, klappte den Laptop zu und eilte zu ihrer Mutter in die Küche. Diese stand schnaufend neben den drei vollgepackten Einkaufstüten.

„Hilf mir mit den Einkäufen." Mit einem Taschentuch tupfte sie sich die Schweißperlen von der Stirn. Ann griff sich eine der Tüten und begann, die Lebensmittel in den Kühlschrank zu räumen.

„Hast du die Schildkröte gefüttert?"

Verdammt. Ann wusste, dass sie etwas vergessen hatte. „Noch nicht, Mama. Ich bin aber noch nicht so lange zu Hause."

„Warum?", der Tonfall ihrer Mutter wurde schärfer. „Musstest du wieder nacharbeiten?"

„Nein, Lisa und ich haben noch zusammen Hausaufgaben gemacht."

Ihre Mutter musterte Ann skeptisch. „Hausaufgaben soso. Du wolltest diese Schildkröte, also fütterst du sie jetzt auch. Ich habe genug anderes zu tun. Ich kann mich nicht zusätzlich noch um dieses Tier kümmern."

„Ja, Mama. Du hast ja recht." Ann griff sich ein Büschel von dem welken Salat neben dem Kühlschrank und lief ins Wohnzimmer, um ihre Schildkröte Diddy zu füttern.

Kapitel 5

Salomon Diekman hatte mit blumigen Worten die Aussage des Wachmanns bestätigt. Unter dem Strich blieb nicht viel, Kessen war ein kleines Licht, Förster ein unbeschriebenes Blatt. Sie hatten keine Gemeinsamkeiten und kannten sich wohl kaum. Dennoch hatte einer dem anderen unter der Dusche die Kehle durchgeschnitten. Die Frage nach dem ominösen Anruf und Kessens Anwältin brachte Gusenberg neben einem Schulterzucken wenigstens die Telefonnummer der Pflichtverteidigerin ein. Wer auch immer am anderen Ende der Telefonleitung gewesen war, hatte den dienstführenden Beamten davon überzeugt, dass er mit Kessens Verteidigerin sprach. Wie ihm das gelungen war, konnte Gusenberg niemand sagen. Nur eines war sicher, der Anruf war aufgrund des Vertrauensverhältnisses von Anwalt und Mandant nicht aufgezeichnet worden.

Der Ermittler verabschiedete sich und tippte auf dem Weg nach draußen die Telefonnummer in sein Handy.

Cecillia von Amtsstätten, die mutmaßliche Anruferin, Rechtsanwältin bei Löffler und Homburger. Das klang nobel, die erste Adresse am Platz. Bist du ein Filmstar und hast ein Kind totgefahren? Löffler und Homburger boxen dich da raus. Bist du Politiker und wurdest mit

Koks erwischt? Richtig, Löffler und Homburger boxen dich da raus.

Gusenberg schlenderte vom Gelände der JVA in Richtung des nächsten Taxistands. Er würde nicht auf Maryanne warten, sicher würde sich Kessens Befragung ziehen. Gusenberg wählte die Nummer und nach einem kurzen Klingeln erklang die glockenhelle Stimme der Rezeptionistin.

„Anwaltskanzlei Löffler und Homburger, Petersen am Apparat. Wie kann ich Ihnen helfen?"

„Hallo, Dr. Emil Gusenberg, Kripo Westheim, ich würde gerne mit Cecillia von Amtsstätten sprechen."

Die folgende Pause war so lange, dass Gusenberg kurzzeitig glaubte, dass die Verbindung unterbrochen war. Als die Rezeptionistin wieder das Wort ergriff, war ein Teil der Freundlichkeit aus ihrer Stimme gewichen.

„Ja. Frau von Amtsstätten weilt zurzeit im Haus, soll ich Ihnen einen Termin machen?"

„Das wäre nett, heute noch, wenn es geht."

„Bleiben Sie bitte kurz am Apparat, ich sehe nach, was ich für Sie tun kann."

Erneute Stille, das Klappern eines sich bewegenden Bürostuhls, gefolgt von dem penetranten Gedudel der Warteschleife, das erst wieder im Taxi von der Rezeptionistin abgelöst wurde.

„Frau von Amtsstätten kann Sie in eineinhalb Stunden empfangen, Herr Doktor Gusenberg."

„Danke. Sagen Sie Frau von Amtsstätten, dass ich den Termin wahrnehmen werde."

***

53

Der Taxifahrer setzte Gusenberg vor dem Westheim-City-Center ab, in dem sich die Räumlichkeiten der Kanzlei befanden. Eine Stunde zu früh, Zeit genug also für ein verspätetes Mittagessen. Gusenberg steuerte auf den nächsten Schnellimbiss zu, bestellte sich einen Burger mit Pommes und wunderte sich über die vielen Hunde, die seit Neustem die Straßen von Westheim bevölkerten – dieser verdammte Psychologe mit seinen fixen Ideen. Einmal eingepflanzt, würde es Tage dauern, bis er den Dackeln, Pudeln und den ganzen anderen Hunderassen, die er nicht auseinanderhalten konnte, keine Aufmerksamkeit mehr schenkte. Jeder der Vierbeiner brachte die Frage zurück und jedes Mal war die Antwort dieselbe. Nein. Es würde kein Haustier geben. Gusenberg liebte die Unabhängigkeit und wollte sich die wenigen freien Stunden nicht von Gassi gehen oder Katzenklo sauber machen diktieren lassen. Der Burger kam und Gusenberg ließ sich sein Mittagessen schmecken. Während seiner Zwangspause hatte er vergessen, wie schlecht das Essen in der Kantine des gelben Hauses war. Wenn er nicht so kochfaul wäre, würde er es wie viele seiner Kollegen machen und sich selbst etwas zu Essen mitbringen. Auf der anderen Seite war er wieder im Dienst auf der Straße, zwischen Ermittlungen und Befragungen passte irgendwo immer ein Besuch bei einer Imbissbude.

Gusenberg schob sich die letzten Pommes in den Mund und schaute auf die Uhr. Es war Zeit, sich auf den Weg zu machen.

***

Die Kanzlei Löffler und Homburger befand sich im fünften und damit obersten Stockwerk des Westheim-City-Centers, einem pompösen Bau aus Glas und Stahl. Schon die Eingangspforte war Zeitreise und Stilbruch zugleich, mit dem dunklen Holz und den filigranen Metallbeschlägen hätte sie besser zu einem englischen Herrenhaus gepasst als hierher. Gusenberg zog die schwere Tür auf und staunte nicht schlecht. Die Räumlichkeiten der Kanzlei standen dem ersten Eindruck nicht im Geringsten nach: glänzendes Parkett, dunkle Möbel, elegante Bilder an den Wänden und unübersehbar prangte der Slogan der Kanzlei über der Anmeldung. *Erfolg und Tradition* als Messingbuchstaben in die Wandvertäfelung eingelassen. Der Ermittler schlug mit der flachen Hand auf die Tischklingel und wie aus dem Nichts erschien eine attraktive junge Frau im eleganten Hosenanzug. Das am Revers angebrachte Namenschild wies sie als *F. Petersen* aus.

„Dr. Emil Gusenberg, Kripo Westheim, wir hatten telefoniert. Ich habe einen Termin mit Frau von Amtsstätten."

Die Rezeptionistin warf ihm einen vielsagenden Blick zu und machte eine schnelle Notiz.

„Frau von Amtsstättens Büro ist den Gang runter, der letzte Raum auf der rechten Seite."

„Danke."

Lärmende Beschäftigung brandete Gusenberg auf dem Gang entgegen. Bürotüren öffneten und schlossen sich, Anwaltsgehilfen trugen stapelweise Akten von hier nach da und wieder zurück. Die Schilder an den Türen zeugten von hohen akademischen Errungenschaften. Das geräumige Büro von PD Dr. Jur. Eberhard

Homburger zur Rechten, das nicht minder pompöse von Dr. Jur. Siemion Löffler zur Linken. Gusenberg stutzte, der Name kam ihm irgendwie bekannt vor. Er versuchte, sich zu erinnern, aber es wollte ihm nicht einfallen. Mit jedem weiteren Schritt den Gang hinunter wurden die Schilder schlichter und die Büros kleiner. In der hintersten Ecke gegenüber der mit *Privat* beschrifteten Besenkammer lag Gusenbergs Ziel, Cecillia von Amtsstättens Büro. Erst nach dem zweiten Klopfen konnte der Ermittler ein gehauchtes: „Herein", hören und trat ein.

Cecillia von Amtsstätten saß am Schreibtisch. Als sie Gusenberg sah, klappte sie ihr Notebook zu und erhob sich zur Begrüßung.

„Sie müssen der Herr von der Kripo sein, Frau Petersen hat Sie angekündigt."

Cecillia strich sich eine blonde Strähne aus der Stirn und reichte Gusenberg die Hand. Ein angenehmer Händedruck, zart und warm.

„Bitte setzen Sie sich."

Cecillia löste ihre Hand von Gusenbergs und bot ihm einen Stuhl an.

„Wie kann ich Ihnen helfen?"

Der Ermittler ließ sich in den dunklen Cocktailsessel fallen.

„Ich bin hier wegen Thorsten Kes–", mit einer schwungvollen Bewegung wurde die Bürotür aufgerissen und ein wutentbrannter Mann mittleren Alters betrat den Raum. Bei jeder Bewegung seines puterroten Kopfes flogen die dünnen Haare hin und her. Erst erkannte Gusenberg ihn nicht, dann machte es klick. Er hatte diese stechenden blauen Augen schon einmal gesehen. Damals, als sie Schellner auf dem Stuhl hatten. Das war Siemion Löffler, er hatte Schellner rausgeboxt und damit sein Todesurteil unterschrieben.

„Verdammt noch mal, Amtsstätten! Wo ist die Akte Rusmann?" Löffler betonte jedes einzelne Wort, als würde er ein Kind anschreien. „Die. Frist. Läuft. Heute. Ab!"

Cecillia zupfte nervös am Kragen ihrer weißen Bluse und starrte Gusenberg flehend an, während Löffler noch eine Schippe drauflegte.

„Nur weil Sie krank sind, heißt das nicht, Sie müssen überhaupt nicht mehr arbeiten! Wenn der Fall wegen Ihnen platzt, sind Sie ein für alle Mal raus!" Sein Finger schnitt drohend durch die Luft, bevor er auf Höhe ihrer Brust verharrte, erst dann bemerkte er Gusenberg, der dem Spektakel in der ersten Reihe beigewohnt hatte. Die Blicke der beiden Männer trafen sich kurz, in Löfflers Blick lag keine Spur von Erkennen oder Interesse. Mit einem geschnaubten: „Heute Abend!", und einer knallenden Tür verließ er den Raum. Cecillia stand einen Moment nur da und Gusenberg befürchtete, dass sie gleich in Tränen ausbrechen würde. Peinlich berührt vom gerade Erlebten schwankte er zwischen aufmunternden Worten und wortlosem Verschwinden. Zu seiner Erleichterung nahm Cecillia von Amtsstätten ihm die Entscheidung ab. Sie richtete sich die Brille, setzte sich hinter ihren Schreibtisch und griff mit brüchiger Stimme den Gesprächsfaden wieder auf.

„Darf ich Ihnen meinen Chef Dr. Löffler vorstellen?" Sie deutete auf den Ort, wo vor Sekunden noch die menschliche Naturgewalt gewütet hatte.

„Ein netter Zeitgenosse, ist der immer so?"

„Normalerweise nicht, aber zurzeit läuft irgendwie
alles gegen mich, das mit dieser Frist hätte nicht passieren dürfen." Cecillia versuchte sich an einem gequälten
Lächeln. „Aber Sie sind sicher nicht hier, um sich mit
mir über meinen Chef zu unterhalten."

„Nein, nicht wirklich." Gusenbergs Miene verfinsterte
sich. „Ich bin hier, um über Ihren Mandanten Thorsten
Kessen zu sprechen. Er steht im dringenden Tatver-
dacht, seinen Mithäftling Rolf Förster getötet zu haben." Auf einen Schlag verschwand jegliche Farbe aus
dem Gesicht der jungen Frau, resignierend stützte sie
ihren Kopf auf den Händen ab.

„Das, das kann nicht sein, nun töten sich meine Kli-
enten schon gegenseitig." Nun war es der Ermittler,
dem die Überraschung ins Gesicht geschrieben stand.

„Sie haben auch Förster vertreten?", fragte er ungläubig.

„Ja. Nein. Ich meine, der Fall Rolf Förster wurde mir
vor vier Tagen übertragen. Der Kollege, der ihn eigentlich vertreten sollte, hat sich bei einem Autounfall
beide Beine gebrochen, weswegen der Fall nun auf meinem Schreibtisch gelandet ist. Ich hatte jedoch noch
keine Zeit, mich näher mit dem Fall zu befassen oder
mit Förster zu sprechen, jetzt ist es wohl auch nicht
mehr nötig." Cecillia seufzte.

„Wie lange sind Sie mit dem Fall Thorsten Kessen betraut?"

„Ähm. Lassen Sie mich kurz nachdenken, um ehrlich
zu sein, bin ich mit dieser bizarren Situation gerade etwas überfordert. Geben Sie mir bitte einen Moment."

Gusenberg schwieg, während Cecillia versuchte, ihre
Gedanken zu ordnen.

„Ich vertrete Thorsten Kessen, seit er in Untersuchungshaft sitzt, verhaftet wurde er Mitte Januar, der Prozess sollte in wenigen Wochen beginnen."

„Was ist Kessen für ein Mensch? Würden Sie ihn als aggressiv oder impulsiv bezeichnen?"

Cecillia tippte sich mit dem Zeigefinger auf die Lippe. „Ich habe Kessen bisher nur ein oder zwei Mal persönlich getroffen, ich arbeite wegen ...", Cecillia stockte. „Ich arbeite derzeit nur halbtags. Der Großteil der Kommunikation mit meinen Mandanten läuft über das Telefon."

„Wann haben Sie Kessen zum letzten Mal gesprochen?"

„Das war letzte Woche Mittwoch, ich habe mit ihm die Strategie für die anstehende Verhandlung besprochen, über den genauen Inhalt des Gesprächs darf ich Ihnen keine Auskunft geben, aber Kessen war weder aggressiv noch in einer anderen Art verhaltensauffällig."

Gusenberg machte sich eine Notiz, wurde aber vom Klingeln seines Handys unterbrochen. Er prüfte die Nummer des Anrufers.

„Entschuldigen Sie kurz, aber ich muss den Anruf annehmen." Cecillia machte eine höflich-abwehrende Handbewegung.

„Gusenberg am Apparat. Ja. Oh. Okay. Danke für die Information. Auf Wiederhören." Geistesabwesend steckte er das Handy zurück in seine Tasche. Was sollte er mit dieser Information anfangen? Wie sollte er sich damit fühlen? Ganz tief in sich hatte er gewusst, dass dieser Tag kommen würde. Die Prognosen waren einfach zu schlecht gewesen, die Sauerstoffzufuhr zum

Gehirn war zu lange abgeschnitten gewesen. Sie hatte keine Chance mehr gehabt.

„Ist alles in Ordnung?" Cecillias Stimme klang dumpf in Gusenbergs Ohren.

„Mir geht es gut. Das war ein Kollege. Die Ärzte haben soeben die lebenserhaltenden Maßnahmen abgestellt. Morgen können Sie es sicher in der Zeitung lesen, Stefanie Kirchhoff ist tot."

Erneut breitete sich eine beklemmende Stille in dem kleinen Büro aus und erneut war es die junge Anwältin, die sie brach.

„Das tut mir leid, kannten Sie sie gut?"

„Nein. Stefanie Kirchhoff war die Halbschwester von Malte Kramer."

„Ich kenne den Fall. Wie fühlen Sie sich?" Nun war es Gusenberg, der einen Moment innehielt und seine Gedanken ordnete.

„Ich habe bis zuletzt gehofft, dass sie es schafft, auch wenn sie ein Wunder gebraucht hätte. Aber ich bin nicht hier, um mit Ihnen über Stefanie Kirchhoff zu reden." Gusenberg nestelte eine seiner Visitenkarten aus der Jacketttasche und reichte sie Cecillia.

„Rufen Sie mich bitte an, wenn sich etwas im Fall Förster oder Kessen ergibt. Ich bin rund um die Uhr erreichbar."

„Versprochen." Cecillia musterte das schlichte, weiße Kärtchen, bevor sie es in einen kleinen Ordner abheftete. Der Ermittler hatte sich in der Zeit erhoben und war schon an der Tür, als er kurz innehielt und sich noch einmal umdrehte.

„Sagt Ihnen der Name Sarah Cassato in Bezug auf den Fall Rolf Förster etwas?" Cecillia schüttelte den Kopf.

„Wie gesagt, ich habe mich noch nicht in den Fall ein-
gearbeitet. Wer ist diese Sarah?"

„Wahrscheinlich Försters Frau oder Freundin. Vielleicht ist sie Ausländerin, vielleicht ist es ein Künstler-
name oder Pseudonym. Wir können sie nicht finden."

„Meines Wissens ist Försters Familienstand in den
Akten mit ledig angegeben." Cecillia durchsuchte einen
der Aktenstapel nach der passenden Information.
Stoppte jedoch, als sie nicht sofort fündig wurde.

„Ich werde mir die Akte heute noch vornehmen und
mich sofort bei Ihnen melden, wenn ich etwas über
diese Sarah herausgefunden habe", sie lächelte Gusenberg an, der Ermittler erwiderte das Lächeln und verließ das Büro.

Kapitel 6

Konnte dieser Tag noch unproduktiver werden? Gusenberg verließ das Westheim-City-Center und wurde sogleich von dem immerwährenden Lärm der Großstadt umspült. Wenigstens war er gesund im Gegensatz zu dieser Cecillia von Amtsstätten. Zwar hatte sie es nicht ausgesprochen, aber Gusenberg hatte es geahnt und Löffler hatte es bestätigt. Ein Blick auf die Uhr verriet ihm, dass es sich nicht mehr wirklich lohnte, das Polizeipräsidium aufzusuchen. Förster war morgen immer noch tot und Kessen war morgen immer noch im Knast. Es war Zeit, nach Hause zu gehen, der Tag ging schon lange genug. Gusenberg brauchte Ruhe, er musste nachdenken, er musste versuchen, die einzelnen Fragmente des Falles an ihren richtigen Platz zu bringen. Am besten konnte er das zu Hause in der Fuchsenfritzklause an der Bar. Die nächste S-Bahn kam erst in zehn Minuten, er beschloss, ein paar der Stationen zu laufen. Auf dem Weg konnte er noch Maryanne über seine Ergebnisse informieren und fragen, wie die Befragung von Kessen gelaufen war, obwohl er sich sicher war, dass Maryanne nichts aus Kessen herausbekommen hatte, selbst wenn sie erst sich und dann ihn auf den Kopf gestellt hätte. Er hatte weder einen Anruf noch eine Nachricht von seiner Kollegin bekommen, das war nie ein gutes Zeichen. Es zementierte seine

Vermutung, dass Kessen geschwiegen hatte wie einst Schellner. Alles andere käme einer ziemlich großen Überraschung gleich. Er würde diese selbst ernannten harten Typen nie verstehen. Diese sinnlose Attitüde von Hass und Gewalt als Sinnbild für ihre Macht und Männlichkeit. Schellners Leiche hatten sie nicht gefunden, Leichenspürhunde hin oder her. Der Rheynauer Forst war groß und der Boden war die letzten Monate fast dauerhaft gefroren gewesen. Kramer hatte ganze Arbeit geleistet, selbst sein Tod war perfekt geplant gewesen. Wahrscheinlich würde in den nächsten Wochen irgendein Hundebesitzer den Schreck seines Lebens bekommen, weil Bello, Rex, Waldi oder wie sie alle hießen mit Schellners verrottetem Arm aus dem Unterholz geschossen kam. Wieder ein guter Grund, sich keine vierbeinigen Grabräuber ins Haus zu holen. Gusenberg verscheuchte die Gedanken an die Toten der Vergangenheit und wandte sich den Toten der Gegenwart zu. Er zog sein Handy aus der Tasche und begann damit, eine kurze Nachricht an Maryanne zu tippen.

Die Anwältin hat Kessen und Förster
vertreten, seltsam, oder? Sie hat keine
Ahnung, wer diese Sarah ist, will uns aber
helfen, sie macht einen engagierten
Eindruck. In der Kanzlei herrscht eine
komische Atmosphäre.
Hoffe, du hattest mehr Erfolg.

Er war erst einen Straßenzug weitergekommen, als Maryannes Antwort eintraf.

Gusenberg vergrub Handy und Hände in den Taschen seines Mantels und brachte den Rest des Weges in nachdenklicher Stille hinter sich. Noch nie in seiner Karriere war der Mörder so schnell gefasst worden und noch nie hatte die Verhaftung so wenige Fragen beantwortet wie im Fall Kessen. Sie mussten Försters Leben durchleuchten, um Kessens Motiv zu finden. Wo war die Verbindung zwischen diesen beiden vollkommen verschiedenen Männern? Und dann war da noch diese ominöse Sarah Cassato, ein Phantom, dem Rolf Förster in seinem Brief alles angelastet hatte. Gusenberg kramte seinen Schlüssel aus der Tasche, schloss das Sicherheitsschloss seiner Haustür auf und schaltete das Licht ein. Alles in seiner Kneipe war so, wie er es am Morgen verlassen hatte. Kein Hund hatte sein Sofa angefressen und keine Katze hatte auf seinen Teppich gepinkelt. Ein herrliches Gefühl. Gusenberg ging zum Kühlschrank und holte sich ein Bier. Er würde noch ein bisschen denken, bevor er ins Bett ging.

Kapitel 7

„Ann, mein Schatz, leg das Handy weg und mach das Licht aus." Anns Mutter lehnte nur mit einem Nachthemd bekleidet in der Tür. „Es ist schon nach zehn und morgen ist Schule."

„Gleich, Mama, Lisa muss mir noch schnell was erzählen."

„Ernsthaft?" Anns Mutter legte die Stirn in Falten.

„Ja. Lisa war heute mit Leon zusammen im Kino. Ich muss wissen, wie es war."

„Du siehst Lisa morgen in der Schule. Leg jetzt das Handy weg. Morgen früh ist die Nacht rum und du bist immer noch müde, weil du die ganze Zeit am Handy rumgedaddelt hast."

Ann entfuhr ein letztes gedehntes: „Jaaa", dann war die Diskussion beendet. Sie schaltete das Handy aus und legte es auf den kleinen Tisch neben dem Bett. Mit drei Schritten war ihre Mutter bei ihr, setzte sich auf die Bettkante und drückte Ann einen dicken Kuss auf die Stirn.

„Mama!" Ann fuhr sich empört mit dem Handrücken über die Stirn und verwischte die feuchten Spuren, die der Kuss hinterlassen hatte.

„So alt bist du auch noch nicht, dass dir ein Kuss peinlich ist."

„Das ist voll peinlich." Ann zog sich kichernd die Decke über das Gesicht.

„Sie werden so schnell groß." Anns Mutter stand auf, fuhr ihrer Tochter durch die Haare und verließ das Zimmer.

Ann schlug die Decke zurück und atmete tief ein. Es war halb elf und sie war hellwach. Durch den Türspalt fiel schwaches Licht, ihre Mutter hatte sich noch nicht schlafen gelegt. Noch war es zu gefährlich, das Handy zu greifen und Lisa zu schreiben. Wie jeden Abend bestand die Chance, dass ihre Mutter vor dem Schlafen gehen noch einen Blick ins Kinderzimmer warf. Ann lag still da, ihr Blick wanderte zwischen dem Handy und dem einfallenden Licht hin und her.

Ann hatte ihrer Mutter nicht die ganze Wahrheit erzählt, natürlich wollte sie wissen, wie das Treffen mit Leon war, aber sie musste Lisa auch schreiben, was sie heute gemacht hatte. Sie hatte sich heute in Marcs Augen als würdig erwiesen und die ersten beiden Prüfungen gemeistert. Wobei sie nicht sicher war, ob sie den Sinn und Zweck der ersten Prüfung verstanden hatte. *Zeichne deine Angst*, mehr hatte er nicht geschrieben und auf ihre Nachfrage hatte er ihr klar und deutlich gesagt, dass Fragen und Widerworte dazu führen würden, dass sie das Spiel sofort verlöre. Dies war die erste und letzte Warnung.

Ann hatte sich Marc gefügt und einen, wie sie meinte, megahässlichen Batzen Schwärze gemalt, nein gekritzelt. Das war das richtige Wort. Sie konnte nicht malen und ihre Handschrift war auch hässlich, scheiße hässlich sogar. Nicht so wie die von der Zicke Sophie. Bei dem Gedanken daran, wie Sophie von den Lehrern verhätschelt wurde, wurde Ann wütend.

„Dieser dummen Kuh fällt alles in den Schoß", zischte Ann leise. Aber auch Sophie würde dumm schauen, wenn sie alle Aufgaben geschafft hätte, die Marc ihr stellen würde. Genau. Sie würde es ihr unter die Nase reiben und Sophie könnte nichts dagegen machen, als noch dümmer zu schauen als sonst. Ann hatte ein Foto von ihrer Zeichnung geschossen und es an Marc geschickt, überraschenderweise war dieser mit dem Bild zufrieden. Kurz darauf hatte er ihr die zweite Aufgabe gestellt. Er hatte Ann eine E-Mail geschickt. Ohne Betreff, ohne Inhalt. Nur ein Anhang, ein kurzes Video. Ohne zu zögern, hatte sie es heruntergeladen und geöffnet.

Zuerst hatte Ann nur auf einen schwarzen Bildschirm gestarrt, kurz bevor sie prüfen wollte, ob sie das Video überhaupt gestartet hatte, kam ein Bild. Zwei Männer saßen auf einem roten Sofa und unterhielten sich. Ann kannte keinen der beiden und konnte dem Gespräch ohne Ton auch nicht folgen. Nach wenigen Sekunden schüttelten die Männer die Hände und einer der beiden stand auf. Warum hatte Marc ihr dieses Video geschickt? Ann stellte die Lautsprecher ihres Laptops lauter, immer noch drang kein Laut aus ihnen hervor. Die Kamera schwenkte und zeigte den zweiten Mann, offenbar den Moderator einer Talksendung in einer Nahaufnahme. Ein lautes Knacken ertönte, als die ersten Töne des Videos zu hören waren. Ann zuckte erschrocken zusammen und drehte hektisch die Lautstärke herunter, bis der Mann in dem Video in einer normalen Lautstärke sprach.

„Ich hatte Ihnen eine Überraschung versprochen, meine lieben und treuen Zuschauer. Seit fünf Jahren mache ich diese Sendung. Mein Anspruch war immer, Ihnen das Beste zu liefern, was ich kann." Ann starrte gebannt auf den Bildschirm ihres Laptops. Was sollte das?

„Ich muss zu meinem Bedauern sagen, dass dies meine letzte Sendung sein wird. Seien Sie mir bitte nicht böse, ich habe meine Gründe. Auf Wiedersehen."

Ohne zu realisieren, was sich dort vor der Kamera abspielte, beobachtete sie, wie der Mann mit einer schnellen Bewegung in die Tasche seines Jacketts griff, einen Gegenstand herauszog und sich in den Mund steckte.

Warum tut der das?, schoss es Ann durch den Kopf. Dann ertönte ein Knall, Schreie dröhnten aus den Lautsprechern und vermischten sich mit dem von Ann. Sie klappte mit einer schnellen Bewegung den Laptop zu und starrte ins Nichts. Was hatte sie da gerade gesehen? War das echt?

Das Licht im Wohnzimmer erlosch, Ann griff das Handy und stellte enttäuscht fest, dass Lisa schon offline war. Mist. Dabei hätte sie so gerne gewusst, ob Lisa das Video auch von Marc geschickt bekommen hatte. Für einen Augenblick verharrte Ann im fahlen Licht des Displays, ratlos darüber, was sie nun machen sollte. Schlafen? Sie war nicht müde. Lisa? Sie prüfte noch einmal den Messenger, immer noch offline. Ann wollte gerade das Handy weglegen, als der rote Punkt neben dem Namen *Gamemaster Marc* aufflammte. Gierig aktivierte sie den Chat und las die Nachricht.

Gamemaster Marc:

So spät noch wach? Lässt dich das Video
nicht schlafen?

Ann Fischer:

Nee. Nicht wegen dem Video. Das war
schon krass, aber auch krass Fake.

Gamemaster Marc:

Da liegst du falsch, Ann, das Video ist
echt. Der Mann hieß Harald Schneider,
ein Reporter von Westheim Lokal TV.
Er hat sich vor laufenden Kameras
erschossen.

Ann zögerte, wusste für einen Moment nicht, was sie
tun oder schreiben sollte. Das Video war echt? Das
ganze Blut und die Schreie waren real? Auch sie hatte
sich erschrocken, hatte geschrien, aber nicht aus
Furcht oder Ekel, sondern vor Schreck. Der Knall der
Pistole war laut und überraschend, jedoch hatte sie sich
schnell von diesem Schreck erholt. Ob sie es sich noch
einmal anschauen sollte? Nein, das würde jetzt sicher
zu viel Lärm machen.

Gamemaster Marc:

Aber du hast mit dem Ansehen des Videos
die zweite Prüfung bestanden.

Ann Fischer:

Woher weißt du, dass ich das Video
geschaut habe?

Gamemaster Marc:
Ach, Ann, natürlich bekomme ich das
mit, ich bekomme alles mit, ich bin der
Gamemaster!
Ich sehe alles und ich weiß alles. Ich weiß,
dass du in der Hannemannstraße 74
im neunten Stock wohnst, ich weiß, dass
du auf die Schiller Gesamtschule gehst.
Ich weiß alles, was ich über meine
Spieler wissen muss und dieses Wissen
führt uns zu deiner nächsten Aufgabe.
Bist du bereit, Ann?

Nein. Ann war nicht bereit, Ann war alles andere als
bereit. Ann hatte Angst. Ihre Finger gehorchten ihr
kaum, als sie Buchstabe für Buchstabe die Antwort eintippte.

Ann Fischer:
Woher weißt du das? Wer bist du?

Gamemaster Marc:
Glaubst du, ich informiere mich nicht
über meine Spieler? Wie soll ich prüfen,
wer in den Kreis der Auserwählten darf,
wenn ich keine Nachforschungen anstelle?
Wissen ist Macht, Ann! Jetzt haben wir aber
genug geplaudert.
Es wird Zeit für eine Entscheidung.
Bist du bereit für die nächste Aufgabe?

Hin und her gerissen zwischen Furcht und Neugier überlegte Ann, was sie tun sollte. Der erste Schreck darüber, dass Marc so viel über sie wusste, war verflogen, als Ann feststellte, dass sowohl ihre Adresse als auch ihre Schule auf ihrem Social-Media-Profil zu finden war. Bisher waren die Aufgaben, die Marc ihr gestellt hatte, nicht sonderlich schwer gewesen. Klar, das Bild war hässlich und das Video krass, aber das war nichts, was sie nicht schon einmal erlebt hatte. *Und wenn es zu verrückt wird, steige ich einfach aus dem Spiel aus*, dachte Ann, als sie die Antwort eintippte.

Ann Fischer:
Ich bin bereit, was soll ich tun?

Gamemaster Marc:
Braves Mädchen, aber viel wichtiger
wird sein, ob du mutig bist. Bist du mutig,
Ann?

Ann Fischer:
Ja.

Gamemaster Marc:
Gut. Das Haus, in dem du mit deiner
Mutter lebst, hat zwölf Stockwerke, das
sind circa fünfunddreißig Meter.
Warst du schon einmal auf dem Dach?

Ann Fischer:
Ja. Letzten Sommer wurde die Tür zum Dach
von ein paar Jungs aufgebrochen, die haben

da oben Party gemacht, bis die Polizei kam.
Seitdem ist die Tür offen. Ab und zu hängen
Lisa und ich da oben rum, wenn wir unsere
Ruhe wollen.

Gamemaster Marc:
Ich möchte, dass du auf das Dach gehst.

Ann Fischer:
Jetzt?

Gamemaster Marc:
Jetzt!

Ann Fischer:
Aber ich liege schon im Bett!

Gamemaster Marc:
Du enttäuschst mich, Ann. Ich hätte
gedacht, dass du es weiter als Level zwei
schaffst, aber selbst ich kann mich auch
einmal irren. Aber besser so, als dass
du noch mehr meiner kostbaren Zeit
verschwendest.

Ann Fischer:
So war das nicht gemeint, ich will
weiterspielen. Ich muss mir nur schnell
was anziehen.

Ann warf die Decke zurück. Ohne das Licht einzu-
schalten, stand sie auf und horchte in die Dunkelheit.

Das leuchtende Handydisplay gegen das schnell pochende Herz gepresst, schlich Ann durch das Zimmer in Richtung der Tür. Sie drückte die Klinke nach unten, zog die Tür einen Spalt breit auf und schlüpfte in das Wohnzimmer, in dem ihre Mutter auf dem Sofa lag und schlief. Der laufende Fernseher ließ fahles Licht durch den Raum tanzen; zwei Frauen darin saßen an einem Küchentisch, tranken Kaffee und redeten, was genau sie sagten, konnte Ann nicht verstehen. Das Rauschen ihres Blutes und das Schlagen ihres Herzens übertönten den leise gedrehten Fernseher. Sie warf einen Blick auf das Handy, noch hatte sie keine neue Nachricht von Marc. Ann schlich weiter den Flur entlang in Richtung der Wohnungstür. Ein letzter Blick über die Schulter ins Wohnzimmer, dann griff Ann nach der Klinke. Das Messing lag kalt auf der Haut und eine Gänsehaut breitete sich über ihren Unterarmen aus. Ann drehte den Schlüssel im Schloss, die Tür war entriegelt. Das sonst unhörbare Knacken der Scharniere, das unauffällige Schaben der Tür über den Teppich dröhnten durch die Dunkelheit und trieben Ann die Angst durch die Adern. Die Luft im Treppenhaus war genauso kalt wie die Fliesen unter ihren nackten Füßen.

Ann Fischer:
Bin auf dem Weg.

Gamemaster Marc:
Braves Mädchen.

Das Licht des Displays leuchtete Ann den Weg, während sie die übrigen drei Stockwerke nach oben lief, aus keiner der Wohnungen drangen Geräusche oder Licht. Das letzte Stück der Treppe, die auf das Dach führte, war steil und schmal und Ann hielt sich am Geländer fest, während sie Stufe um Stufe auf die weiße Metalltür zusteuerte. Mit einer einzigen kraftvollen Bewegung drückte sie die Tür auf und betrat das Dach. Die grobkörnigen Waschbetonplatten bohrten sich unangenehm in Anns Fußsohlen, der kalte Wind riss an ihrem Nachthemd und blies ihr die Haare ins Gesicht.

Ann Fischer:
Bin auf dem Dach.

Gamemaster Marc:
Sehr gut, war doch gar nicht so schwer,
oder? Die Aussicht muss herrlich sein,
wieso trittst du nicht ein bisschen näher
an die Brüstung heran und schießt ein Foto?

Ann fluchte leise, sie hätte daran denken sollen, Schuhe anzuziehen. Nun musste sie einen langsamen Tanz aufführen, um nicht in Scherben oder spitze Steine zu treten. Wieder diente das Handy als Taschenlampe, mit deren Hilfe sich Ann langsam nach vorne bewegte. Der Wind hatte zugenommen, fuhr unter ihr Nachthemd und trieb die Kälte tief in ihren Körper. Mit schnell schlagendem Herzen erreichte Ann die Brüstung. Rundherum erstreckte sich das Lichtermeer der Stadt. In weiter Ferne zog sich eine rote Schlange durch die Dunkelheit. Ann kniff die Augen zusammen und

spähte in die Tiefe. Fünfunddreißig Meter hatte Marc
gesagt. Vor ihr eröffnete sich eine Dunkelheit, die Ann
überraschte. Keine der Lampen im Park brannte und
nur wenige Fenster der Wohnungen unter ihr waren
erleuchtet. Sie nahm ihr Handy und schoss ein Foto
von dem Teil des Lichtermeers, der ihr am besten gefiel
und schickte es an Marc.

Gamemaster Marc:
Das Bild reicht mir nicht. Steig auf die
Brüstung und fotografiere das Haus hinab,
ich will deine Füße auf der Brüstung sehen,
erst dann ist die Aufgabe erfolgreich
bestanden.

Ohne zu zögern, stieg Ann auf die knapp dreißig Zentimeter breite Brüstung, nahm ihr Handy und knipste
mit eiskalten Fingern das Bild, das Marc von ihr erwartete. Der Blitz der Kamera reichte gerade aus, um ihre
Füße und die Brüstung in helles Licht zu tauchen, jedoch verlor es sich schnell in der Dunkelheit und so
wurde nur ein gähnender, schwarzer Abgrund für die
Nachwelt festgehalten. Ann sprang von der Brüstung
zurück auf das Dach. Ihr Puls hatte Sphären erreicht,
von deren Existenz sie vor diesem Abend keine Ahnung
gehabt hatte. Die Kälte und die Anspannung hielten sie
fest im Griff, stießen sie zitternd hin und her. Nur mit
Mühe schaffte sie es, das neue Foto an Marc zu versen-
den.

Gamemaster Marc:
Ein schönes Bild. Du hast die Aufgabe bravourös gemeistert. Ich melde mich bald wieder bei dir mit der nächsten Aufgabe.

Ann stieß einen leisen Jubelschrei aus, sie hatte es geschafft, sie hatte die Aufgabe erfolgreich gelöst. Das Gefühl der Anspannung fiel von ihr ab und machte einer von Stolz geprägten Zufriedenheit Platz, die sie schon lange nicht mehr gespürt hatte. In dieser Nacht lag Ann noch lange wach; berauscht von ihren Erlebnissen fand sie weder Ruhe noch Schlaf.

Kapitel 8

Viel hatte sich seit Gusenbergs Tagen bei der Sitte nicht verändert, moderne Computer in alten Büros, neue Gesichter an bekannten Schreibtischen. Schweigend saßen die Beamten des Sittendezernats in ihrem Großraumbüro. Getrennt durch dieselben, mit Notizzetteln übersäten Raumtrenner wie eh und je. Passwörter knacken, Daten sichten, Berichte schreiben, und über allem schwebte die bedrückende Stille einer nicht enden wollenden Routine der Entmenschlichung und Grausamkeit.

Die Beamtin Franka Roßkopf, mit der sich Gusenberg treffen wollte, war damals kurz vor seinem Wechsel zur Mordkommission zur Sitte gestoßen. Vielleicht ein halbes Jahr, vielleicht auch nur zwei Monate, über Gusenbergs Erinnerung lag ein Schleier, der Raum und Zeit bedeckte und die Grenzen der Ereignisse verschwimmen ließ.

Franka war, als sie hier anfing, vielleicht Anfang dreißig gewesen, frisch aus der Ausbildung und hoch motiviert. Gusenberg fand ihren verwaisten Schreibtisch, ohne lange suchen zu müssen. Zwischen Bergen von Akten und losen Zetteln standen eine eingestaubte Plastikpflanze, eine leere Kaffeetasse und das gerahmte Bild eines Säuglings in einer Krippe. Ein Arbeitsplatz wie tausend andere in Deutschland und doch ganz anders. Das Baby hielt eine Rassel in den kleinen Fingern und lächelte breit in die Kamera. Ein unschuldiges Lächeln, zu dem nur ein Kind in der Lage ist, dem die Bosheit der Welt noch gänzlich unbekannt ist. *Hoffentlich hast du mehr Glück im Leben als die anderen Kinder, deren Bilder in diesem Büro landen*, dachte Gusenberg. Zum Glück waren die kleinsten Opfer nie sein Zuständigkeitsbereich gewesen. Menschenhandel und Zwangsprostitution, die Schattenseiten des Rotlichtmilieus waren schon schlimm genug, aber das, was hier auf den Schreibtischen landete, war so viel schlimmer. Es war das Schlimmste, was einem Kind passieren konnte.

„Sie heißt Emma." Während Gusenberg gedankenverloren das Bild des Babys angestarrt hatte, war Franka Roßkopf wieder zu ihrem Schreibtisch zurückgekehrt.

„Sie hatte gestern ihren zweiten Geburtstag."

„Glückwunsch", brummte Gusenberg „Sowohl dir als auch ihr."

„Es klingt albern, aber sie werden schneller groß als man denkt." Franka zog einen leeren Stuhl herbei und Gusenberg setzte sich.

„Wie geht es dir, Emil?" Schon wieder diese Frage, dieses Mal war es Small Talk und keine tiefschürfende Analyse seines Geisteszustandes, weshalb es nur eine passende Antwort gab.

„Mir geht es ganz gut, ich habe nur nicht so gut geschlafen, habe noch lange über die Sache mit Förster nachgedacht." Um seine Aussage zu untermauern, rieb er sich mit Daumen und Zeigefinger die Augen.

„Ich habe davon gehört, ein Mithäftling hat ihn erstochen, oder?" Franka räumte einen Teil ihres Schreibtischs frei. „Willst du etwas trinken? Einen Kaffee oder ein Wasser?"

„Nein danke. Erstochen ist ein ziemlicher Euphemismus, abgeschlachtet trifft es eher. Das Problem ist, dass es kein Motiv gibt, und der mutmaßliche Täter schweigt."

„Und jetzt willst du wissen, warum Förster überhaupt im Gefängnis saß."

„Warum er im Gefängnis saß, weiß ich, ich habe mit dem Gefängnisdirektor geredet und die Akte gelesen. Was mich interessiert, ist, ob ihr eine Verbindung zwischen Förster und Kessen finden konntet. Einen Namen, ein Bild oder ein Video, irgendetwas, mit dem wir Kessen unter Druck setzen können."

„Mhhh." Franka holte ihren Computer aus dem Ruhezustand. „Wir sind noch dabei, das Material aus Försters Wohnung zu sichten, es kann noch ein bisschen dauern, bis wir alle Festplatten durch haben. Ein Teil ist ungesichert, deren Inhalt ist jedoch unbedenklich. Ein paar Festplatten haben wir auch noch nicht knacken können. Trotzdem haben wir bis jetzt schon ein bisschen was an Material: Filme, Fotos, Zeichnungen, Cartoons, sogar kurze Prosatexte." Ein heller Signalton erklang, das Suchprogramm stoppte und eine Nachricht erschien auf dem Bildschirm.

Suche abgeschlossen. Anzahl der Treffer: 2

„Die nächste Festplatte ist durch." Franka klickte auf den *Okay-Button* und transferierte die verdächtigen Dateien in einen Ordner.

„Vor ein paar Jahren haben wir das noch alles händisch gemacht, jetzt filtert ein Algorithmus die Daten und isoliert verdächtige Dateien. Die Fehlerquote ist fast null und der Algorithmus ist so geschrieben, dass er lieber zu viel anzeigt als zu wenig."

„Was kannst du mir beim jetzigen Stand der Dinge über Förster erzählen, Franka?"

„Zumindest, dass Förster kein klassischer Pädophiler ist so wie er in den Medien präsentiert wurde. Der Großteil der Bilder und Filme zeigen Mädchen im Alter von elf bis fünfzehn. Er ist, beziehungsweise war, also eher dem Hebephilienspektrum zuzuordnen."

Gusenberg machte sich eine Notiz. „Wissen wir etwas über die Opfer? Gibt es Verdachtsmomente, dass Förster mehr getan hat, als sich die Bilder und Filme im Darknet zu besorgen?"

„Nein." Franka zögerte. „Es ist schwer zu sagen. Ein Teil der Bilder und Filme, die wir bei Förster gefunden haben, kursieren schon seit Jahren im Internet, andere sind neueren Datums, zeigen aber hauptsächlich asiatische Kinder. Wir gehen davon aus, dass sie in Südostasien entstanden sind, um sie auf dem europäischen Markt zu verkaufen."

„Was nicht heißt, dass Förster nicht auch selbst Fotos oder Videos angefertigt hat", beendete Gusenberg den Gedankengang.

„Genau." Franka rief einen Ordner auf und das Foto eines jungen Mädchens erschien auf dem Bildschirm.

„Das ist das neuste Foto in Försters Beständen, es ist maximal sechs Monate alt. Das Handy, mit dem das Bild gemacht wurde, kam erst vor einem halben Jahr auf den Markt. Die Metadaten des Bildes wurden gelöscht, es gibt also keine Chance herauszufinden, wann und wo es aufgenommen wurde."

Gusenberg schätzte das Mädchen auf dreizehn oder vierzehn. Es trug nur einen Slip und einen Verband um den linken Unterarm. In einer Hand hielt sie das Handy, die andere war in die Hüfte gestützt, die Reflexion des Blitzes im Spiegel verdeckte einen Teil ihres Gesichts. Trotzdem war Gusenberg sich sicher, dass sie lächelte. „Wir nehmen an, dass das Mädchen das Bild freiwillig gemacht und dann an Förster oder einen unbekannten Dritten geschickt hat, jedoch wurde weder bei Förster noch in seiner Wohnung ein Smartphone gefunden, weswegen wir nicht sagen können, über welchen Messenger es versendet worden ist."

Gusenberg starrte an dem flachbrüstigen Mädchen vorbei in den Raum, in dem das Bild aufgenommen wurde. Das Bettzeug war mit Blümchenbettwäsche bezogen, Kleidung lag um das Mädchen auf dem Boden. Der Fernseher lief und zeigte gerade einen lilafarbenen, formlosen Klumpen. Dann schoss der Finger des Ermittlers vor und blieb erst kurz vor dem Bildschirm stehen.

„Kannst du das vergrößern?"

„Was genau?" Franka legte die Stirn in Falten.

„Das Logo des Fernsehsenders. Ich würde wetten, dass das *Westheim Lokal TV* ist!"

Die kleinen Buchstaben in der Ecke waren pixelig und verzerrt. Franka lehnte sich nach vorne und kniff die Augen zusammen.

„W ... L ... T ... du könntest recht haben", mit schnellen Fingern vergrößert Franka den Ausschnitt. Mit jeder Vergrößerung wurden die Konturen grober und die

Pixel größer, trotzdem gab es keinen Zweifel. Rechts oben in der Ecke des Fernsehers, schwarz auf weiß standen drei Buchstaben: *WLT.*

„Das Bild wurde in Westheim aufgenommen", stellte Franka entgeistert fest.

„Oder zumindest hier in der Region. Der Sendebereich von WLT ist nicht sehr groß. Wir müssen herausfinden, wer sie ist. Vielleicht lässt sich so herausfinden, warum Förster sterben musste. Bekommst du das Gesicht des Mädchens deutlicher hin?"

„Ich sehe, was ich tun kann, der Blitz macht viel kaputt. Ich gebe das Bild an einen unserer Experten weiter und lasse dir dann ein Porträt des Mädchens zukommen."

Gusenberg nickte.

„Wie machst du jetzt weiter?", fragte Franka.

Gusenbergs Blick wanderte von dem Mädchen zu dem vergrößerten Bildausschnitt und wieder zurück.

„Ich versuche herauszufinden, zu wem dieser hässliche lila Ärmel gehört. Es ist die einfachste Möglichkeit, um zu klären, wann das Bild entstanden ist." Gusenberg tippte auf den Bildschirm.

„Viel Erfolg."

„Dir auch." Ein Gedanke schoss Gusenberg durch den Kopf. „Kannst du mir noch einen Gefallen tun?"

„Klar, um was geht es?"

Gusenberg zögerte kurz, bevor er weitersprach. „Kannst du kurz nachschauen, ob in den letzten Monaten eine Maria Beljajew verhaftet wurde?" Gusenberg diktierte Franka den Namen und diese tippte ihn in die Datenbank der Sitte ein.

„Sieht nicht so aus. Wer ist das?“, fragte Franka, während sie durch die Ergebnisse scrollte.

„Ach, nur eine flüchtige Bekannte, eine flüchtige Bekannte.“

Kapitel 9

Ein letztes Mal las Maryanne die Abschrift des Telefonats mit Rolf Försters Eltern. Im Grunde ließ sich das gesamte Gespräch mit: „Rolf war ein guter Junge", zusammenfassen. Laut Aussage seiner Eltern war er nett, höflich und hilfsbereit. Wären noch die Adjektive humorvoll und tierlieb gefallen, hätte sich Försters Beschreibung nicht mehr von den durchschnittlichen Profilen einer Dating-Website unterschieden.

Maryanne begann damit, die Seiten abzuheften. Vielleicht sollte sie dem Onlinedating doch noch eine Chance geben, immerhin hatte sie sich seit Wochen mit niemandem getroffen und während der Arbeit würde sie definitiv keinen passenden Mann finden oder besser gesagt, keinen finden wollen. Das hatte sie das Fiasko mit Paul gelehrt. Lag es daran, dass sie keine Lust auf diesen Datingzirkus hatte? Das verbrannte Kind, das das Feuer scheut? Oder lag es daran, dass sie immer noch fast jeden Tag an Paul dachte und sich fragte, wo er war und vor allem, ob er noch lebte.

„Paul ... du Arsch ... Wo zur Hölle bist du? Und warum lässt du mich nicht endlich in Ruhe?", flüsterte Maryanne, während sie dem sonst so belanglosen Gesprächsprotokoll eine kurze Notiz beifügte. An einer Stelle, bei einer einzigen Frage hatten Försters Eltern sie angelogen. Maryanne hatte es genau gehört. Auf die

Frage, ob ihnen bei Rolf in letzter Zeit eine Veränderung im Verhalten aufgefallen war, hatten sie einen Moment zu lange geschwiegen. Dieser Moment, in dem sie wortlos Blicke ausgetauscht und gemeinsam beschlossen hatten, etwas zu verschweigen. Rolfs Mutter hatte mit belegter Stimme die Frage verneint, Rolfs Vater hatte anschließend versucht, das Thema zu wechseln, was mäßig gut gelang, denn auch die Frage nach einer Freundin führte zu einem längeren, jedoch ehrlichen Schweigen, der Name Sarah Cassato hatte keinem der beiden etwas gesagt. Es gab weder in ihrem Leben noch in dem ihres Sohnes eine Sarah, und schon gar nicht mit so einem seltsamen Nachnamen, egal ob echter Namen oder Pseudonym.

Maryanne hatte darauf verzichtet, die trauernden Eltern unter Druck zu setzen, den Schaden, den sie damit hätte anrichten können, war die Antwort nicht wert – vorerst. Wenn es eine größere Veränderung in Försters Leben gegeben hätte, würden sie das sicher noch rausfinden, sobald die Forensiker seine Existenz auf links gedreht hatten. Niemand konnte alles verstecken.

Der zweite Punkt auf der Liste war noch schneller erledigt und brachte erneut mehr Fragen als Antworten. Der Knilch hatte Förster obduziert und die erste Einschätzung bestätigt. Der Tod war durch den immensen Blutverlust eingetreten, die Folge der über zwanzig Stichwunden in Brust und Rücken und den anschließenden Kehlenschnitt. Die Tatwaffe war das am Tatort gefundene Messer, die Herkunft der Waffe war nicht geklärt. Da die Gefängnisküche ausschied, musste sich Kessen das Messer von außerhalb organisiert haben. Sicher hatten bei dieser Sache noch andere Insassen die Finger im Spiel. Es bedurfte Kontakten, um an so eine heiße Ware wie ein Messer zu gelangen. Kontakte, die Kessen durch seine Freunde in Dunstkreisen des SFCs hatte. Maryanne schrieb Diekman eine E-Mail, mit der Aufforderung zu einer Razzia in den Zellen der Männer, die als Kontaktpersonen infrage kamen. Vielleicht könnte sie so ein schwaches Glied in der Kette auftreiben. Maryanne machte eine Notiz und unterstrich sie zweimal, anschließend holte sie sich einen Kaffee vom Automaten. Auf dem Weg dorthin kam sie an dem zweiten, unbesetzten Büro der Mordkommission vorbei, die Umrisse der abgekratzten Buchstaben waren noch immer gut zu erkennen. Hauptkommissar P. Esch. Verdammte Scheiße, dieses in Ungnade gefallene Gespenst würde Maryanne noch eine ganze Weile begleiten, immerhin waren die internen Ermittler zu dem Schluss gekommen, dass weder sie noch Gusenberg für die Vorkommnisse verantwortlich waren. In diesem Fall lag sämtliche Schuld bei Paul und seinem übergroßen Ego. Auch wenn ihr von Anfang an klar gewesen war, dass sie nichts falsch gemacht hatte, hatte Maryanne sich vor dem Bericht gefürchtet. Die Nacht vor der Veröffentlichung hatte sie kein Auge zubekommen und auch nach dem ersten Gefühl der Erleichterung blieben die Zweifel. Zweifel, dass sie damals nicht das Richtige getan hatte. Sie war einfach gegangen. Hatte Paul zurück und sich selbst überlassen. Sie war die Letzte, die ihn gesehen hatte, hätte sie ihn verhaften sollen? Nein, das hätte sie nicht geschafft. Aber Sie hätte Verstärkung rufen können.

Ein kleines Briefkuvert am unteren Bildschirmrand verriet Maryanne, dass sie eine E-Mail erhalten hatte.

Sie stellte den Kaffeebecher ab und rief die Nachricht auf.

„Was haben sie dir nur angetan?" Maryanne betrachtete das Bild, das Gusenberg der Mail angehängt hatte. Der Text darunter war kurz und knapp wie ein Telegramm.

Das Bild wurde bei Förster gefunden und wahrscheinlich in Westheim aufgenommen. Es sieht so aus, als wäre es freiwillig verschickt worden, späterer Missbrauch ist nicht auszuschließen. Kannst du herausfinden, wer das Mädchen ist? Ich versuche gerade herauszufinden, wann das Bild aufgenommen wurde. Melde mich wieder, Emil.

Wo sollte sie anfangen? Sie konnte wohl kaum die Social-Media-Accounts aller Mädchen händisch auf Ähnlichkeit prüfen. Wo an anderen Orten Gesichtserkennungssoftware genutzt wurde, war in Westheim noch Handarbeit, Kreativität und vor allem Glück gefragt. Maryanne legte sich, während sie den Rest ihres Kaffees trank, einen Schlachtplan zurecht. Sie würde versuchen, den Weg eines potenziellen Missbrauchs nachzuzeichnen. Zuerst würde sie die neu eingegangen Fälle im Bereich Sexualdelikte prüfen, anschließend die aktuellen Vermisstenanzeigen und als Letztes die Todesanzeigen, obwohl Maryanne inständig hoffte, dass sie sich diese traurige Routine schenken konnte.

Akte um Akte, Bild um Bild verglich Maryanne die schrecklichen Schicksale, die sich im Intranet der Polizei Westheim angesammelt hatten, mit dem vergnügt lächelnden unbekannten Mädchen. Belästigung, körperliche und seelische Gewalt, Vergewaltigung, Zwangsprostitution – alles war vertreten. Inständig hoffte Maryanne, nichts zu finden, hoffte, dass sie mit der Suche am Ende nur Zeit verschwendet hatte. Dass dem Mädchen ein Schicksal, das es wert war, in einer Akte abgelegt zu werden, erspart worden war. Dass dieses Bild vielleicht ohne ihr Wissen von einem eifersüchtigen Ex-Freund oder einem Hacker online gestellt worden war, dass sie gar nicht wusste, was da im Internet kursierte und es auch hoffentlich niemals herausfinden würde. Dass dieses unbekannte Mädchen einfach unbehelligt weiterleben konnte. Maryanne hatte den letzten Punkt ihres Schlachtplans erreicht. Die Todesanzeigen. Es waren nicht viele Treffer, die das Programm ausspuckte, nach dem die Ermittlerin die bekannten Parameter eingegeben hatte. Weiblich, unter achtzehn Jahren, verstorben im Verlauf des letzten Jahres. Keines der Mädchen sah der Unbekannten auch nur im Entferntesten ähnlich. Maryanne atmete halb glücklich, halb enttäuscht aus und schaute auf die Uhr, tatsächlich hatte sie fast vier Stunden mit der erfolglosen Suche vergeudet. Maryanne klickte auf das X in der oberen Ecke des Bildes und die Unbekannte verschwand. Immerhin teilte sie nicht das Schicksal mit den Mädchen, deren letztes Zeugnis auf dieser Welt ein Bild unter der Rubrik *Todesanzeigen* im Lokalblatt war. Manche der Mädchen waren nur etwas älter als ihre Tochter.

Maryanne las den Namen unter dem Bild eines Mädchens mit einem dunklen Lockenkopf und einem breiten Lächeln. Für einen Moment verharrte sie ungläubig und las den Namen noch einmal.

Das konnte kein Zufall sein.

Sie klickte auf das Bild und las den Text. Das Mädchen hatte sich letztes Jahr im Herbst vor einen Zug geworfen. Maryanne suchte die Todesanzeige heraus. Dasselbe Lächeln, derselbe Wuschelkopf und darunter der *Name, der kein Zufall sein konnte.*

Melissa Förster-Deutsch.

Maryanne las die Anzeige.

Nach einem kurzen erfüllten Leben unerwartet von uns gegangen, aber unvergessen. Es trauern deine Eltern Elke Förster-Deutsch und Ronald Deutsch, deine Geschwister Elena und Christian und dein Onkel Rolf.

Kapitel 10

„Aua, verdammt!" Ann zuckte zurück, ließ den Salatkopf fallen und rieb sich reflexhaft den schmerzenden Unterarm. Wie sollte sie den Verband nur ihrer Mutter erklären, wenn die danach fragen würde? Vielleicht würde sie es ja gar nicht, Quatsch. Ann bückte sich nach dem Salat und riss ein paar der äußeren Blätter ab. Dass ihre Mutter nach dem Verband fragen würde, war klar, selbst die olle Sportlehrerin Frau Rauscher hatte sich danach erkundigt. Zum Glück hatte sich Ann schon eine Ausrede zurechtgelegt. Eine Verbrühung mit heißem Wasser, genauer gesagt Pfefferminztee, gestern Abend, ein dummer Sturz über die Teppichkante. Daraufhin war sie von Frau Rauscher vom Sport befreit und nach Hause geschickt worden. Ann lief ins Wohnzimmer, den verbundenen Arm an die Brust gedrückt und warf ihrer Diddy die Blätter ins Terrarium. Gemächlich trottete die dunkel gescheckte Schildkröte in Richtung der Salatblätter, schnappte nach dem Erstbesten, verfehlte es und schob es von sich weg. Ann kicherte, während die Schildkröte stoisch versuchte, ihres Fressens habhaft zu werden. Im dritten Anlauf schaffte sie es, sich im Salatblatt zu verbeißen und mit rhythmischen Bewegungen verschwand das Blatt in dem Tier.

Ann war stolz auf sich, dieses Mal hatte sie alles erledigt, bevor ihre Mutter in knapp drei Stunden nach Hause kommen würde. Sie ließ sich zufrieden auf ihr Bett fallen, schnappte sich den Laptop und checkte ihre Nachrichten.

„Mist!" Keine neuen Nachrichten, dabei hatte sie Marc das Bild gestern Abend schon geschickt. „Ob es ihm nicht gefallen hat?" Ann kratzte über den Verband. Klar, das Bild war alles andere als perfekt geworden. Sie hatte es mit links machen müssen, das war die Vorgabe, es war fast dunkel gewesen und es tat verdammt weh, aber man konnte die Worte erkennen, die sie sich mit einem Messer in den Arm geritzt hatte. Erst hatte sie die Menge an Blut schockiert, sie hatte gezögert, wollte aufhören und mit irgendeiner Ausrede zu ihrer Mutter laufen, aber sie hatte es durchgezogen. Als der erste Schmerz überwunden war, war es wie ein Rausch. Die Schnitte schmerzten kaum noch und Ann war nur darauf fokussiert, die Aufgabe so gut es ging zu erfüllen. Und nach knapp fünfzehn Minuten, die einer Ewigkeit und einem Augenblick gleichkamen, hatte Ann es geschafft.

Love + Hate.

Mit einer Messerspitze in den Unterarm geritzt, genau wie es Marc wollte. Stolz hatte Ann es fotografiert und an den Gamemaster gesendet und nun saß sie ernüchtert da und starrte auf die leere Inbox, nur zu einem einzigen nagenden Gedanken fähig. Hatte sie verloren? War das Spiel vorbei? Ann stöhnte und klappte den Laptop zu, es war Zeit, den Verband zu wechseln. Die letzten Reste der Mullbinde waren mit dem geronnenen Blut verkrustet und fest mit der Haut verklebt.

Ann lief ins Bad, zog den Verband unter fließendem Wasser ab und erschrak beim Anblick ihres Meisterwerks. Die feinen Schnitte hatten sich erneut mit Blut gefüllt und zeichneten die Worte dunkelrot nach. Schnell presste Ann ein Tuch auf ihren Unterarm und wickelte erneut einen Verband darum.

Das würde richtig Ärger geben.

Das Unwohlsein wuchs an, fast panisch stopfte Ann die blutigen Verbände so tief in den Mülleimer, dass sie auf den ersten Blick nicht mehr zu sehen waren. Dann wusch sie die kleinen Blutstropfen von dem weißen Porzellan. Sie lief in ihr Zimmer und zerrte ein langärmliges Oberteil aus ihrem Schrank und zog es sich über. Ann musterte ihre Arme. Erleichtert stellte sie fest, dass der Verband nicht gleich als solcher zu erkennen war. Ein wohlbekanntes Geräusch drang an Anns Ohren und die abklingende Panik wurde von einer unbändigen Aufregung verdrängt. Sie hatte eine neue Nachricht. Mit einem einzigen Sprung war Ann auf dem Bett, riss den Laptop aus dem Ruhezustand und klickte auf die Inbox. Hoffentlich Marc, hoffentlich Marc, hoffentlich Marc. Tatsächlich, endlich hatte sich der Gamemaster gemeldet. Begierig begann sie zu lesen.

Gamemaster Marc:
Ich bin stolz auf dich, du hast mir ein
schönes Bild geschickt.

Ann Fischer:
Danke, ich bin froh, dass es dir gefällt.

Gamemaster Marc:
Tut es noch weh?

Ann Fischer:
Ein bisschen ;) An manchen Stellen sind
die Schnitte ziemlich tief.

Gamemaster Marc:
Genieße den Schmerz. Schmerz befreit.
Schmerz belohnt. Schmerz zeigt dir, dass
du am Leben bist. Bist du bereit für deine
nächste Aufgabe?

Ann Fischer:
JA!

Gamemaster Marc:
Gut, braves Mädchen.
Die nächste Aufgabe schmerzt nicht und
zeigt dennoch, dass du lebst. Zeig dich mir
wie Gott dich schuf. Ich melde mich wieder.

Ann las die Nachricht ein zweites Mal, bevor sie verstand, was Marc von ihr wollte. Sie zögerte kurz, setzte zu einer Antwort an, aber Marc war schon wieder offline. Immerhin kam diese Aufgabe ohne Schmerzen und Blut aus, ein Klacks. Ann erhob sich, schloss die Tür ihres Spiegelschranks und begann sich auszuziehen.

Kapitel 11

Die ersten achtundvierzig Stunden nach einem Mord waren besonders wichtig. Die Erinnerungen der Zeugen waren noch frisch, das Wetter hatte noch keinen Tribut von den Spuren gefordert und die Täter waren meist noch aufgewühlt und planlos. Die Chancen für einen Ermittlungserfolg sind auf dem Höhepunkt, von da an geht es nur bergab. Das sagten die Statistiken, das sagte Hollywood und das sagte auch Gusenberg. Wenig später konnten die Spuren vom Regen weggewaschen worden sein und die Beschreibung des Fluchtwagens schwankte zwischen rotem Kleinwagen und schwarzem SUV.

Jede Minute, die in diesen heiligen achtundvierzig Stunden verschwendet wurde, war normalerweise eine zu viel. Normalerweise. Nicht heute und nicht im Fall Förster. Der Täter saß im Gefängnis und ein Motiv konnte, so glaubte Gusenberg, nicht untertauchen. Sie würden es finden, dieses Mal war Geduld die Tugend der Wahl.

Der Ermittler schlug die zerfledderte Zeitschrift zu und prüfte das Datum der Ausgabe. Achtzehn Monate hatte das Nachrichtenmagazin schon auf dem Buckel. Ohne Umschweife von tagesaktuellen Nachrichten zu langweiliger Geschichte. Ohne Zwischenstopp ins Reich des Vergessens. Der Ermittler schaute sich die anderen Zeitschriften an, die auf einem Stapel im Empfangsraum von *Westheim Lokal TV* lagen, er hatte tatsächlich die neueste Ausgabe. Irgendwer nahm hier seinen Job nicht richtig ernst. Er zog ein Klatschblatt aus dem Stapel hervor, das in ein paar Monaten alt genug für den Kindergarten war. Er musterte das Cover. Musste er diese Leute kennen? Königin soundso von, na ja egal, wen interessierte so etwas überhaupt? Er legte die Zeitschrift zurück zu dem restlichen Altpapier und schaute flehentlich auf die Wanduhr, die stoisch ihre Kreise zog. Er zog sein Handy aus der Tasche; er hatte weder Empfang noch Internet.

Eigentlich sollte er vor einer halben Stunde von einer Nele Winter abgeholt worden sein. Nun saß er schon über eine Stunde hier und verschwendete seine kostbare Zeit. Gusenberg stand auf und streckte die müden Knochen. Außer ihm war niemand in dem kleinen Vorraum, der mit sechs Stühlen ohnehin nicht für viel Durchgangsverkehr ausgelegt war. In einer der Ecken staubte eine Yuccapalme einsam vor sich hin. Der Stapel Altpapier auf dem Beistelltisch war das Interessanteste in diesem Raum, jedoch war der Leidensdruck der Langeweile noch nicht so groß, als dass er sich näher mit den europäischen Königshäusern und deren Problemen befasst hätte. Wie lange würde er wohl noch durchhalten? Wann würde er sich den Intrigen am Hof der Königsfamilie hingeben müssen, um nicht vor Langeweile zu sterben?

Zu Gusenbergs Erleichterung blieb ihm die Antwort auf die Frage erspart. Die Tür zu dem kleinen Warteraum wurde aufgestoßen und eine adrette Frau trat ein. Der jugendliche Kleidungsstil und die kurz geschnittenen Haare machten es Gusenberg schwer, ihr Alter einzuschätzen. Erst ein Blick auf ihre Hände verriet ihm, dass sie näher an den Fünfzigern war als an den Dreißigern. Der Ermittler erhob sich und schüttelte der Frau, die sich als Nele Winter vorstellte, die Hand. Der feste Händedruck unterstrich ihr kraftvolles Auftreten. Einzig die Augen passten nicht zu dem akkurat gepflegten Bild der taffen TV-Produzentin. Eine nicht greifbare Leere lag in Nele Winters Blick und trotz des großzügigen Einsatzes von Make-up waren die Augenringe nicht vollständig abgedeckt. Gusenberg kannte diesen Blick, kannte diese Augenringe. Hatten sie ihn doch selbst in den letzten Monaten jeden Morgen im Spiegel begrüßt. Ein Mahnmal des unruhigen Schlafs, ein Zeugnis großer Sorgen.

„Entschuldigung, dass Sie warten mussten. Hier ist heute die Hölle los."

Obwohl Gusenberg die elende Warterei als Ärgernis empfand, winkte er höflich ab. „Kein Problem. Ich bin nicht in Eile."

Mit einer Handbewegung forderte Nele Winter ihn auf, ihr zu folgen. „Vielleicht sollten wir das Weitere in meinem Büro besprechen. Es muss nicht jeder alles hören."

Gusenberg nickte und folgte der Produzentin, die schnellen Schrittes vorauseilte. Die Eingeweide des Fernsehsenders waren weniger glamourös, als Gusenberg sie sich anfänglich vorgestellt hatte, aber seit dem Wartezimmer konnte ihn nichts mehr überraschen. Alle Räume und alle Gegenstände in ihnen waren der Funktionalität untergeordnet. Nur das Nötigste hatte eine Existenzberechtigung und Nele Winters Büro bildete da keine Ausnahme.

Die weißen Wände und Möbel versuchten, das kabuffartige Büro etwas aufzuwerten, ihre Bemühungen waren von mäßigem Erfolg gekrönt. Gerahmte Bilder an den Wänden zeigten die lächelnde Nele Winter mit allerhand B-Prominenz, die es bisher in das Fernsehstudio von *WTV* verschlagen hatte.

„Wie kann ich Ihnen helfen, Herr Gusenberg?" Die Produzentin hatte in ihrem Bürostuhl Platz genommen, der einzige Gegenstand, bei dem ein gewisser Luxusaspekt nicht von der Hand zu weisen war. Nele Winter wirkte ruhig und zu Gusenbergs Überraschung nicht neugierig. Die normale Reaktion auf seine Anrufe war eine Mischung aus Aufregung, Neugier und einem langsam aufkeimenden Schuldgefühl, spätestens ausgelöst, wenn das Wort Kripo fiel. Nele Winter jedoch war ruhig. Für sie schien es nur ein weiterer Termin zu sein, so unwichtig, dass man ihn dreißig Minuten warten lassen konnte.

„Ich habe eine Frage bezüglich Ihres Sendeplans." Gusenberg zog den vergrößerten Ausschnitt des Fernsehbildes aus der Tasche und reichte ihn ihr. „Das ist doch ein Bild Ihres Programms?"

Die Produzentin musterte das Foto eingehend, bevor sie eine Antwort gab. „Ja. Oben rechts in der Ecke, das ist unser Logo und ich kann Ihnen leider auch genau sagen, wann die Sendung ausgestrahlt wurde."

„Leider?" Gusenberg hatte sein Notizbuch aufgeschlagen und begann zu schreiben.

„Ja. Leider." Nele Winter legte die Stirn in Falten. Das Gespräch wurde ihr merklich unangenehm. „Sie haben sicher mitbekommen, dass es vor ein paar Monaten zu einem unschönen Ereignis während unseres Liveprogramms gekommen ist."

Gusenberg kramte in seinen Erinnerungen und wurde schnell fündig. „Der Suizid von Harald Schneider."

„Exakt." Nele seufzte. „Mitten in der Sendung, zur besten Sendezeit. Sie müssen wissen, dass das rote Sofa unsere quotenstärkste Sendung ist."

Rotes Sofa, ein auf morbide Art und Weise passender Name, dachte Gusenberg und musste sich ein Grinsen verkneifen.

„Wissen Sie, warum Herr Schneider sich das Leben genommen hat?", fragte Gusenberg.

„Harry war schon immer etwas eigen", Nele Winter machte eine kurze Pause. „Er war sehr stolz, vielleicht auch zu stolz. Er und seine Formate waren der Grundstein, auf dem der Erfolg dieses ganzen Senders aufgebaut war." Winter machte eine ausladende Handbewegung. „Leider ging es seit geraumer Zeit mit den Einschaltquoten und auch Harrys geistiger Gesundheit bergab. Er war seit dem Überfall nicht mehr derselbe und der Einbruch hat ihm den Rest gegeben. Der gesamte Sender ist in eine finanzielle Schieflage gekommen."

„Was genau ist passiert?", fragte Gusenberg, dem klar war, dass Nele Winter schon mehr erzählt hatte, als sie eigentlich wollte.

Die Produzentin seufzte. „Sie finden es ja ohnehin raus, und eigentlich ist es jetzt auch egal. Harry wurde letztes Jahr auf einem Rastplatz außerhalb von Westheim überfallen und brutal zusammengeschlagen. Er war fast sechs Wochen im Krankenhaus. Der Täter konnte nie ermittelt, auch der Grund des Angriffs konnte nie wirklich geklärt werden. Seit diesem Vorfall war Harry ein bisschen paranoid. Er fühlte sich nicht mehr sicher, nicht zu Hause und nicht im Studio. Vor ein paar Monaten wurde dann im Studio eingebrochen. Es wurde Kameraequipment im Wert von mehr als hunderttausend Euro gestohlen und die Versicherung weigert sich noch immer zu zahlen, weil die Polizei keine Einbruchsspuren entdecken konnte. Zum Glück hat die Versicherungsgesellschaft vorerst von einer Klage wegen Versicherungsbetrug abgesehen. Aber Sie können sich vorstellen, wie sich das auf Harrys angeschlagene Psyche ausgewirkt hat.“

Gusenberg nickte.

„Ich wollte ihm helfen, aber es war ... es ging nicht. Ich konnte nicht mehr zu ihm vordringen und dann war es zu spät.“ Nele Winter stockte. „Er. Es. Es ist kompliziert.“

Ein toter Moderator und ein leeres Konto. Die großen Sorgen der Nele Winter. Die Produzentin trank einen Schluck Kaffee.

„Um Ihre Frage zu beantworten: Nach dem Suizid unseres geschätzten Kollegen wurde das rote Sofa durch ein anderes Talk-Format ersetzt. Die Mittagsstunde.“ Nele Winter deutete auf den formlosen lila Klumpen.

„Das ist ein Teil des Blazers unserer neuen Moderatorin, sie trug ihn in der ersten Folge, die am dreizehnten Dezember letzten Jahres von zwölf bis dreizehn Uhr ausgestrahlt wurde. Sie können die Folge gerne schauen, wenn Sie den genauen Zeitpunkt der Aufnahme haben wollen.“

***

Die nächste Stunde verbrachte Gusenberg damit, einer Schlaftablette zuzusehen, die versuchte, eine Talkshow zu moderieren. Er hatte nie eine Folge des roten Sofas gesehen, war sich aber sicher, dass Harry Schneider sich beim Anblick der neuen Sendung gleich noch einmal erschießen würde. Erst kurz vor Ende der Sendung wurde Gusenberg erlöst. Ein Schwenk auf die Moderatorin, dann eine Einstellung im Profil. Der sehnlich erwartete lila Klumpen war zu sehen. Gusenberg drückte die Stopp-Taste, verglich die verpixelte Kopie und das Fernsehbild. Es gab keinen Zweifel. In diesem Moment hatte das Mädchen auf den Auslöser gedrückt. Der Ermittler schrieb den Timecode auf das Foto.

13. Dezember, 12:53:06.

Dieses Rätsel war gelöst, weit mehr lagen noch vor ihm. Wer war das Mädchen? Wem hatte sie das Bild geschickt und die wichtigste von allen: Wie war das Bild in den Besitz von Rolf Förster gekommen? Es waren noch eine Menge Fragen zu beantworten. Er verließ das Fernsehstudio mit einer Kopie der *Mittagsstunde* und dem Gefühl, dass sich die Ermittlungen in eine völlig neue Richtung entwickelten. Gusenberg wurde das Gefühl nicht los, dass Rolf Förster nicht aus Rache oder Hass getötet worden war, zumindest nicht nur.

Kapitel 12

Gusenberg war nach seinem kurzen Abstecher bei *Westheim Lokal TV* wieder im Büro. Er brannte darauf, die Ermittlungen voranzutreiben. Es tat gut, wieder zu hundert Prozent im Einsatz zu sein, er fühlte ich gut und belastbar. Der Ermittler saß über den bisherigen Ergebnissen und einem Orangensaft, als das Telefon klingelte. Er erkannte die Nummer und hob sofort ab.

„Hallo, Franka.“

„Hallo.“ Frankas Stimme klang belegt, bereit dazu, schlechte Neuigkeiten zu verkünden. „Ich habe hier etwas gefunden, was du dir ansehen solltest. Ich bin mir nicht sicher, was ich denken soll. Ich hoffe, es ist nichts, aber ich glaube …“, Franka brach ab und stieß hörbar Luft aus.

„Um was geht es?“ Gusenberg stellte das Trinkpäckchen zur Seite. Ein unangenehmes Kribbeln breitete sich in seiner Magengrube aus.

„Das würde ich ungern am Telefon klären. Kannst du vorbeikommen?“

„Klar. Wann?“

„Am besten sofort.“

Gusenberg blickte zu Maryannes Stuhl hinüber, er war leer. Eigentlich hätte er sich gerne mit ihr über die gestrigen Ermittlungsergebnisse ausgetauscht. Er würde sie auf dem Weg anrufen.

„Ich breche auf. Bis gleich." Gusenberg legte auf und griff sich seine Jacke. Was immer Franka Roßkopf ihm zeigen wollte, es hatte sie aufgewühlt. Gusenberg wählte Maryannes Handynummer und verließ das gelbe Haus. Es klingelte, aber seine Kollegin hob nicht ab. Ein letztes Tuten, dann wurde er auf die Mailbox weitergeleitet.

„Hallo, Maryanne. Ich bin bei der Sitte. Franka hat wohl etwas entdeckt. Ich melde mich später."

Der Ermittler legte auf, und rief sich ein Taxi. Die Fahrt verbrachte er damit, die Small Talk Attacken des Fahrers abzuwehren. Durch den Berufsverkehr brauchten sie eine gefühlte Ewigkeit für die paar Straßen, die es zurückzulegen galt. Gusenbergs Ungeduld wuchs, was konnte Franka entdeckt haben? Was war so verwirrend und erschütternd, dass sie es nicht am Telefon besprechen wollte?

Die Ampel vor ihnen sprang von Gelb auf Rot. Das Taxi rollte ein paar Meter nach vorne und hielt erneut. In diesem Tempo würde es noch ewig dauern. Gusenberg konnte nicht mehr warten. Er bezahlte den Taxifahrer und stieg aus. Die letzten paar hundert Meter wäre er zu Fuß schneller.

Der Ermittler fand Franka Roßkopf an ihrem Schreibtisch vor. Dieses Mal gab es keine Begrüßung. Franka kam direkt zur Sache.

„Wir haben gestern eine der Festplatten von Rolf Förster geknackt. Es war eine Mischung aus Glückstreffer und harter Arbeit. Förster war so vorsichtig, dass es schon an Paranoia grenzt. Kein Smartphone, keine Social-Media-Accounts, die neusten Sicherheitssysteme, mich würde es nicht wundern, wenn Google und Co. nicht einmal wussten, dass er existierte. Dennoch war bei diesem einen Datenträger die Verschlüsselung bei Weitem nicht so stark wie bei den anderen Datenträgern, die beschlagnahmt worden sind. Wir konnten darauf bis jetzt die meisten einschlägigen Fotos und Videos sicherstellen. Ich möchte, dass du dir das ansiehst."

Franka klickte auf die Taskleiste und ein Bild erschien auf dem Bildschirm.

„Das ist sie!" Gusenberg brauchte keine Sekunde, um das Mädchen mit dem Verband zu erkennen. Franka holte ein zweites Bild auf den Bildschirm und legte sie nebeneinander. Das neue Bild war Gusenberg vertraut. Es war das Selfie, das ihn zu *Westheim Lokal TV* geführt hatte. Sein Blick wanderte von dem lächelnden Gesicht, das halb vom Blitz verdeckt war, zu einer geschundenen Fratze mit einem gebrochenen Blick. Das Mädchen musste durch die Hölle gegangen sein. Sie war nackt. Ihr Körper war von Schmutz und Blut bedeckt. Jemand musste ihr mehrfach ins Gesicht geschlagen haben. Ein Auge war komplett zugeschwollen, die Lippe aufgeplatzt.

„Das ist furchtbar." Gusenberg konnte seinen Blick nicht abwenden.

„Das ist leider erst der Anfang. Achte auf den Hintergrund." Franka nahm einen Stift zur Hand und deutete auf eine Steckdose.

„Diese Steckdose", sie fuhr mit dem Stift weiter über das Bild, „und dieser Riss im Putz der Wand." Franka öffnete ein weiteres Foto. Eine weitere geschundene Seele. Das Bild war unscharf und pixelig. Die

Lichtverhältnisse waren schlechter und doch sah Gusenberg sofort, worauf seine Kollegin hinauswollte.

„Es ist derselbe Raum.“

„Exakt. Ich konnte es selbst nicht glauben, aber es ist derselbe Raum. Klar, die Aufnahmewinkel sind anders, die Kameras sind besser und der Raum wurde umgeräumt, aber ich bin mir sicher. Steckdose, Riss und ihre Lage zueinander sind identisch.“

„Was kannst du mir über das zweite Mädchen sagen? Wie alt ist das Bild? Hat sie einen Namen? Lebt sie noch?“ Bevor der Ermittler noch mehr Fragen stellen konnte, fiel ihm Franka ins Wort.

„Das Bild ist mindestens sechs Jahre alt. Zumindest ist es seit mindestens sechs Jahren im Umlauf. Es gehört zu einer ganzen Reihe von Bildern und Videos, die alle an diesem Ort aufgenommen wurden. Auf den meisten Bildern ist sie alleine drauf, auf den Videos ... Du weißt schon. Das Mädchen wurde nie gefunden oder identifiziert. Wahrscheinlich ist sie irgendwo in Osteuropa aufgewachsen. Wir glauben, dass sie tot ist.“

Gusenberg schluckte schwer. Aber was hatte er erwartet? In solchen Fällen gab es kein Happy End. Wenn ein Kind in die Fänge solcher Menschen geriet, waren die Überlebenschancen minimal.

„Kennst du diesen Raum?“

„Ja. Es ist eine Art improvisiertes Studio. Der oder die Betreiber sind oder waren im Darknet unter dem Pseudonym Biggy bekannt.“

Für einen kurzen Moment riss der Gesprächsfaden ab. Gusenberg dachte nach. Biggy, der Name sagte ihm etwas. Vor ein paar Jahren war es ein großes Thema.

„War das nicht dieser Fall, der vor Gericht so kläglich gescheitert ist?", fragte der Ermittler, nicht sicher, ob ihn seine Erinnerung nicht täuschte.

Franka nickte. „Biggy ist das Gespenst, das diese Abteilung schon seit Jahren heimsucht. Er ist unser Fluch. Wir wissen, dass er in der Region Westheim aktiv war, aber wir haben ihn nie erwischt."

„Und du glaubst, dass Biggy nach all den Jahren wieder zurückgekehrt ist?"

„Ja, das ist er." Die Stimme der Beamtin strotzte vor Überzeugung, kein Hauch Zweifel schwang darin mit. Kein *aber* und kein *vielleicht*, unumstößlich stand Frankas Aussage im Raum. Gusenberg schwieg. Was sollte er auch noch sagen? Franka machte ihren Job gut, sie war gewissenhaft.

„Ich verstehe aber nicht, was das mit Rolf Förster zu tun hat." Gusenberg kratzte sich am Kinn. „Was kannst du mir über die Ermittlungen damals sagen?"

„Wir, auch ich, obwohl ich damals meistens nur Kaffee geholt habe, hatten einen anonymen Tipp bekommen. Im Darknet würde es jemanden geben, der im großen Stil Material produziert. Für viel Geld könnte man dort auch individualisierte Filme und Bilder bestellen. Die sind auf alles eingegangen, vom Alter bis zur Augenfarbe. So etwas gibt es leider öfter als man denkt. Meistens in korrupten Staaten, in denen das Geld der Perversen über Umwege auch in die Taschen der Staatsdiener fließt. Aber hier war es nicht so, laut des Tippgebers war das Studio nicht nur in Deutschland, sondern genau vor unserer Haustür. Irgendwo in Westheim wurde der Dreck produziert. Wir konnten es nicht glauben, aber es gab einen Beweis. Ein Foto eines

Mädchens, das in Westheim entführt wurde. Ihre Leiche wurde zwei Monate später in einem Wald gefunden. Egal, was passiert war, es passierte unter unserer Nase." Franka trank einen Schluck Kaffee, dann erzählte sie weiter.

„Der damalige Leiter der Sitte hat dann den Großteil der Ressourcen auf diesen Fall konzentriert und anfänglich haben wir auch rasche Fortschritte gemacht. Schnell konnten wir eine Reihe von Usern ausmachen, die mit der Produktion in Verbindung standen. Einer nannte sich *Biggy*, ein anderer *Igor*. Wir trugen alles zusammen, was wir finden konnten. IP-Adressen, Uploadzeiten, Kontaktdaten und Bewegungsprofile. Es war ein Haufen Arbeit, aber wir waren sicher, dass es sich lohnen würde. Wer immer Biggy oder Igor waren, sie würden für lange Zeit ins Gefängnis wandern. Und am Ende schafften wir es auch. Das dachten wir zumindest." Franka seufzte.

„Igor hatte einen Fehler gemacht, er hatte sich ohne einen Client in sein Profil eingeloggt, keine zwei Minuten, aber es war genug. Keine Stunde später stürmte das SEK die Wohnung von Michael Hettrich. Neben Hettrich wurde auch ein zweiter Mann verhaftet. Ein gewisser Andrej Vollbrecht. Wir waren uns sicher, dass wir Biggy und Igor hatten. Die Frage war nur, wer war wer und wie konnten wir es beweisen? Der Fall stand kurz vor der Verhandlung. Wir mussten nur noch eine Handvoll Fragen klären, dann ging alles den Bach runter. Hettrich wurde tot in seiner Zelle gefunden. Er hatte sich erhängt. Gleichzeitig war Biggy aktiver denn je. Auf einem Bild wurde sogar eine aktuelle Tageszeitung drapiert, es war der blanke Hohn. Vollbrecht entpuppte sich auch als Sackgasse. Er behauptete, er sei von Hettrich engagiert worden, um ihm bei der Wiederherstellung von Daten zu helfen. Nur deshalb hätte er die Festplatten zu Hause gehabt, die wir gefunden haben. Wir konnten ihm aber schnell nachweisen, dass er nicht die Fähigkeiten besaß, um irgendwelche Daten wiederherzustellen. Hettrich war ein in der Szene bekannter IT-Profi. Er hätte sicher keine Hilfe von einem Mann wie Vollbrecht gebraucht. Vollbrecht wurde angeklagt, aber nicht als Igor oder Biggy, sondern nur als Käufer. Ein kleiner Perverser, wie es sie zu tausenden auf der Welt gibt. Er bestritt bis zum Ende, etwas mit der Sache zu tun zu haben, und bekam nur zwei Jahre. Biggy tauchte unter, und wir standen vor einem Scherbenhaufen.“

Nun erinnerte sich Gusenberg an die damalige Berichterstattung. *Scherbenhaufen* war eine Untertreibung. Der damalige Leiter der Abteilung flüchtete sich in den Ruhestand und alle Beteiligten gaben sich gegenseitig die Schuld.

„Und nun ist er wieder da.“ Frankas Worte waren nicht mehr als ein Flüstern.

„Ich frage mich, wie genau Rolf Förster in diese ganze Sache hineinpasst.“ Gusenberg blickte nachdenklich auf den Boden. „Wenn ich alles bedenke, was ich über ihn weiß, dann ist er eine Kombination dieser beiden Männer. Mit Hettrich teilt er seine Karriere und sein Ende, mit Vollbrecht den Tatbestand und die vehemente Unschuldsbehauptung.“

„Emil?“ Franka blickte zu dem Ermittler auf. „Bitte. Wenn ihr etwas herausfindet, egal wie unwichtig es scheint, bitte sag mir Bescheid. Ich will endlich diesen

Stachel aus meinem Fleisch haben. Ich will dieses Monster im Gefängnis sehen!" In Frankas Augen lag eine hoffnungsvolle Entschlossenheit, der Gusenberg nicht widerstehen konnte.

„Das werde ich. Versprochen."

Kapitel 13

Ann hasste Einkaufen. Wenn sie mit Lisa in der Stadt war, konnte sie sich nichts leisten und wenn ihre Mutter sie schickte, musste sie schwere Tüten schleppen. Heute war das Einkaufen jedoch das kleinere Übel. Ihre Mutter war bereits zu Hause gewesen, als Ann von der Schule kam. Sie hatte sich, erschöpft von dem Wechsel von Spätschicht auf Frühschicht, auf das Sofa gelegt und nicht viele Fragen gestellt. Zwar war ihr der Verband aufgefallen, aber Ann hatte sich schon eine passende Ausrede zurechtgelegt. Der struppige Strauch am Schuleingang. Sie war hängen geblieben, als sie einem der älteren Schüler auswich, der über den Hof rannte. Es war nicht schlimm, nur ein paar Kratzer. Aber die Lehrerin hatte auf den Verband bestanden, es hatte geblutet. Ihre Mutter hatte es mit einem „arme Maus" zur Kenntnis genommen. Hatte aber nach einem schnellen: „Tut schon gar nicht mehr weh", von Ann nicht weiter nachgefragt. Kurz darauf war ihre Mutter eingeschlafen, nicht ohne sie vorher mit einem Einkaufszettel und Geld loszuschicken.

Es war immer dasselbe. Anstatt zu dem Supermarkt um die Ecke musste Ann fünf Stationen mit dem Bus fahren, weil es dort etwas billiger war. Der Bus kam und Ann stieg ein. Sie prüfte die Liste, auch wenn sie diese fast schon auswendig kannte. Das Geld war bis auf ein paar Cent abgezählt, es war kein Platz für Luxus. Ann zog ihr Handy aus der Tasche, sie hatte eine Nachricht. Sofort waren die negativen Gedanken verschwunden. Marc hatte sich seit dem Foto nicht mehr gemeldet. Ihr war es schwerer gefallen, als sie dachte, ein Foto zu machen. Ann hatte fast ein Dutzend Fotos gemacht, bevor sie eines hatte, auf dem ihr Bauch nicht zu dick, ihre Brüste nicht zu klein und ihr Lächeln nicht zu schief wirkten. Trotzdem hatte sie das Bild wieder gelöscht und es weiter versucht. Sie hatte versucht, mit Licht und Schatten zu spielen, und ein Bild aufgenommen, auf dem sie gut aussah und auf das sie stolz war. Ann öffnete den Messenger. Tatsächlich, die Nachricht war von Marc, ihr Herzschlag beschleunigte sich.

Gamemaster Marc:
Ach, Ann … Das war nichts. Ich bin
enttäuscht. Bisher warst du so gut und
nun das. Vielleicht verschwende ich mit
dir nur meine Zeit.

Ann wurde erst kalt, dann wurde ihr schlecht. Sie starrte auf das Display. Las die Nachricht noch einmal, dann tippte sie mit zitternden Fingern.

Ann Fischer:
Was habe ich falsch gemacht?

Ann konnte den Blick nicht von ihrem Handy lösen. Gebannt wartete sie darauf, dass etwas geschah. Da! Die Nachricht war als gelesen markiert.
„Antworte schon. Bitte.“

Drei Punkte erschienen neben Marcs Namen, er schrieb. Ann war erleichtert. Dann wurde ihr klar, dass sie auch verloren haben könnte. Was wäre, wenn Marc einfach sagen würde, sie wäre raus? Was dann? Sie hatte es doch so weit geschafft. Weiter als Lisa, die hatte sich geweigert, das Bild an Marc zu senden. Sie mochte Lisa, aber sie war schon immer etwas verklemmt und fast schon kitschig romantisch.

Gamemaster Marc:
Du warst feige. Du hast dich versteckt. In
diesem Spiel geht es um Mut. Es geht darum,
seine Grenzen zu überschreiten. Du aber
hast dich im Schatten versteckt.

Ann Fischer:
Soll ich dir ein neues Bild schicken?
Ich kann dir ein neues Bild schicken.
Ich bin nur gerade nicht zu Hause. Aber
heute Nachmittag wieder.

Gamemaster Marc:
Nein. So läuft das Spiel nicht.
Es gibt immer nur eine Chance. Keine
Prüfung kann wiederholt werden.

Ann Fischer:
Heißt das, ich habe verloren?

Ann konnte es nicht glauben. Sie hatte bisher alles geschafft, war von Marc sogar gelobt worden und nun? Nun war das Spiel beendet, weil sie nicht den Mut hatte, ihren Bauch zu zeigen. Sie war nachts auf eine Brüstung geklettert, hatte sich mit einem Messer geritzt und innerhalb von zehn Minuten drei Shots getrunken. Es war so eklig gewesen, danach war ihr stundenlang schlecht. Ganz abgesehen davon, dass Ann fürchtete, dass ihrer Mutter auffallen würde, dass etwas von diesem widerlichen Kräuterschnaps fehlte. Sie hatte alles gegeben. Sie hatte jede Aufgabe gemeistert und nun das.

Gamemaster Marc:
Nein. Du bist noch im Spiel, aber es war
knapp. Wenn du bisher nicht so gut
gewesen wärst, wärst du raus! Aber wenn du
das Spiel gewinnen willst, musst du alles
geben.

Ann Fischer:
Danke. Danke. Danke.
Ich will gewinnen. Ich werde dich ganz
sicher nicht enttäuschen. Die nächste Aufgabe
werde ich wieder super schaffen!

Gamemaster Marc:
Bist du bereit für die nächste Prüfung?

Ann zögerte. Ja. Sie war bereit, aber sie musste noch diese Einkäufe erledigen. Sie begann zu tippen, löschte die Nachricht und lehnte sich im Sitz zurück. Der Busfahrer sagte die nächste Haltestelle an. Verdammt! Sie war eine Haltestelle zu weit gefahren. Ann sprang von ihrem Platz auf, raffte die leeren Tüten und ihren

Rucksack zusammen und lief zur Tür. Der Bus hielt und Ann sprang hinaus. Sie konnte Marc nicht so lange warten lassen, sie musste sich entscheiden. Ann ließ die Tüten fallen und tippte eine Antwort.

Ann Fischer:
Ja. Ich bin bereit.

Gamemaster Marc:
Gut. Du bist einkaufen, nicht wahr?
Dann ist die nächste Prüfung genau die
richtige. Ich will, dass du mir etwas besorgst.
Nur eine Kleinigkeit. Ich möchte, dass du
eine Packung Kondome stiehlst.

Ann wollte antworten, aber Marc war schon offline. Sie schaute sich um, sie war allein. Der Bus war gefahren, außer ihr war niemand ausgestiegen, mit schnellen Schritten machte sie sich auf den Weg zum Supermarkt.

Der Supermarkt war mäßig besucht. Ann schob geistesabwesend den Wagen durch die Gänge und arbeitete die Einkaufsliste ab. Sie blieb vor dem Regal mit den Hygieneprodukten stehen. Zahnpasta und Duschgel standen auf der Einkaufsliste ihrer Mutter, nur ein paar Meter weiter standen die Kondome. Der einzige Artikel auf Marcs Liste. Mit pochendem Herzen trat sie einen Schritt näher. Griff sich die Zahnpasta und schielte zu ihrer Beute hinüber. Ann hatte erst einmal im Leben etwas geklaut, und das war nicht einmal mit Absicht gewesen. Sie hatte den Joghurt einfach in der

Tasche vergessen, als sie den Rest auf das Band gelegt hatte. Erst zu Hause war ihr aufgefallen, dass sie gerade etwas gestohlen hatte. Was wäre, wenn sie die Kondome einfach kaufen würde? Marc würde nie herausfinden, dass sie sie nicht geklaut hatte. Ann trat einen Schritt näher und warf einen Blick auf das Preisschild. Verdammt! 9,99 € waren nicht drin, selbst mit dem bisschen Geld, was ihr ihre Mutter mitgegeben hatte, war kaufen keine Option. Ein Mann trat neben Ann. Unwillkürlich zuckte sie zusammen. Ann griff sich das Duschgel und lief davon. Sie blickte über die Schulter, der Mann beachtete sie nicht. Er war nun in die Knie gegangen und verglich zwei Waschmittelflaschen.

Was sollte sie nur tun? Ann ging ihre Optionen durch. Wenn sie ohne die Kondome den Supermarkt verlassen würde, hätte sie das Spiel verloren. Sie wollte nicht verlieren. Nicht, nachdem sie so weit gekommen war. Sie musste am Ende diese kleine rote Packung in den Händen halten. Ann prüfte erneut ihren Geldbeutel – keine Chance. Was, wenn sie es wie damals mit dem Joghurt machen würde? Ohne recht zu wissen, was sie tat, trugen ihre Beine sie zurück zu dem Regal. Niemand war da, niemand schenkte ihr Beachtung. Mit einer schnellen Bewegung landete die Packung im Einkaufskorb. Das war nicht verboten. Oder doch? Gab es eine Altersbeschränkung für den Kauf von Kondomen? So wie bei Alkohol und Zigaretten? Ann schob die Packung unter den Beutel mit den Möhren. So konnte sie niemand sehen. Kurze Zeit später hatte sie auch die Einkaufsliste ihrer Mutter abgearbeitet. Unsicher, was sie nun tun sollte, schob Ann den Wagen weiter durch die Gänge des Supermarktes.

„Kann ich dir helfen?“ Ann erschrak. Sie blickte sich um und sah, dass eine Angestellte sie angesprochen hatte.

„Wie bitte?“, fragte Ann.

„Suchst du etwas Bestimmtes? Du bist nun schon das dritte Mal an dem Gemüse vorbeigefahren.“

„Nein. Äh, ich soll eigentlich abgeholt werden. Aber meine Mutter verspätet sich. Ich wollte aber nicht draußen warten. Jetzt sollte sie aber bald kommen.“

Ann schob den Wagen in Richtung der Kasse. Sie war sich sicher, dass die Frau ihr hinterherblickte. Sie musste hier raus und es gab nur eine Möglichkeit. Ann stellte sich in die Schlange. Bevor sie auch nur eine Position aufgerückt war, hatten sich zwei weitere Personen hinter ihr in die Schlange gestellt. Sie fühlte sich wie damals, als sie auf dem Fünfmeterturm im Freibad gestanden hatte. In dem Moment, wo sie die Leiter nach oben geklettert war, hatte es kein Zurück mehr gegeben. Vor ihr wurden es weniger, hinter ihr drängten sie nach. Ann begann den Einkauf auf das Band zu legen. Nach und nach wurde der Wagen leerer. Als Letztes blieb nur der Sack Möhren. Sie hob ihn mit beiden Händen hoch, griff aber mit einer nach der Pappschachtel. Legte den Sack ab und steckte mit einer schnellen Bewegung die Kondompackung in die Jackentasche.

Hatte die Kassiererin sie gesehen? Vielleicht hätte sie die Packung einfach im Wagen lassen sollen? Unter den Einkaufstüten wäre sie nicht aufgefallen. Ann atmete schnell. Die Kassiererin begann damit, ihren Einkauf abzukassieren. Ann zog den Geldbeutel hervor und schob dabei die Packung tiefer in ihre Tasche, dann fuhr sie mit dem Wagen an der Kasse vorbei. Die Kassiererin stoppte.

„Entschuldigung. Kannst du bitte die Tüten hochnehmen?" Anns Herz setzte einen Moment aus. Sie hob die Tüten hoch und zeigte der Kassiererin, dass sie leer waren. Die Frau nickte und kassierte weiter ab. Ann kam es wie eine Ewigkeit vor. Mit zitternden Fingern packte sie den Einkauf in die Tüten. Es war eine Erlösung, als die Kassiererin ihr den Betrag nannte. Ann bezahlte und beeilte sich, den Supermarkt zu verlassen. Noch immer konnte sie jemand aufhalten, fragen, was sie da in ihrer Tasche hatte. Doch niemand hielt sie auf, niemand achtete auf sie, als sie den Wagen zurückstellte, die Tüten nahm und mit schnellen Schritten den Parkplatz verließ. Sie hatte es geschafft. An der Bushaltestelle angekommen, nahm sie ihr Handy, schoss ein Foto von ihrer Beute und sendete es an Marc.

Ann Fischer:
Mission erfüllt.

Gamemaster Marc:
Sehr gut! Ich wusste, dass du dich
anstrengen würdest. Ich bin zufrieden mit dir.
Du solltest die Kondome ab jetzt bei dir
tragen, vielleicht brauchst du sie bald.

Kapitel 14

Der Himmel war grauer und die Wolken dunkler als Gusenberg sich auf den Weg zurück zum gelben Haus machte. Nun hatte sich also noch ein Gespenst in die Ermittlungen geschlichen. Ein Gespenst, über das Peer Brandt sicher einiges an Informationen besaß. Gusenberg beschloss, dass er als Erstes seinen Kollegen für die kommissionsübergreifenden Ermittlungen aufsuchen würde. Vielleicht gab es in den alten Ermittlungsakten einen Hinweis auf die Verbindung von Förster und Kessen. Zum Zeitpunkt des Prozesses war Förster noch an der Universität und Kessen schon vorbestraft. Zwei so unterschiedliche Lebenswege, die sich trotzdem irgendwie in der Dusche der JVA Kranenburg auf so brutale Art und Weise kreuzten.

Gusenberg schickte Maryanne eine Nachricht, bei einem gemeinsamen Mittagessen in der Kantine konnten sie sich austauschen, vielleicht hatte seine Kollegin ein Puzzlestück gefunden, das zu seinem Haufen passte.

Der Ermittler lief die Treppen zu Brandts Büro empor. Wie immer stand die Tür offen, das Zeichen dafür, dass der Herzkönig bereit war, Gäste zu empfangen. Gusenberg klopfte an den Rahmen und trat hinein.

„Schön dich zu sehen, Emil. Wenn es dich nicht stört, bleibe ich sitzen." Peer Brandt lächelte seinen Kollegen an. Er hatte einen Stapel Akten auf dem Schoß, die er nach einem recht willkürlich wirkenden System auf dem Schreibtisch in drei Stapel aufteilte.

„Lass dich nicht stören, sieht wichtig aus." Gusenberg lehnte sich gegen einen der vielen Aktenschränke, der trotzig quietschte.

„Du bist sicher nicht gekommen, um mir beim Akten Sortieren zu helfen. Ich habe gehört, man lässt dich wieder auf die Straße, freut mich. Ich habe dich auch nie als Büromensch gesehen."

„Maryanne ist so eine Tratschtante. Aber ja, stimmt. Wir arbeiten an einem Mordfall. Sicher hast du davon gehört, die Messerstecherei in der JVA."

Brandt nahm eine der Akten und ließ sie für einen kurzen Moment in der Luft kreisen, dann legte er sie auf den mittleren Stapel.

„Wurde das Opfer nicht von einem anderen Insassen getötet?"

„Ja, den Täter zu finden, war dieses Mal keine große Herausforderung. Leider schweigt er und wir haben kein Motiv."

„Wie kann ich dir helfen?" Peer hatte sich nun fast vollständig durch den Aktenstapel gearbeitet.

„Ich brauche ein paar Informationen." Gusenberg machte eine Pause. „Eigentlich brauche ich alles, was wir über einen Michael Hettrich, Andrej Vollbrecht und die Ermittlungen im Fall Biggy haben. Ich habe schon 'ne Menge von der Sitte, aber ich glaube, da muss es mehr geben."

„Du glaubst? Seit wann glaubst du?" Die letzte Akte wanderte von Brandts Schoß auf den Schreibtisch.

„Ich vermute", gab Gusenberg schnell zurück. Er hatte die Arbeit mit Brandt vermisst. Peer war ein verdammt schlauer Kopf, der die Welt durch eine ganz besondere Brille sah. Und genau dieser Blick auf die Details machte ihn gleichermaßen effizient wie unersetzlich.

„Wenn das so ist, schaue ich, was ich für dich tun kann." Brandt stand auf und griff einen weiteren Stapel Akten, der auf einem der Schränke sein Dasein gefristet hatte. „Ich kümmere mich um dein Anliegen, wenn ich mit dieser Sträflingsarbeit hier durch bin, es kann sich nur noch um Jahre handeln. Aber so schnell kommt der Mörder ja nicht wieder frei."

Gusenberg konnte sich ein Grinsen nicht verkneifen. „Danke, wir sehen uns."

***

Gusenberg traf Maryanne in der Kantine. Sie hatte ihren Stammplatz reserviert und lächelte Gusenberg durch den ganzen Saal zu.

„Heute gibt es etwas besonders Gutes." Sie wedelte mit der kleinen Speisekarte. Gusenberg überflog das laminierte Papier.

„Sag mir bitte, dass wir heute nicht Mittwoch haben." Maryanne lachte.

„Hätte ich geahnt, dass es heute Gemüselasagne gibt, hätte ich mir auf dem Weg was zu essen gekauft."

„Stell dich nicht so an. Die wird nicht schlechter sein als die Würstchen von gestern." Maryanne erhob sich, griff sich ein Tablett und reihte sich in die Schlange der

119

Wartenden ein. Gusenberg zögerte kurz; wenn er jetzt nichts aß, würde er den ganzen Nachmittag Hunger leiden müssen. Das war inakzeptabel, er schloss zu seiner Kollegin auf. Schweigend rückten sie in der Schlange nach vorne, ließen sich bedienen und gingen zu ihrem Tisch. Schon auf dem Weg zurück bereute Gusenberg seine Entscheidung, aber jetzt war es zu spät.

„Der Spinat ist matschig und gleichzeitig hat er die Textur von Papier. Wie machen die das nur?" Gusenberg stocherte in der Lasagne herum. Mit jedem Stoß der Gabel zerfiel das Ding vor ihm auf dem Teller in immer kleinere Batzen.

„Für jemanden, der hauptsächlich Fertigessen verputzt, bist du ein ganz schöner Gourmet." Beide lachten. Er genoss die kurzen Momente der unbefangenen Plauderei mit Maryanne und die freundschaftliche Nähe. Auch wenn sie bald von ernsteren Themen verdrängt werden würden, Gusenberg konnte am Blick seiner Kollegin erkennen, dass nicht nur er Informationen hatte, die sämtliche gute Laune im Keim ersticken würde.

Der Ermittler gab auf halber Strecke auf und legte die Gabel zur Seite. Es würde reichen, bis er etwas Richtiges zu essen bekommen würde. Er musste nicht satt werden, nur überleben.

„Ich habe schlechte Neuigkeiten", sagte Gusenberg in die Stille. „Ich denke nicht, dass wir das Mädchen von dem Foto von *Westheim Lokal TV* noch lebend finden werden." Der Ermittler brachte Maryanne auf den neusten Stand, diese stieß hörbar die Luft aus.

„Das klingt nicht gut." Nun legte auch Maryanne die Gabel weg.

„Ich glaube, ich habe herausgefunden, was mir Försters Eltern verschwiegen haben. Letztes Jahr kam Försters Nichte Melissa ums Leben. Sie wurde von einem
Zug erfasst und getötet.“

„War es ein Unfall?“

„Nein. Das glaube ich nicht und das glaubte auch Rolf
Förster nicht. Ich habe mich umgehört, seiner Meinung
nach wurde Melissa ermordet. In den Berichten steht
etwas von Suizid. Es wurde keine Autopsie durchgeführt. Förster ging davon aus, dass durch einen vorgetäuschten Suizid Spuren verwischt werden sollten.“

Gusenberg setzte dazu an, etwas zu sagen, aber Maryanne fuhr fort.

„Ich weiß, was du denkst. Selbst wenn wir eine Exhumierung erwirken könnten, gibt es das Problem, dass
Melissa eingeäschert wurde. Ich habe mir die Einsatzprotokolle durchgelesen, der Zug hatte kaum etwas übriggelassen, das man in einen Sarg hätte legen können.
Es muss ein grausamer Anblick gewesen sein.“

„Und Förster hat der Tod seiner Nichte nicht losgelassen?“

„Ich habe mit seinem Chef telefoniert. Wie hat er es
formuliert?“ Maryanne senkte den Blick, während sie
nachdachte. Sie tippte sich mit dem Zeigefinger gegen
die Unterlippe. „Er hätte sich zu einem Problemfall entwickelt, das war der genaue Wortlaut.“

„Wie meinst du das?“

„Förster war gut in seinem Job. Besonders der Bereich
Cybersicherheit lag ihm. Sein Chef hat es zwar nur angedeutet, aber Förster war wohl ziemlich verschwörungsaffin. Er war davon überzeugt, dass die Regierung
ihn ausspioniert. Im Allgemeinen hat er sich beobach

tet gefühlt. Man kennt das ja, Gesichtserkennung an Bahnhöfen, Handys, die einen angeblich abhören, solche Sachen."

„Das erklärt, warum es online überhaupt keine Spuren von ihm gibt."

Maryanne nickte.

„Bis zu Melissas Tod im letzten März, war Förster eher vorsichtig, vielleicht ein bisschen schrullig, aber nicht mehr. Dann starb Melissa und mit Förster ging es den Bach runter. Seine Arbeitsleistung brach ein, er meldete sich oft krank, dann erschien er drei Wochen überhaupt nicht mehr im Büro. Er reagierte weder auf Anrufe noch auf E-Mails. Das war der Moment, als der Problemfall Förster entlassen wurde."

„Drei Wochen? Was hat er in der Zeit wohl gemacht?"

„Meiner Meinung nach hat er versucht herauszufinden, wo Melissa die letzten achtundvierzig Stunden vor ihrem Tod verbracht hatte. Du musst wissen, Melissas Eltern haben sie an einem Freitagabend vermisst gemeldet. Sie wollte sich mit einer Freundin treffen, ist aber nicht bei ihr aufgetaucht. Am Sonntagabend wurde sie dann vom Zug erfasst. Diese Lücke konnte bisher niemand schließen."

„In den Berichten steht nichts über irgendwelche Nachforschungen von Förster." Gusenberg kratzte sich nachdenklich am Kopf.

„Weil niemand danach gesucht hat. Wenn seine Recherchen auf den Festplatten sind, werden sie von dem Algorithmus nicht gefunden. Wenn es ein Notizbuch oder ein Kalender ist, wurde es nicht als ermittlungsrelevant eingestuft und liegt vielleicht noch in der Wohnung."

„Du bist also davon überzeugt, dass Förster etwas gefunden hat. Dass er sich diese Verschwörung um das Verschwinden und den Tod seiner Nichte nicht ausgedacht hat."

„Ich bin zumindest davon überzeugt, dass Förster geglaubt hat, dass er etwas gefunden hat. Es hat ihn so sehr beschäftigt, dass er einen gut bezahlten Job aufgab."

„Wie passt diese Sarah Cassato in die Theorie des schrulligen Einzelgängers? Ich habe nichts über sie herausfinden können."

Maryanne presste missmutig die Lippen aufeinander und dachte nach.

„Ich weiß es nicht. Diese Frau ist ein Phantom. Sie scheint ebenso wie Förster nicht zu existieren. Aber im Gegensatz zu Förster hat sie nicht einmal eine Sozialversicherungsnummer. Was ist, wenn es sie wirklich nicht gibt?"

„Meinst du, sie hat Förster einen falschen Namen genannt, oder dass sie nur seiner Einbildung entsprungen ist? Förster war zwar schrullig, aber ich glaube, er war nicht so neben der Spur, dass er imaginäre Freunde oder in diesem Fall Feinde hatte. Diese Frau muss es geben, nicht unter diesem Namen, aber es muss sie einfach geben."

Maryanne zuckte mit den Schultern. „Wenn wir etwas herausfinden wollen, müssen wir Försters Wohnung noch einmal unter einem anderen Blickwinkel durchsuchen."

„Jetzt?", fragte Gusenberg.

„Jetzt!" Maryanne erhob sich. „Wir können nicht so lange warten, bis du deine Lasagne aufgegessen hast."

„Ich verrate dir ein Geheimnis, ich hatte nicht vor, das Ding da weiter zu essen." Gusenberg griff sich das Tablett mit der halb gegessenen Lasagne und trottete zum Ausgang.

***

Försters Wohnung hatte nur zwei Zimmer, aber genug Kram, um ein ganzes Haus zu füllen. Die Ermittler hatten die Tür noch versiegelt vorgefunden und sich ohne großen Aufwand Zutritt verschafft. Die Wohnung war eine obskure Mischung aus Jugendherberge und Elektrofachmarkt. Billige Pressspanmöbel und teure Elektronik. Es war klar, wie Förster die Prioritäten im Leben gesetzt hatte.

„Kaum zu glauben, dass die Kollegen von der Sitte hier schon kistenweise Zeug rausgetragen haben." Gusenberg ließ seinen Blick schweifen. Die Regale in dem Raum, der bei einem normalen Menschen das Wohnzimmer wäre, waren vollgestellt mit unzähligen Kisten und Schütten. Andere Bereiche waren verdächtig leer, dort mussten sich Rechner, Festplatten oder andere, für die Ermittlungen relevante Objekte befunden haben. Gusenberg trat an ein Regal voller roter Plastikboxen. Jede einzelne war akribisch mit einem Etikett versehen. Der Ermittler zog eine der Schütten aus dem Regal, die mit *Jumper Wire* beschriftet war.

„Kabel. Einfach nur Kabel." Gusenberg schob die Box zurück und blickte in eine weitere.

„Andere Kabel."

„Offenbar hat Förster in seiner Freizeit Rechner zusammengeschraubt. Das würde die Menge an

124

Computern erklären, die die Sitte mitgenommen hat."
Maryanne zog eine der Schreibtischschubladen auf.

„Werkzeug."

Die Ermittlerin richtete sich auf und stemmte die Arme in die Hüften. „Hier werden wir nichts finden. Alles hier drin wurde nach einem ganz klaren System eingelagert. Es ist kein Chaos, auch wenn es auf den ersten Blick so wirken mag. Wenn Förster auch in anderen Lebensbelangen so strukturiert war, müssten wir irgendwo eine Kiste oder sonst was mit seinen Rechercheergebnissen finden."

„Vielleicht hatte Förster ein Tagebuch oder ein Notizbuch. Das könnte in einer der Schreibtischschubladen sein, oder im Nachttisch." Gusenberg ging zu dem Schreibtisch und zog eine der Schubladen auf, wurde aber nicht fündig.

„Glaubst du, er war der Typ dafür?"

„Mhhh ... Eher nicht, aber wenn er Daten zu einer Verschwörung gesammelt hat, dann sicher analog. So brisante Daten wollte er bestimmt getrennt von seiner Arbeit halten. Wir teilen uns auf. Ich durchforste diese Werkstatt, du schaust dich im Schlafzimmer um.

In Försters Schlafzimmer stand die Luft. Sie roch modrig und verbraucht. Im Gegensatz zu seiner Werkstatt war alles in dem Raum Standardware, günstig gekauft, wahrscheinlich zweite Hand. Die Ästhetik war der Funktionalität untergeordnet. Alles hätte direkt aus dem Möbelhauskatalog in die Charlottenstraße 19 transportiert worden sein können. Maryanne zog eine der Schubladen auf. Die Ermittlerin wühlte in Socken und T-Shirts herum. Försters Kleiderschrank enthielt wenig Farbe, und noch weniger Abwechslung. Mit nur ein paar Handgriffen mehr hatte Maryanne die kleine Kommode, das Nachtkästchen und das Bett abgesucht. Doch nichts verriet etwas über den Menschen, der die Wohnung noch bis vor Kurzem bewohnt hatte.

„Vielleicht habe ich mich geirrt." Maryanne und Gusenberg hatten sich gerade den letzten Raum der Wohnung vorgenommen, die Küche. Hier waren sie nur auf Normalität gestoßen, Förster musste gerne gekocht haben. Er verfügte über ein großes Repertoire an Küchengeräten, deren Funktionen sich Gusenberg nicht vollständig erschlossen.

„Das glaube ich nicht. Es würde alles Sinn ergeben. Wir sind leider nicht die Ersten. Wir können nur finden, was die anderen übersehen haben. Im dümmsten Fall sind wir sogar die Dritten, die diese Wohnung durchsuchen."

„Wie meinst du das?", fragte Maryanne, die gerade dabei war, die Salz- und Pfefferstreuer aus dem Schrank zu räumen.

„Was ist, wenn Förster die Wahrheit gesagt hat? Was, wenn er wirklich unschuldig war und diese Sarah Cassato ihn reingelegt hat? Ich wüsste zwar nicht, was diese Frau für ein Motiv hätte, aber das wissen wir bei Kessen ja auch noch nicht. Sie würde herkommen und Spuren vernichten. Wenn sie seine Passwörter wissen konnte ..."

„... dann könnte sie auch einen Schlüssel zu der Wohnung haben. Scheiße! Das heißt, wir stehen wieder ganz am Anfang!", beendete Maryanne Gusenbergs Gedankengang. Die Ermittlerin machte einen Schritt zur

Küchentür und gab ihr einen Tritt, so dass diese ins Schloss fiel.

„Oder auch nicht." Gusenberg deutete auf eine Pinnwand, die hinter der Tür verborgen war. Der schlichte Rahmen aus hellem Holz war verstaubt, im Kork der Pinnwand steckten nur drei Nadeln. Jede hielt ein einzelnes Stück Papier. Die beiden Ermittler betrachteten ihren Fund für ein paar Sekunden, bevor Gusenberg auf den größten Zettel deutete.

„Das sieht aus wie ein Stück einer Wanderkarte. Die Kanten sind rau, das Stück wurde aus einer größeren Karte herausgeschnitten. Das ist gar nicht so weit entfernt von hier."

„Siehst du das?" Maryanne lenkte Gusenbergs Blick auf eine Stelle im unteren Drittel der Karte. „Förster hat hier etwas markiert."

Gusenberg versuchte sich einen Reim auf das rote Kreuz im Nirgendwo zu machen, aber Maryanne war schneller.

„Das ist die Stelle, an der Melissas Leiche gefunden wurde." Sie fuhr mit den Fingern über eine kleine schwarze Linie.

„Das sind die Schienen."

„Und was ist das?" Gusenberg deutete auf ein kleines, beigefarbenes Rechteck, das mit einem schwarzen Fragezeichen versehen war.

„Das sieht aus wie ein Haus oder ein Hof. Aber ich kann dir nicht sagen, was da ist. Nachdem ich Melissas Todesanzeige gefunden hatte, habe ich mich bei der Feuerwehr über den Fundort informiert und ihn mir auf Satellitenbildern angesehen. Aber nur die nähere Umgebung. Dieses Haus ..." Maryanne suchte einen

Maßstab, konnte aber keinen finden. „Dieses Haus ist mindestens ein paar hundert Meter vom Fundort entfernt."

„Wieso hat Förster es markiert?"

„Es ist das Gebäude, das dem Fundort am nächsten liegt und wenn Melissa zu Fuß zu der Stelle gelaufen ist, musste sie an dem Haus vorbei." Maryanne fuhr mit den Fingern über den Wanderweg. „Ungefähr hier muss sie sich dann in die Büsche geschlagen haben."

„Vielleicht hat Förster die Bewohner nach Melissa befragt. Das sollten wir auch tun." Gusenberg zog die Nadel aus dem Kork und steckte die Karte in einen Beweismittelbeutel. Dann wandten sich die beiden Ermittler den beiden anderen Zetteln zu, die an der Pinnwand befestigt waren.

„Zwei Kassenbons. Einen für einen Einweggrill aus dem Baumarkt. Kostenpunkt drei Euro neunundneunzig. Ziemlich genau ein Jahr alt." Gusenberg reichte Maryanne den Kassenbon und nahm den zweiten. „Der ist für ein Einmannzelt vom Discounter. Zwei Tage älter als der für den Grill."

Maryanne musterte den Zettel. „Beide Gegenstände wurden eine Woche vor Melissas Tod gekauft. Beide wurden bar bezahlt."

„Sie würden nicht hier hängen, wenn sie keine Bedeutung hätten. Vielleicht hat Melissa sie gekauft?"

„Warum sollte sie? Das wirkt mir nicht wie der normale Einkauf einer Dreizehnjährigen."

„Das gilt es herauszufinden. Ich habe da eine Idee –" Das Klingeln seines Handys unterbrach Gusenberg in seiner Ausführung. Er blickte auf das Display.

„Das ist Peer. Mal sehen, was er für uns hat. Hallo?“ Gusenberg lauschte den Ausführungen seines Kollegen. „Danke. Kannst du mir sagen, wer die beiden Männer vor Gericht vertreten hat? – Echt? Nein! Das kann kein Zufall sein. Danke. Wir sprechen uns, wenn wir wieder auf dem Revier sind. Ich bin leider in Eile.“ Gusenberg legte auf.

„Du wirst es kaum glauben. Andrej Vollbrecht und Michael Hettrich wurden von der Kanzlei Löffler und Homburger vertreten. Langsam wird es auffällig, dass sich alle Galgenvögel in unserem Fall bei denen die Klinke in die Hand geben. Ich glaube, wir sollten denen auch noch einmal einen Besuch abstatten.“

Kapitel 15

Der Plan war schon gefasst, bevor die Ermittler Försters Wohnung verlassen hatten. Zwar hätte Gusenberg auch gerne den Spaziergang durch den Wald gemacht, aber er kam nicht gegen Maryannes Argumentation an. Immerhin kannte er die Kanzlei schon und hatte Kontakt mit Cecillia von Amtsstätten geknüpft. Ihm würde es leichter fallen, an die gewünschten Informationen zu kommen. Somit würde Maryanne sich das Haus bei den Bahngleisen allein ansehen.

Die Ermittlerin ließ Gusenberg beim Westheim City Center raus und machte sich in Richtung des schwarzen Fragezeichens auf. Eine schnelle Recherche ergab, dass das Haus am Kreuzner Bühl lag. Keine Hausnummer, nur ein Straßenname. Das einzige Haus auf weiter Flur. Warum es dort stand, und wer dort wohnte, konnte ihr auch das Internet auf die Schnelle nicht verraten.

Maryanne brauchte fast eine Stunde und mehrere Anläufe, bis sie die Straße, die nicht in ihrem Navigationsgerät gespeichert war, gefunden hatte. Sie stellte den Wagen auf einem zerfurchten Feldweg ab und brachte die letzten Meter zu Fuß hinter sich. Sie wollte ihrem altersschwachen Dienstwagen den von Schlaglöchern übersäten Weg nicht zumuten, am Ende musste sie sonst noch einen Abschleppwagen zu sich ins Nirgendwo lotsen.

Schon nach wenigen Metern wurde ihr bewusst, dass sie die richtige Entscheidung getroffen hatte. Die Furchen waren in tiefe Schlaglöcher übergegangen, die Wind und Wetter über Jahre in den Weg gegraben hatten.

Eine milde Brise umspielte ihre schwarzen Haare. Die Sonne stand hoch am Himmel. Maryanne zog ihre Lederjacke aus und warf sie sich über die Schulter. Die Ermittlerin drehte sich in Richtung Stadt und ließ ihren Blick schweifen. Westheim erstreckte sich fast bis zum Horizont. Es war ein beeindruckender Anblick, den sie gerne mit jemandem geteilt hätte. Die Stadt hatte sich über die Jahrhunderte immer weiter ausgebreitet. Weder Wald noch Stein hielt sie auf. Selbst dem Wasser war der Wille der Menschen aufgezwungen worden. Ausgebaggert, begradigt und mit Brücken überspannt, war der stete Strom, der die Stadt teilte, von hier oben nicht zu sehen. Maryannes Wohnviertel war nicht mehr als ein verschwommener Fleck in der Ferne. Wenn sie nicht so weit weg wohnen würde, wäre sie sicher schon früher hierhergekommen. Zwei Jogger überholten sie. Einer der beiden grunzte einen Gruß und Maryanne war wieder bei der Arbeit. Sie war nicht hier, um dem Lärm der Stadt zu entkommen, sie war hier, weil sie die letzten Stunden eines jungen Mädchens rekonstruieren wollte. Ob Melissa diesen Weg gegangen war? Ob sie sich ein letztes Mal an der Schönheit der Natur erfreut hatte? Oder hatte sie nichts mehr Schönes in der Welt gesehen und sich deshalb das Leben genommen? Maryanne musste an Melissas Eltern denken. Hatten sie etwas mitbekommen? Eine Veränderung? War sie weniger fröhlich gewesen? Hatte sie sich von Freunden und Familie abgekapselt? War es ein schleichender Prozess oder kam es ganz plötzlich? Es war eine unerträgliche Vorstellung. Was für eine Last, was für ein Schuldgefühl mussten ihre Eltern mit sich herumtragen. Selbst wenn sie ihr Bestes gegeben hatten. Sicher würden die meisten Menschen sagen, dass ihnen so etwas nicht passieren könnte. Sie würden wissen, wenn etwas mit ihren Kindern nicht stimmen würde und doch gab es mehr als genug Melissas auf dieser Welt.

Maryannes Gedanken wanderten zu ihren eigenen Kindern. Reichte das geteilte Sorgerecht aus, um das beurteilen zu können? Alle zwei Wochen ein Wochenende. Sicher nicht. Sie verbrachte viel zu wenig Zeit mit den beiden und selbst die Zeit, die sie hatten, spiegelte nicht wirklich die Realität wider. Maryanne wollte, dass sie Spaß hatten, dass die beiden gerne zu ihr kamen. Für den Alltag war kein Platz. Die Kinder sprachen fast nie über ihren Vater. Fragen, wie es ihnen bei ihm ginge, wurden nur knapp mit „gut" beantwortet, bevor sich schnell auf wichtigere Dinge konzentriert wurde. Auch wenn er sie selbst schlecht behandelt hatte, die Kinder hatte er nie geschlagen. Sicher würden die beiden etwas sagen, wenn sich das geändert hätte. Die Grenzen zwischen Arbeit und Privatleben verschwammen und Zweifel breitete sich aus. Nein. Sie würde es merken, wenn da etwas im Busch war. Ihren beiden Kindern ging es gut, auch wenn sie wenig über ihr Leben bei ihrem Vater sprachen.

Maryanne beschloss, sich beim nächsten Treffen nicht so einfach abwimmeln zu lassen. Sie würde nicht die Kinder fragen, sondern Viktor selbst. Maryanne wollte nicht wissen, ob er eine Neue hatte, wie sie hieß oder wie es lief. Am Ende würde sie nur versuchen, etwas über sie herauszufinden. Aus Neugier und vielleicht, um zu garantieren, dass er seiner neuen Frau nicht dasselbe antun würde. Sie wollte nur sicher gehen, dass es ihren beiden Lieblingen gut ging.

Maryanne riss sich aus ihren Gedanken. Sie konnte das Haus sehen, das Rolf Förster mit einem Fragezeichen markiert hatte. Es lag etwas abseits des Weges, nicht weit entfernt von einem kleinen Tannenwald. Das Grundstück war verwildert, der Zaun darum teilweise in sich zusammengefallen. Die Holzpfähle, um die der Zaundraht gespannt war, faulten moosbedeckt vor sich hin. Die Ermittlerin verharrte kurz und ließ die Szenerie auf sich wirken – das Haus machte keinen bewohnten Eindruck. Verriegelte Fenster und besprühte Wände. Maryanne ging den Weg entlang, der vor Jahren mal ein gepflasterter Gehweg gewesen war. Ein kleines Gartentor versperrte ihr den Zutritt. Es gab weder einen Briefkasten noch ein Namensschild. Nur ein Stück gelbes Plastik mit grobem Draht an das Tor gebunden, das Unbefugte vom Betreten des Grundstücks abhalten sollte.

Die Ermittlerin drückte die Klinke, überraschenderweise war das Tor nicht verschlossen, sondern öffnete sich quietschend.

„Hallo? Ist hier jemand?“ Maryanne blickte sich um, die Jogger waren längst verschwunden, sonst war niemand zu sehen. Maryanne setzte ihren Weg fort. Die

Bodenplatten, die zur Haustür führten, waren gesprungen. Gras und Wurzeln durchzogen die Risse. Die Ermittlerin erkannte nun, dass der Garten nicht nur verwildert, sondern auch furchtbar vermüllt war. Offenbar hatte das *Betreten verboten*-Schild keine Wirkung gezeigt.

Zigarettenschachteln und Bierdosen, Papierfetzen und Glasscherben. Über allem lag der Schleier einer entfernten Vergangenheit. Nichts was im Garten lag, war neu, selbst der Müll hatte schon mehrere Jahre auf dem Buckel.

Der ockerfarbene Putz des Hauses platzte an verschiedenen Stellen ab oder war mit hellerem Putz notdürftig ausgebessert worden. Maryanne erreichte die Haustür, auch hier waren weder Briefkasten noch Klingelschild zu finden. Die Ermittlerin klopfte und spähte durch das angelaufene Fenster in einen düsteren Flur. Vielleicht standen dort ein paar Möbel, vielleicht auch nicht. Sie klopfte erneut, dieses Mal lauter. Es kam keine Reaktion.

Maryanne wartete kurz. Als nichts geschah, umrundete sie das Haus. Wie ein Storch stakste sie durch den Garten, immer darauf bedacht, nicht in eine Scherbe oder ein Loch zu treten. Im hinteren Teil musste einmal ein kleiner Schuppen gestanden haben. Verwitterte Bretter lagen auf totem Gras. Sämtliche Fenster lagen im Hochparterre, es gab keine Kellerfenster. Der braun gestrichene Mauersockel war feucht und rissig. Auf der Ostseite gab es im ersten Stock einen kleinen Balkon, auf dem ein Sichtschutz aus Schilfrohr vor sich hin schimmelte. Die Ermittlerin blickte sich suchend um. Sie entdeckte einen überwucherten Hackklotz, riss ihn aus seinem Dornröschenschlaf und rollte ihn an eines der Fenster. Maryanne stieg auf ihren improvisierten Tritt und blickte durch das erste Fenster. Müll und Leere. Vereinzelt hatte sich die Tapete abgelöst, dennoch wirkte es so, als wäre jemand vor Kurzem im Haus gewesen. Sie brauchte einen Moment, bevor ihr klar wurde, woher diese Eingebung kam. Eine Plastiktüte vom Discounter, grell und bunt. Sie war Teil einer Marketingkampagne zum Jubiläum der Firmengründung. Wann war das gewesen? Ende letztes Jahr? Es war ständig in der Fernsehwerbung gewesen. Ihr Sohn hatte die Werbung als *cringe* bezeichnet, und als er ihr erklärt hatte, was das hieß, hatte sie ihm zugestimmt.

Maryanne sprang von dem Hackklotz, wuchtete ihn ein Fenster weiter und warf noch einen Blick durch die angelaufenen Fenster. Nichts, was sie nicht schon kannte. Keine Spuren, nichts, was ihr einen Hinweis auf eventuelle Bewohner geben konnte. Dieses Haus war leer, aber war es auch unbewohnt? Wenn nicht, wer wohnte hier? Und wieso stand so weit draußen ein einzelnes Haus? Sie musste den Besitzer ermitteln. Sie wollte Gusenberg eine Nachricht schreiben, stellte aber fest, dass sie kein Netz hatte. *Nur Notrufe.* Sie steckte das Handy weg und machte sich auf den Weg zum Auto. Als sie gerade das Gartentor zuzog, kam ihr eine ältere Frau mit einem Pudel entgegen.

„Entschuldigungen Sie bitte." Maryanne war auf die Frau zugetreten, diese stoppte, der Pudel schnüffelte an Maryannes Stiefeln, dann wedelte er mit dem Schwanz.

„Ja?" Die Frau beäugte Maryanne skeptisch. „Was kann ich für Sie tun?"

„Maryanne Schröder, Polizei Westheim.“ Die Ermittlerin nestelte ihren Polizeiausweis aus ihrer Lederjacke. „Es ist nichts Schlimmes.“ Die Frau ihr gegenüber entspannte sich sichtlich.

„Sind Sie öfter hier mit Ihrem Hund unterwegs?“

Die Frau ging in die Knie und streichelte den Pudel.

„Roberta und ich machen jeden Tag unsere Runde hier. Nicht wahr, mein Liebling?“ Der Hund erwiderte die Zuneigung mit einem freudigen Bellen. Die Frau zog ein Leckerli aus ihrer Jackentasche und hielt es ihrem Hund hin. Roberta schnappte nach dem braunen Etwas und leckte ihrer Besitzerin über die Hand.

„Was können Sie mir über dieses Haus erzählen?“

„Das?“ Die Frau erhob sich und deutete an Maryanne vorbei auf das Gebäude.

„Genau. Können Sie mir sagen, ob es bewohnt ist?“

Die Frau zögerte. „Wenn Sie mich fragen, hat das Haus hier oben nichts mehr zu suchen. Es sollte abgerissen werden. Ein Schandfleck ist das! Wissen Sie, das ist das alte Bahnwärterhaus. Aber die Schienen wurden schon vor über zwanzig Jahren verlegt. Sonst würden wir jetzt mitten auf den Gleisen stehen.“

„Haben Sie in letzter Zeit jemanden gesehen, der das Haus betreten hat?“

„Nein. Das Haus steht sicher schon zehn Jahre leer. Seit der alte Bahnwärter tot ist, der ist nämlich geblieben, auch als die Schienen verlegt worden sind. Einen alten Baum verpflanzt man nicht mehr so leicht. In den ersten Jahren wurde es wohl noch gepflegt und es stand auch eine ganze Zeit ein *Zu verkaufen*-Schild im Garten, aber die Zeiten sind lange vorbei. Mehr kann ich Ihnen nicht sagen. Aber warum interessiert sich die

Polizei für dieses Haus?" In den Augen der Frau blitzte die Neugier.

„Nur interessehalber, es gab Beschwerden wegen Vandalismus. Jugendliche Störenfriede, die Partys feiern und Scheiben einschlagen. Aber wir können erst eingreifen, wenn der Besitzer Anzeige erstattet. Danke für Ihre Zeit." Maryanne drehte sich auf dem Absatz um und machte sich auf den Weg.

„Halt. Gerade ist mir noch etwas eingefallen." Die ältere Frau schloss überraschend schnell zu der Ermittlerin auf.

„Vor ein paar Wochen habe ich eine Frau im Garten stehen sehen."

Nun wurde es interessant, Maryanne zog ihr Notizbuch heraus.

„Was können Sie mir über diese Frau sagen?"

„Nicht viel. Ich war wie jeden Tag mit Roberta unterwegs, wissen Sie, wir gehen immer dieselbe Runde und das schon seit mindestens zehn Jahren. Denn so alt ist meine kleine Roberta schon. Damals haben wir sogar ab und zu den alten Bahnwärter gesehen. Er hat aus dem Fenster im Obergeschoss geschaut und gewinkt."

„Was war mit der Frau?"

„Ach ja. Die Frau, die stand im Garten. Es sah so aus, als würde sie etwas suchen. Als ich näher kam, ist sie hinter dem Haus verschwunden."

„Können Sie die Frau beschreiben?"

„Ja. Sie war zierlich und hatte kurze Haare. Blond oder braun, ich habe das nicht so gut gesehen. Aber kurz waren sie, da bin ich mir sicher. Ich halte von solchen Frisuren ja nichts, aber das ist ja heutzutage Trend."

„Das war's?" Maryanne blickte von der Frau zum Haus und wieder zurück.

„Ja, mehr kann ich Ihnen nicht sagen." Die Frau wirkte überrascht davon, dass ihre Aussage Platz für Fragen gelassen hatte.

Maryanne steckte ihr Notizbuch weg, ohne ein einziges Wort aufgeschrieben zu haben.

„Noch mal danke für Ihre Zeit. Falls Sie etwas bemerken, dann rufen Sie mich bitte an." Maryanne reichte der Frau eine Visitenkarte, die diese eifrig musterte. Die Ermittlerin ließ Frauchen und Hund hinter sich und lief zum Auto zurück. Diese ganze Aktion war ein Schlag ins Wasser gewesen. Egal, wen Rolf Förster hier finden wollte, oder gefunden hatte, er war nicht mehr hier. Ob er überhaupt jemals hier gewesen war, oder ob er wiederkommen würde, war reine Spekulation. Genauso wie die Frage, ob Melissa hier gewesen war. Am Ende des Tages blieb das Haus nur ein schwarzes Fragezeichen auf einer Wanderkarte.

Kapitel 16

Gusenberg hätte nicht gedacht, dass er so schnell wieder vor den Toren der Kanzlei Löffler und Homburger stehen würde. Am Empfang wurde er erneut von Frau Petersen begrüßt. Derselbe elegante Hosenanzug, dasselbe distanzierte Lächeln.

„Der Herr von der Polizei. Wie kann ich Ihnen helfen?"

„Ist Herr Löffler im Haus?"

Frau Petersen senkte den Blick. Die Computertastatur klackerte. „Ja. Herr Doktor Löffler ist im Büro. Wollen Sie einen Termin?"

„Nein, aber ich finde den Weg." Mit zwei schnellen Schritten war Gusenberg an der Rezeption vorbei und steuerte auf die Tür mit dem auf Hochglanz polierten Namensschild zu. Er klopfte einmal, wartete nicht auf eine Antwort und trat ein.

„Was?" Siemion Löffler erstarrte in der Bewegung. „Sie?"

Hinter Gusenberg stürzte Frau Petersen ins Büro.

„Entschuldigung, Herr Doktor Löffler, dieser Mann hat sich einfach an mir vorbeigedrängelt."

„Das klären wir später." Löffler warf der Frau einen bösen Blick zu. Diese verharrte kurz, dann zog sie sich zurück und schloss die Tür. Ein kurzer Moment der Stille entstand, bevor Gusenberg das Wort ergriff.

„Ich habe ein paar Fragen an Sie."

„Ach ja, ich habe aber keine Zeit für Sie. Machen Sie einen Termin wie jeder andere auch." Löffler wandte demonstrativ den Blick ab und durchforstete einen Haufen Papiere.

„Sie werden sich sicher etwas Zeit freischaufeln können, wenn Sie erfahren, worum es geht." Gusenberg setzte sich auf einen der Stühle vor dem Schreibtisch. „Wissen Sie, Herr Löffler, in der letzten Zeit haben sich eine Menge seltsamer Zufälle ergeben. Ein Mann tötete ohne Grund einen anderen und dieses Mordopfer hat schmutzige Daten auf seinem Computer, wegen denen sich ein dritter Mann erhängt hat und ein vierter Mann ins Gefängnis musste. Und wissen Sie, was das wirklich Seltsame an der Sache ist? Sie alle waren Mandaten Ihrer Kanzlei."

Löffler schnaubte. „Und? Die meisten Menschen, mit denen wir arbeiten, sind Verbrecher. Zwar beteuern sie alle ihre Unschuld, aber der Großteil hat Dreck am Stecken. Sie nehmen sich die besten Anwälte, weil sie so wenigstens den Hauch einer Chance haben." Löffler schob die Papiere zur Seite und erhob sich. Er umrundete den Schreibtisch und lehnte sich mit verschränkten Armen gegen die Tischplatte.

„Und wissen Sie, dass es mir egal ist? Die Leute kommen zu mir, damit ich sie vor den Konsequenzen ihres Handelns beschütze. Das ist mein Job und den mache ich gut – sehr gut sogar. Ich bin kein Moralwächter, ich bin kein Richter. Warum sollte es mich kümmern, wie die Leben dieser Menschen nach unserem Arrangement weitergehen oder enden? Oder kümmert Sie das Leben der Verkäuferin an der Supermarktkasse?"

Löffler fixierte Gusenberg mit einem stechenden Blick, seine Augen waren so blau, dass sie kalt sein mussten. Gusenberg legte die Arme auf die Lehnen.

„Es geht nicht um Moral, Ihre Empathie oder Ihre Profession, es geht darum, dass in Ihrer Kanzlei nun mal alle Fäden zusammenlaufen, und das wirft Fragen auf. Fragen, auf die ich gerne eine Antwort hätte. Was können Sie mir über Andrej Vollbrecht erzählen?"

Löffler lachte abschätzig. „Die Westheimer Polizei ist furchtbar nachtragend. Sie tun sich keinen Gefallen damit, in der Vergangenheit zu wühlen. Alles, was ich Ihnen sagen kann, ist, dass ich gewonnen und Sie verloren haben. Ich habe für meinen Mandaten das Beste rausgeholt, was möglich war. Michael Hettrich wäre auch mit einem blauen Auge davongekommen, aber der Feigling hat sich anders entschieden."

„Wir brauchen Einsicht in Ihre Akten."

„Das wird nie geschehen, das wissen wir beide. Warum sind Sie wirklich hier?"

Gusenberg schwieg. Er beobachtete Löffler. Der Anwalt wirkte ruhig, aber er war es mit Sicherheit nicht. Bisher hatte ihn der Ermittler nur als eine alles niederwalzende Naturgewalt erlebt. Immer im Angriffsmodus, niemals in der Defensive. Sicher würde er ihn am liebsten aus dem Büro scheuchen wie einen räudigen Hund. Aber er tat es nicht, warum?

„Ich bin hier, weil es unmöglich ist, nicht hier zu sein, Herr Doktor Löffler. Alle Wege führen zu Ihnen. Rolf Förster, Thorsten Kessen, Andrej Vollbrecht, Michael Hettrich. Ein illustrer Knabenchor mit Ihnen als Dirigent."

„Was wollen Sie damit andeuten?" Löffler stieß sich von der Tischkante ab und stand nun kerzengerade im Raum. Seine Augen waren zu Schlitzen verengt. Ein Mann wie Rokko hätte spätestens jetzt zugeschlagen.

„Ich will gar nichts andeuten. Ich bin kein Hellseher auf dem Jahrmarkt. Ich bin hier, um herauszufinden, warum Thorsten Kessen seinen Mitgefangenen Rolf Förster ermordet hat, und wenn ich dabei noch rausfinde, wer sich hinter dem Namen Biggy verbirgt, umso besser." Gusenberg stand auf und ging zu Tür. „Und seien Sie nicht zu hart zu Frau Petersen, sie trägt keine Schuld."

Der Ermittler wollte die Kanzlei verlassen, der Flur lag in arbeitsamer Stille vor ihm. Am Ende, gegenüber der Besenkammer, stand Cecillia von Amtsstätten und winkte Gusenberg schüchtern zu, dann verschwand sie in ihrem Büro. Der Ermittler blickte sich um. Niemand schenkte ihm Beachtung. Löfflers Bürotür war ins Schloss gefallen, Frau Petersen nicht an der Rezeption. Er nutzte die Chance und brachte den Weg zu Cecillia mit schnellen Schritten hinter sich.

Gusenberg erschrak, als er die junge Frau in ihrem Stuhl sitzen sah. Sie sah furchtbar aus. Ihre Augen lagen tief in den Höhlen, sie wirkte noch dünner, fast schon ausgezehrt.

„Sie waren bei meinem Chef?" Ihre Stimme war nur ein Flüstern. Gusenberg nickte.

„Ich wollte wissen, wie er die Lage mit Kessen und Förster einschätzt."

„Sicher war er nicht sehr gesprächig. Eigentlich gibt es bei ihm nur zwei Modi, kaltes Schweigen oder Schreien." Cecillia versuchte sich an einem Lächeln, scheiterte jedoch. „Ich wollte Ihnen nur sagen, dass ich bald meinen Job kündigen werde. Ich habe schon fast alle Fälle an meine Kollegen abgegeben. Ein oder zwei Wochen, dann bin ich hier weg."

Gusenberg fiel erst jetzt auf, dass der Großteil der Regale in Cecillias Büro leer waren.

„Mein Arzt hätte es am liebsten, wenn ich sofort aufhören würde, aber was bringen mir zwei Monate mehr? Ich habe meine Kündigung schon geschrieben." Cecillia holte ein Briefkuvert aus einer der Schreibtischschubladen und legte es vor sich. „Aufgesetzt und unterschrieben. Ich denke, wenn ich es Dr. Löffler auf den Schreibtisch lege, wird er auch auf den Kündigungsschutz verzichten. Ich könnte sofort gehen und müsste nicht wiederkommen. Ich hatte den Brief schon in der Hand, da habe ich gesehen, wie Sie in das Büro gestürmt sind. Das hat mich ermutigt." Cecillia schob das Kuvert zur Seite. „Die einzigen beiden Fälle, die ich noch bearbeite, sind Rolf Förster und Thorsten Kessen."

„Warum tun Sie sich das an?", fragte Gusenberg.

„Weil ich nicht möchte, dass dasselbe wie damals passiert." Cecillia stand auf und lief zur Bürotür. Ihre Bewegungen waren schwerfällig und steif. Sie öffnete die Tür, blickte hinaus, schloss sie wieder und sprach dann leise weiter.

„Ich habe zu lange Dinge akzeptiert, die moralisch fragwürdig waren, und was hat es mir gebracht? Ich bin todkrank. Mein Körper vernichtet sich selbst. Ich will diese Welt nicht verlassen, ohne einmal das Richtige getan zu haben. Ich will Ihnen helfen. Aber ich habe bisher nichts gefunden, ich bin beide Fallakten akribisch durchgegangen, aber ich habe nichts über eine Sarah Cassato gefunden. Es gibt keine Verbindung zwischen den beiden Männern, es tut mir leid. Ich habe versagt.“

Cecillia blickte zu Boden. Ihre Worte verhallten in dem kleinen Büro.

„Kopf hoch, Sie haben nicht versagt. Sie können mir helfen, da bin ich mir sicher.“ Gusenbergs Worte weckten die Lebensgeister in der jungen Anwältin.

„Was können Sie mir über die Mandanten Andrej Vollbrecht und Michael Hettrich sagen?“

Cecillia legte die Stirn in Falten. „Ich erinnere mich, der Fall ist schon ein paar Jahre her. Ich kam gerade erst von der Universität und hatte nicht viel mehr zu tun, als Protokolle abzuschreiben und Kaffee für Dr. Löffler zu holen.“

„Dr. Löffler hat sich persönlich um den Fall gekümmert?“, fragte Gusenberg.

„Ja, aber nicht Siemion Löffler, sondern sein Vater. Er hat diese Kanzlei zusammen mit Dr. Homburger gegründet. Es war sein letzter Fall, bevor er in den Ruhestand ging.“

„Was können Sie mir über Siemions Vater erzählen?“

„Ich will ehrlich sein, er war ein guter Anwalt, aber ein schlechter Mensch. Er war gierig, hinterhältig und konnte seine Hände nicht bei sich lassen.“ Cecillia schüttelte sich angewidert. „Mir hat er jedes Mal an den Hintern gefasst, als ich ihm den Rücken zugedreht habe. Es kommt nicht von ungefähr, dass er fünf Kindern von drei Frauen hat. Zumindest fünf Kinder, die bekannt sind. Ich weiß von mindestens zwei Kolleginnen, die auf den Knien an ihre größeren Büros gekommen sind.“ Cecillias Blick verfinsterte sich. „Das ist das

Einzige, was man seinem Sohn zugutehalten kann, er
ist kein Schürzenjäger."

Gusenberg machte sich ein paar Notizen. „Gierig …
Wie konnten sich Vollbrecht und Hettrich einen Ver-
teidiger wie Löffler leisten? Keiner von beiden war
wohlhabend."

„Na ja, Hettrich hat als Informatiker gut verdient.
Und wenn es um die eigene Freiheit geht, geben die
Leute oft ihr letztes Hemd. Aber Sie haben recht, unterm Strich hätte es sicher nicht gereicht, um einen so
langen Prozess zu finanzieren, auch weil Hettrich sich
suizidierte."

„Woher denken Sie, kam das Geld?"

Cecillia zuckte mit den Schultern. „Ich weiß es nicht;
wenn die beiden wirklich Biggy waren, vielleicht aus illegalen Geschäften. Ich denke nicht, dass sich das noch
nachvollziehen lässt."

„Was ist Ihre Einschätzung? Waren es die beiden oder
nicht?"

Cecillia zögerte kurz, bevor sie weitersprach. „Nein,
oder besser gesagt, ich denke nicht. Ich glaube, dass es
einen Grund hatte, warum unsere Kanzlei das Mandat
bekam und aus demselben Grund hat einer der Partner
den Fall übernommen. Irgendjemandem war es wichtig, warum auch immer. Kontrolle, Angst oder Geld,
vielleicht eines davon oder alle zusammen. Eines kann
ich Ihnen aber sagen, es ging nicht um Gerechtigkeit.
Der alte Löffler hatte kurz nach dem Prozess einen
Herzinfarkt und schied aus der Kanzlei aus, für mich
wirkte es aber wie eine Flucht."

„Wissen Sie, wo er jetzt ist?"

„Er verbringt seinen Lebensabend im Ausland. Italien oder Frankreich, ich kann es Ihnen nicht genau sagen. Löffler hat sich dort irgendwo ein Ferienhaus gekauft."

Für einen Moment schwiegen beide.

„Ich bin Anwältin geworden, weil ich an die Gerechtigkeit geglaubt habe. In den letzten Jahren habe ich gelernt, dass es in diesem Land Menschen gibt, die alles tun, um zu verhindern, dass es gerecht zugeht. Unschuldige werden verurteilt und Schuldige werden geschützt. Und so viele Menschen sehen aus Bequemlichkeit einfach weg. Ich habe keine Kraft mehr."

„Ich kann Sie verstehen. Danke, dass Sie sich die Zeit genommen haben." Gusenberg musste dem Drang widerstehen, der Anwältin aufmunternd die Hand auf die Schulter zu legen. Er bewunderte ihren Mut und ihren Willen.

„Melden Sie sich, wenn Sie etwas herausgefunden haben?"

Gusenberg nickte.

„Ich werde auch weitersuchen, vielleicht finde ich etwas in den Akten zu Hettrich und Vollbrecht."

„Danke."

Cecillia lächelte den Ermittler an, als dieser das Büro verließ. Heute hatte Gusenberg sich einen Feind gemacht, das war ihm klar, aber er hatte auch eine wichtige Verbündete gewonnen.

Kapitel 17

Ann hatte die Kondome ganz unten in der Einkaufstasche versteckt. Trotzdem hatte sie Angst, dass ihre Mutter die Packung beim Ausräumen finden würde. Was wäre wohl schlimmer? Dass sie sie gestohlen hatte, oder dass sie sie besaß? Am liebsten hätte sie die Kondome gleich auf dem Heimweg entsorgt. An der Haltestelle gab es einen Abfalleimer. Zwar war dieser immer voll, aber sie hätte die Packung sicher noch irgendwohin stopfen können. Aber Marc hatte gesagt, sie sollte die Dinger behalten. Also tat sie es.

Der Aufzug war immer noch außer Betrieb. Ann schleppte die vollen Tüten Stockwerk um Stockwerk nach oben. Vor der Wohnung atmete sie tief durch und checkte ihr Handy. Keine Nachricht, keine weiteren Anweisungen. Es gab kein Muster, manchmal hatte sie Tage nichts von Marc gehört, dann gab er ihr zwei Aufgaben an einem. Ann schloss leise die Wohnungstür auf. Vielleicht schlief ihre Mutter noch, dann könnte sie die Kondome schnell in ihrem Zimmer verstecken. Der Lärm des Fernsehers schallte ihr entgegen.

„Ich bin zu Hause, Mama."

„Warte, ich helfe dir mit den Einkäufen." Der Fernseher verstummte. Ann konnte sehen, wie sich ihre Mutter von der Couch erhob.

„Musst du nicht, ich bekomme das schon hin."

„Okay. Danke, Liebling." Ihre Mutter setzte sich wieder und griff nach der Fernbedienung. Ann eilte in die Küche und begann, die Lebensmittel in den Kühlschrank zu räumen. Ihr Herz schlug so schnell, wie in dem Moment, in dem sie an der Kasse anstand. Sie lauschte in Richtung des Wohnzimmers. Irgendeine Talkshow lief. Gerade wurde geklatscht. Die Tüten waren leer. Ann stopfte sie in eine weitere Tüte, die an einem Haken an der Wand hing. Die Kondompackung lag neben dem Kühlschrank auf der Arbeitsplatte. Mit einer schnellen Bewegung stopfte sie sich die Packung in die Bauchtasche ihres Hoodies.

„Liebling, kommst du bitte mal?" Ann zuckte zusammen.

„Sofort, Mama, ich … ich muss noch die Schildkröte füttern, sonst vergesse ich das wieder."

Ann griff sich etwas von dem Salat aus dem Kühlschrank, düste in ihr Zimmer, schob die Kondome unter ihr Kopfkissen und warf ihrer Schildkröte die Salatblätter ins Terrarium. Dann lief sie ins Wohnzimmer.

Ein paar Minuten später war sie wieder alleine in ihrem Zimmer. Zum Glück hatte sie nur ihrer Tante zum Geburtstag gratulieren und die üblichen Fragen beantworten müssen. *Geht es dir gut? Wie läuft es in der Schule?* Danach ebbte das Gespräch ab und Ann gab den Hörer ihrer Mutter zurück.

Ann lag auf dem Bett. Sie kam endlich zur Ruhe. Der Tag wirkte auf einmal so lang. War es überhaupt möglich, dass so viel an einem Tag passieren konnte? Anns Lider wurden schwer. Sie kämpfte dagegen an, aber der Drang war stärker als ihr Wille. Kurz darauf war sie eingeschlafen.

***

Ann brauchte einen Moment, um sich zu orientieren. Sie rieb sich die Augen und schaute auf die Uhr. Sie hatte fast drei Stunden geschlafen. Draußen war es bereits dunkel.

Die Kondome!

Sie griff unter ihr Kopfkissen. Die Schachtel war noch da. Ann warf den nun platt gedrückten Karton in ihren Rucksack. Dann schwang sie sich aus dem Bett. Sie hatte Durst.

„Na, du Schlafmütze?" Ihre Mutter stand im Flur und zog gerade die Schuhe an. „Ich wollte dich nicht wecken."

„Hast du nicht. Musst du zur Arbeit?" Ann rieb sich die Augen.

„Ja. Eine Kollegin ist ausgefallen, ich muss heute eine Stunde früher hin." Anns Mutter schlüpfte in ihre Jacke. „Bleib nicht so lange wach." Sie drückte ihrer Tochter einen Kuss auf die Stirn und verließ die Wohnung. Ann schlurfte in die Küche und goss sich etwas zu trinken ein. Das kalte Wasser tat ihr gut. Ihre Mutter hatte ihr einen Zettel auf den Küchentisch gelegt.

Musste früher zur Arbeit. Hab einen schönen Abend. In Liebe, Mama.

Was sollte sie jetzt tun? Fernsehen? Lisa anrufen? Vielleicht hatte sie noch Zeit und sie könnten sich treffen. Lisa hatte bestimmt etwas zu erzählen. Schließlich wurde die Sache mit Leon immer ernster. Ann schnappte sich etwas zu essen und ging in ihr Zimmer zurück. Sie hatte während sie schlief keine Nachricht erhalten. Weder von Lisa noch von Marc. Ann rief den Chat mit Lisa auf.

Ann Fischer:
Hey du. Was machst du heute Abend?
Lust, einen Film zu schauen?

Lisa Hoffmann:
Hi. Hab leider keine Zeit, treffe mich gleich mit Leon, wollen ins Kino. In diesen Superheldenfilm.

Ann Fischer:
Du musst mir dann unbedingt erzählen, wie es war.

Lisa Hoffmann:
Mach ich :)

Ann legte enttäuscht das Handy beiseite. Lisa verbrachte so viel Zeit mit Leon, dass sie sich nur noch in der Schule sahen. Und selbst in den Pausen kam Leon an und wenn er nicht da war, quatschte ihr Lisa die Ohren voll, wie toll er doch war. Wie sollte das nur werden, wenn sie wirklich ein Paar würden? Ann schnaubte. Sie brauchte niemanden, um einen spaßigen Abend zu haben. Weder Lisa noch sonst wen. Ann fuhr ihren Laptop hoch. Sie würde einfach allein einen Film schauen.

Ann wollte lachen. Sie wählte eine ihrer Lieblingskomödien aus und startete das Video, verlor aber schnell das Interesse und daddelte auf ihrem Handy herum. Scheiterte aber immer am selben Level ihres Handyspiels. Sie war müde und knatschig; so hatte sie sich den Abend eines so spannenden Tages nicht vorgestellt. Am Ende war sie wieder in ihrem Alltag gefangen, war wieder alleine. Niemand hatte Zeit für sie.

„Kacke.“

Gerade kam es zum Kuss der Hauptfigur und ihrem Verehrer. Das Happy End stand kurz bevor, doch zum ersten Mal freute sich Ann nicht für Paula. Nein, ganz im Gegenteil. Sie neidete ihr den über den Film erlangten Erfolg. Den Gewinn an Popularität, die Wandlung vom hässlichen Entlein zum schönen Schwan, den Erfolg in der Liebe, die Abenteuer und das aufregende Leben, einfach alles. Wieso konnte *sie* nicht so ein Leben haben? Was unterschied sie denn von Paula? Sie war nicht hässlich, trotzdem interessierte sich keiner der Jungs in der Klasse für sie, und was Leon an Lisa fand, würde sie wohl nie verstehen. Das Leben war so ungerecht! Ann klappte angewidert den Laptop zu. Sie schrieb Lisa aus reiner Verzweiflung noch einmal, obwohl sie sich sicher war, dass sie ihr frühestens morgen antworten würde. Sie überflog ihre Kontakte, es gab niemanden, den sie anschreiben, niemand, von dem sie eine Antwort erwarten konnte. Selbst Marc war seit heute Vormittag nicht mehr online. Es war zum Heulen. Sie brauchte frische Luft. Ann schnappte sich ihren Rucksack, zog sich Jacke und Schuhe an und verließ die Wohnung.

Der Wind war kalt, der Vorplatz leer. Ann hatte kein Ziel und keine Richtung. Sie lief einfach los. Irgendwo in diesem Viertel musste es doch etwas zu Erleben geben. Ohne recht zu wissen warum, trugen sie ihre Füße die altbekannten Wege entlang. Von ihrem Wohnblock zur Bushaltestelle, dann in Richtung Schule. Selbst wenn sie etwas erleben wollte, war sie in ihrer Routine gefangen.

Sie brachte zwei der Stationen des Schulweges zu Fuß hinter sich, dann nahm sie auf einer Bank Platz. Wow, dieser Ausflug war scheiße. Sie lief zur Schule, exakt die Strecke, die sie normalerweise mit dem Bus zurücklegte. Anns Handy piepste. Voller Vorfreude zog sie es aus ihrer Tasche.

Gamemaster Marc:
Das Spiel tritt in die heiße Phase ein!
Bist du bereit?

Ann entfuhr ein Freudenschrei. Der Abend konnte doch noch gut werden. Sie musste nicht überlegen, was sie antworten würde.

Ann Fischer:
Ich bin bereit! Wann geht es los?

Gamemaster Marc:
Gut. Ich sehe, du bist motiviert. Das ist die vorletzte Prüfung. Sie erfordert einen vollen Körpereinsatz. Wo bist du?

Ann Fischer:
Ich bin unterwegs.

Gamemaster Marc:
Allein?

Ann Fischer:
Ja.

Gamemaster Marc:
Schick mir deinen Standort.

Ann Fischer:
Okay. Mache ich sofort.

Gamemaster Marc:
Gut! Dann kann es ja losgehen. Du wirst
dich auf die Jagd begeben.

Ann Fischer:
Wie meinst du das? Was soll ich jagen?

Gamemaster Marc:
Einen Mann.

Ann Fischer:
Und dann? Ich verstehe das nicht.

Gamemaster Marc:
Ich denke, du wirst es herausfinden, wenn
es so weit ist.

Ann blickte verständnislos auf die letzte Nachricht.
Auf die Jagd gehen? Sollte sie jemanden töten? Nein,
das konnte nicht sein, klar war das Spiel ziemlich krass

gewesen, aber soweit würde sie nicht gehen. Ganz davon abgesehen, dass sie körperlich gar nicht dazu in der Lage war. Sie atmete tief durch. Nun war also auch dieses Spiel vorbei. Der Abend konnte wirklich nicht beschissener werden. Sie begann eine Nachricht zu tippen, fand aber nicht die richtigen Worte. Wie sollte sie Marc erklären, dass sie aussteigen würde? Ann entschied sich für die schmerzlose Variante.

Ann Fischer:
Ich werde niemanden töten.

Gamemaster Marc:
Das sollst du auch nicht. Bei dieser Prüfung
geht es nicht um den Tod, es geht um das
Leben. Es geht um Spaß.

Ann Fischer:
Okay. Sag mir, was ich tun soll.

Gamemaster Marc:
Egal, was passiert, sag einfach nicht nein.

Ann war sich immer noch nicht sicher, was sie eigentlich tun sollte, als sich ein Auto näherte. Der Fahrer setzte den Blinker und rollte in die Haltebucht der Bushaltestelle. Anns Blick wechselte von ihrem Handydisplay zu dem Auto und wieder zurück. Die Scheibe der Beifahrertür wurde heruntergelassen.

„Ist es nicht ein bisschen spät, um auf den Bus zu warten?" Der Fahrer war ein Mann im mittleren Alter. Er

trug die lichten Haare kurz und hatte einen Dreitagebart.

„Ich warte auf etwas anderes“, gab Ann zurück.

„Wie wär's, du steigst zu mir ins Auto und ich fahre
dich heim?“ Ann starrte auf Marcs letzte Nachricht. Der
Gamemaster war offline. *Egal was passiert, sag einfach
nicht nein.* Ann steckte das Handy weg. Sie nahm ihren
Rucksack und stand auf.

Kapitel 18

„Andrej Vollbrecht." Gusenberg kreiste den Namen auf dem Whiteboard ein. „Die einzige Spur, der wir noch nicht nachgegangen sind. Konntest du eigentlich herausfinden, wem diese Bruchbude gehört?"

Maryanne schüttelte den Kopf. „Das ist ziemlich kompliziert, das ganze Gelände um das Haus wurde vor Jahren an einen Investor verkauft, dieser wollte das Haus abreißen, um ein neues Wohngebiet ausweisen zu lassen. Dann tauchte ein Feldhamster auf und nach fünf Jahren Rechtsstreit ist es nun Naturschutzgebiet. Der Investor hat das Gelände abgestoßen, aber an wen ist nicht klar. Die Anfrage läuft noch."

Gusenberg schrieb *Kreuzner Bühl* etwas abseits auf das Board und machte ein Fragezeichen dahinter. Weitere Fragezeichen zierten die Namen *Thorsten Kessen, Biggy* und *Sarah Cassato.*

„Ich habe die Adresse von Andrej Vollbrecht herausgesucht. Ich bin dafür, dass wir ihm einen Besuch abstatten. Sollte Förster wirklich in irgendeiner Weise mit Biggy in Verbindung stehen, weiß Vollbrecht vielleicht mehr." Gusenberg legte den Stift zur Seite.

„Wenn Förster jemanden aufgescheucht hat, dann muss jemand Kessen in der Hand haben. Wenn Förster der Täter ist, dann muss Kessen irgendwie betroffen sein. Ich glaube nicht an einen Zufall. Dieses Messer wurde mit Sicherheit in das Gefängnis geschmuggelt, um Förster zu töten."

„Diekman hat eine Durchsuchung der Zellen veranlasst. Es wurde zwar eine ganze Menge gefunden, aber nichts, was auf den ersten oder zweiten Blick mit unserem Fall in Verbindung steht. Erst wenn wir wissen, wann und wie das Messer in Kessens Hände gekommen ist, können wir sagen, ob es gezielt für den Mord beschafft wurde."

Gusenberg nahm erneut den Stift zur Hand und strich den Punkt *Tatwaffe* durch. Ratlos blickte er auf das Wirrwarr von Namen, Orten und Vermutungen. Er rief sich sein Mantra in Erinnerung. All diese Dinge hingen irgendwie zusammen. Wie die Variablen einer mathematischen Formel. Irgendwo gab es einen Zusammenhang, der sie zum richtigen Ergebnis führen würde.

„Wie man es dreht und wendet, es bleibt nur Vollbrecht." Gusenberg legte den Stift zur Seite und wandte sich Maryanne zu.

Maryanne trank ihren Kaffee leer und erhob sich.

„Dann mal los. Vollbrecht wird sich sicher über unseren Besuch freuen."

***

„Ist das die richtige Adresse?" Gusenberg legte die Stirn in Falten. Die Ermittler standen vor einem frischgestrichenen Mehrfamilienhaus in einem Westheimer Vorort.

„Das ist die Adresse, die Vollbrecht bei seinem Bewährungshelfer angegeben hat." Maryanne schlug ihr Notizbuch auf und prüfte die Adresse erneut.

„Wir sind richtig, er muss hier wohnen."

Gusenberg inspizierte das Klingelschild.

„Da!" Der Ermittler drückte auf die Klingel. Nachdem eine Weile nichts geschah, drückte er ein zweites Mal auf die Klingel, kurz darauf ein drittes Mal.

„Darf ich bitte vorbei?", erklang es ungewöhnlich scharf im Rücken der Ermittler. Hinter ihnen stand eine alte Frau mit zwei vollgepackten Einkaufstaschen. Ihr Gesicht war gerötet, der Schweiß stand ihr auf der Stirn.

„Maryanne Schröder und Dr. Emil Gusenberg, Kripo Westheim. Sie wohnen in diesem Haus?" Gusenberg zog seinen Polizeiausweis aus seiner Tasche und streckte ihn der Frau entgegen.

„Ja, das tue ich. Was wollen Sie, bitte?"

„Wie heißen Sie?", fragte Maryanne.

„Margot Baumann, ich wohne seit dreißig Jahren in diesem Haus. Und bisher war noch nie die Polizei da." Frau Baumann stellte die Tüten ab und wischte sich mit einem Stofftaschentuch den Schweiß von der Stirn.

„Wir würden gerne mit Andrej Vollbrecht sprechen, können Sie mir sagen, ob er in diesem Haus wohnt?"

„Ja, dieser Mann wohnt wohl hier."

„Was können Sie uns über Ihren Nachbarn sagen?"

„Warum wollen Sie das wissen?"

„Reine Routine. Es gab einen Autounfall mit Fahrerflucht, und wir gehen davon aus, dass Herr Vollbrecht etwas gesehen haben könnte."

Gusenberg konnte am Gesicht der alten Dame erkennen, dass es einen Moment dauerte, bis sie die Lüge geschluckt hatte. Es entstand ein Moment der Stille, gefolgt von einem Moment der Erkenntnis und einem: „Aha!"

„Herr Vollbrecht wohnt seit circa drei Jahren hier, er ist ein ruhiger Mann, der sich kaum in die Mietergemeinschaft einbringt. Er macht immer nur das Nötigste und das auch nur auf Zuruf." Das Gesicht der Frau nahm an Röte zu, offenbar war sie mit Vollbrechts Arbeitsmoral nicht einverstanden.

„Er ist gerade nicht zu Hause, wissen Sie, wo er arbeitet?"

„Nein, das kann ich Ihnen nicht sagen, normalerweise kommt er so um sieben Uhr nach Hause."

Gusenberg schaute auf die Uhr. Noch ein bisschen mehr als eine halbe Stunde.

„Danke, dass Sie uns geholfen haben. Einen schönen Abend noch."

Die Ermittler schlenderten zum Auto zurück. Frau Baumann ließ sie nicht aus den Augen. Erst als die Autotür ins Schloss fiel und Maryanne den Motor startete, griff die alte Frau die Taschen und ging ins Haus.

„Solche Nachbarn sind Fluch und Segen zugleich", sagte Gusenberg, während sie eine Runde um den Block drehten. „Ich wette mit dir, dass die immer noch vor dem Haus stehen würde, wenn ich nicht losgefahren wäre." Maryanne warf einen Blick zurück, Margot Baumann war im Haus verschwunden.

„Gut möglich, das wäre der Tiefkühlkost in ihrer Tasche aber schlecht bekommen."

Maryanne lachte.

„Ein kleiner Preis für die Befriedigung der Neugier.
Ziemlich sicher drückt sie sich gerade die Nase an der
Fensterscheibe platt. Als es mit meinem Ex-Mann immer regelmäßiger krachte, waren meine Nachbarn
auch sehr interessiert. Niemand hat etwas unternom-
men, alle haben sie nur zugehört, als es lauter wurde
und er mich am Ende geschlagen hat. Ich bin froh, dass
ich da raus bin."

Maryanne setzte den Blinker und parkte den Wagen
an derselben Stelle, an der sie vor fünf Minuten gestartet waren. Nun waren deutlich mehr Fenster des Hauses erleuchtet. Die Zeit verging gähnend langsam, während die beiden Ermittler ihren Blick stur auf den Eingangsbereich des Hauses gerichtet hielten.

„Noch fünf Minuten, wenn diese Frau Baumann recht
hat. Hoffentlich ist er nicht heute bei seinem wöchent-
lichen Kegelabend oder sonst irgendwas." Gusenberg
streckte sich knackend.

„Vollbrecht wird kommen, diese Art von Frau hat immer recht." Maryannes Blick wanderte von der Digital-
uhr zurück zur Tür. „Das müsste er sein."

Ein hagerer Mann, nicht größer als ein Meter fünf-
undsiebzig schlenderte auf die Tür zu, schloss sie auf
und verschwand im Inneren. Kurz drauf war ein weiteres Fenster erleuchtet.

Einen Augenblick später standen die Ermittler erneut
vor der Eingangstür und Gusenberg betätigte die Klingel. Nur Sekunden später erwachte die Gegensprechan-
lage zum Leben.

„Ja?"

„Maryanne Schröder und Dr. Emil Gusenberg, Kripo
Westheim. Wir würden gerne mit Ihnen reden."

„Aber ich nicht mit Ihnen.“

„Lassen Sie uns rein, oder wollen Sie, dass die Nachbarn mitbekommen, dass wir hier sind?“

Der Summer ertönte.

Das Treppenhaus war so sauber, wie die frischgestrichene Fassade vermuten ließ. An einem schwarzen Brett im Eingangsbereich hingen fünf DIN A4 Seiten mit der Hausordnung. Alle laminiert und akkurat nebeneinander platziert.

„Die Treppe ist jede Woche zu wischen. Es ist absolut nichts im Treppenhaus zu lagern. Der Windfang ist nicht für das Abstellen von Fahrrädern oder Kinderwagen gedacht. Hui.“ Gusenberg überflog die Auflistung der eisernen Gesetze des Hauses. „Anscheinend wohnt hier mehr als eine Frau Baumann. Zum Glück bin ich allein in meiner Kneipe.“

„Wenn die wüssten, was für einen illustren Mieter sie haben, sie würden ihn mit Mistgabeln aus dem Haus jagen.“ Maryanne schielte das Treppenhaus nach oben.

Über ihnen wurde eine Tür geöffnet. Ein diffuser Lichtschein fiel in den Hausflur. Die Ermittler stiegen die pieksauberen Treppen nach oben.

Im zweiten Stock stand eine der Wohnungstüren einen Spalt offen. Als die Ermittler sich näherten, wurde sie weiter aufgezogen und der Kopf eines Mannes erschien. Ein schmales Gesicht. Die Haare waren kurz und braun, die Wangen glatt.

„Kommen Sie rein.“

Andrej Vollbrecht winkte die Ermittler herbei, warf einen letzten Blick in den Flur, dann zog er die Tür zu. Der Eingangsbereich der Wohnung verriet nichts über den Menschen, der hier wohnte. Keine Fotos von

Freunden oder Reisen. Kein Gegenstand, der auf ein Hobby oder einen Beruf schließen ließ. Vollbrecht machte keine Anstalten, die beiden ungebetenen Besucher tiefer in sein Reich zu führen.

„Was wollen Sie?" Vollbrecht musterte die Ermittler mit Skepsis und Ablehnung.

„Wir wollen nur mit Ihnen reden. Es geht um Ihren Gefängnisaufenthalt." Maryanne hielt Vollbrecht den Polizeiausweis entgegen. Dieser musterte ihn kurz und wandte dann demonstrativ seinen Blick ab.

„Wieso war mir das nur klar? Ihr lasst mich wohl nie in Ruhe. Ich hab meine Strafe abgesessen, reicht das nicht? Ich habe Buße getan. Sie müssen mir nicht noch weiter das Leben versauen."

„Wir sind nicht hier, um sie zu verhaften. Wir wollen Ihnen nur ein paar Fragen stellen."

„Dass Sie da sind, reicht schon aus, dass die Nachbarn große Ohren bekommen. Ich will nicht, dass über mich getratscht wird. Menschen sind erbarmungslos, es muss nur ein Gerücht aufkommen und man ist zum Abschuss freigegeben."

„Biggy ist wieder aktiv. Es ist neues Material aus seinem Studio aufgetaucht." Vollbrecht verlor den Faden, Gusenberg hatte ihn vollkommen überrumpelt.

„Das kann nicht sein."

„Warum?"

„Weil er tot ist. Michael Hettrich hat sich damals in seiner Zelle erhängt."

„Sie bleiben also bei Ihrer Aussage von damals, dass Hettrich sich hinter dem Alias Biggy versteckt hatte?"

„Ich bleibe bei der Wahrheit. Ich hatte damals nichts mit der Sache zu tun, und ich habe heute nichts mit irgendeiner dieser Sachen zu tun. Hettrich hat mich beauftragt, größere Datenmengen für ihn zu verschlüsseln. Als ich ihn fragte, um was es ging, sagte er mir, dass er für eine kleine Firma arbeite, die irgendetwas mit Aerodynamik macht. Ich hab nichts verstanden, aber es ging wohl um Luft- und Raumfahrt. In dem Projekt sollte angeblich 'ne Menge Kohle stecken. Noch bevor ich mit der Arbeit anfangen konnte, hat mich die Polizei verhaftet und ich saß in Untersuchungshaft."

„Sie wurden von Doktor Löffler vertreten." Gusenberg wechselte das Thema, er kannte die offizielle Geschichte schon. Sie brauchten neue Ansätze, keine alten Kamellen.

Vollbrecht nickte.

„Wie konnten Sie sich so einen teuren Anwalt leisten?"

„Ich konnte mir damals überhaupt keinen Anwalt leisten. Ich hatte auf meinen Pflichtverteidiger gewartet, und dann tauchte dieser Löffler auf. Schicker Anzug, sauteure Uhr am Handgelenk. Mir war sofort klar, dass der in der Oberliga spielt. Hettrich hatte ihn angeschleppt. Ich denke, ich wurde nur mitvertreten, damit Löffler die gesamte Kontrolle über den Fall hat."

„Was können Sie mir über Michael Hettrich sagen?"

Vollbrecht überlegte kurz. „Nichts. Ich hatte ihn vor meiner Verhaftung nur einmal getroffen. Er war ein normaler Typ. Nichts Besonderes, er war verdammt vorsichtig. Deswegen wollte er mich für die Arbeit auch unter der Hand bezahlen. Als er das sagte, wurde ich zwar skeptisch, aber die Bezahlung war zu gut. Ich habe einen Fehler gemacht, wurde geschnappt und habe dafür gebüßt."

Vollbrecht verschränkte die Arme.

„Was arbeiten Sie zurzeit?"

„Wieso? Wollen Sie auch auf meiner Arbeit vorbeikommen? Damit ich jedem erklären muss, warum die Kripo mit mir reden will? Ich habe es doch gesagt. Ich habe einen Fehler gemacht. Ich habe dafür gelitten. Ich wurde als Perverser abgestempelt. Als Kinderficker und Schlimmeres. Wenn meine Nachbarn das herausfinden, muss ich wieder umziehen. Wenn mein Chef das rausfindet, werde ich wieder entlassen. Die Leute wollen Menschen mit so einem Makel nicht in ihrer Nähe haben. Selbst wenn sie an meine Unschuld glauben, gehen sie mir aus dem Weg. Sie wollen nicht mit mir gesehen werden. Als könnten meine angeblichen Perversionen auf sie abfärben. Ich muss meine Freunde anlügen. Ich kann keine Beziehung aufbauen, weil ich jeder Frau meine Vergangenheit verschweigen muss. In den letzten Jahren habe ich mein Leben langsam wieder in den Griff bekommen, und nun kommen Sie und bringen alles durcheinander. Ich habe keine Ahnung, wer da wieder aktiv ist, mir ist egal, ob es Biggy oder jemand neues ist. Es ist mir egal, ob er lebt oder tot ist. Ich kannte Hettrich nicht, ich bin kein Pädophiler. Ich will einfach meine Ruhe, ich will mein Leben zurück."

Vollbrecht schnaufte, auf seinem Hals hatten sich rote Flecken gebildet. Weder Gusenberg noch Maryanne reagierten auf den Wutausbruch ihres Gegenübers. Mit ruhiger und fester Stimme setzte Maryanne die Befragung fort.

„Was sagen Ihnen die Namen Sarah Cassato, Melissa Förster-Deutsch, Rolf Förster und Thorsten Kessen?"

„Nichts. Sollte ich diese Menschen kennen? Ich will diese Menschen gar nicht kennen! Wenn Sie keine weiteren Fragen haben, bitte ich Sie jetzt zu gehen.“

Vollbrecht machte einen Ausfallschritt und griff nach der Türklinke. Gusenberg und Maryanne tauschten Blicke aus, dann schüttelte die Ermittlerin den Kopf.

„Nein, wir haben keine weiteren Fragen, wir behalten uns aber vor, Sie im Lauf der Ermittlungen erneut aufzusuchen.“

Vollbrecht stoppte in der Bewegung und wandte sich wieder den Ermittlern zu.

„Bitte, wenn Sie noch mal etwas von mir wollen, dann rufen Sie mich an. Ich möchte nicht, dass die Polizei mehr als einmal bei mir vor der Tür steht.“ Sein flehender Blick wanderte von Gusenberg zu Maryanne und zurück.

„Wir werden uns melden.“

Das Treppenhaus war leer, wortlos machten sich die Ermittler auf den Weg zum Auto. Nun waren fast alle Fenster des Hauses erleuchtet. Gusenberg warf einen Blick zurück. Er war sich nicht sicher, aber im dritten Stock hinter einem Fenster stand eine dunkle Silhouette. Ob dass Frau Baumann war, die sie mit Argusaugen beobachtete?

Kapitel 19

Gusenberg öffnete eine Flasche Bier. Westheim hatte fast eine Millionen Einwohner, aber nur eine halbwegs brauchbare Brauerei. Es war eine Schande, im nächsten Leben würde er Brauer werden. Er trank den Schaum ab, der aus dem Flaschenhals quoll und setzte sich an die Bar der umgebauten Kneipe, in der er wohnte. Der Ermittler fuhr seinen Laptop hoch und checkte seine E-Mails. Zwischen die sechsundzwanzig Mails, die sich über den Tag im Außeneinsatz angesammelt hatten, hatte sich nur eine geschlichen, die er heute noch lesen würde. Cecillia von Amtsstätten hatte sich gemeldet. Er rief die Mail auf.

Hallo,

heute war vorläufig mein letzter Tag im Büro. Mein Arzt hat mir zwei Tage Pause verordnet. Er ist überhaupt nicht begeistert von meinem Verhalten. Aber ich kann nicht anders. Leider konnte ich keinen Blick in die Fallakten von Hettrich oder Vollbrecht werfen. Trotzdem habe ich interessante Neuigkeiten. Siemion Löffler hat nach ihrem Besuch alle Termine abgesagt. Er war aber immer noch im Büro, als ich gegangen bin, und das, obwohl heute Abend bei ihm ein privater Termin im Kalender stand. Ich denke, Sie haben ihn aufgeschreckt. Für mich ein klares Zeichen, dass ihre Ermittlungen in die richtige Richtung gehen. Meiner Meinung nach sollten Sie sich auf Dr. Löffler konzentrieren, er weiß sicher mehr, als er zugibt.

Liebe Grüße

Cecillia von Amtsstätten

Die richtige Richtung? Gusenberg trank einen weiteren Schluck Bier. Er war sich nicht sicher, ob das die richtige Richtung war. Er war sich nicht einmal sicher, ob diese Ermittlungen auf irgendein Ziel zusteuerten, das nicht daraus bestand, einen der einflussreichsten Anwälte der Stadt gegen sich aufzubringen. Es war so unbefriedigend, so verwirrend, so verdammt frustrierend und trotzdem konnte er seine Gedanken von diesem Fall nicht losreißen. Es gab so viele Fragen und nicht eine einzige Antwort. Gusenberg begann damit, eine Antwort zu formulieren, schrieb zwei Sätze und löschte sie wieder. Er kämpfte noch einen Augenblick um die richtigen Worte, gab dann aber ermüdet auf. Nun brauchte er auch endlich seinen Feierabend. Die Ruhe in der Fuchsenfritzklause wurde von einem Moment auf den anderen unerträglich. Gusenberg fühlte sich verloren, einsam und allein.

„Haben Sie schon einmal über ein Haustier nachgedacht?" Vielleicht würden ein Hund oder eine Katze ihn jetzt wirklich auf andere Gedanken bringen. Aber das könnte ein Buch oder ein Film genauso gut. Gusenberg klappte den Laptop zu. Wahrscheinlich würde sie sich erst nach dem Zwangsurlaub melden können. Er stand

auf und lief zu seinem Nachtkästchen. Hatte er nicht vor Wochen einen Roman angefangen? Ein Roman über Untote auf einem Raddampfer. Er zog die Schublade auf. Ganz oben, über allem, was in ein Nachtkästchen gehörte, thronte die abgegriffene Walther PPK, die ihm sein Vater aufs Auge gedrückt hatte. Gusenberg griff sich die Pistole, prüfte ein weiteres Mal, ob sie geladen war, und legte sie dann auf das Nachtkästchen. Er nahm sich das Buch, ein paar Patronen kullerten in der Schublade hin und her.

Er hatte bisher keine hundert Seiten geschafft und er schaffte kaum mehr, bis er das Buch entnervt zur Seite legte. Ihm fehlte die Konzentration, er las einen Absatz und erwischte sich dabei, dass er nicht wusste, was er da gelesen hatte. Er las ihn ein zweites Mal und brach mittendrin ab. Es hatte keinen Zweck. Gusenberg legte das Buch zur Seite, griff sich sein Telefon und versuchte, Jasper Dreyer zu erreichen. Nach dem fünften Klingeln sprang die Mailbox an. Gusenberg umriss die Fakten, fragte nach Löffler Senior und legte auf. Jasper würde sich sicher melden, wenn er die Nachricht abgehört hatte. Vielleicht brachte ihn seine Einschätzung des Falles und der Familie Löffler weiter.

Gusenberg öffnete sich ein zweites Bier und fuhr seinen Laptop erneut hoch. Dieser Fall ließ ihn einfach nicht los. Vielleicht konnte er einen neuen Hinweis in der bisherigen Berichterstattung finden. Es war ein großer Fall, sicher gab es genug Reportagen über den Prozess und wilde Spekulationen, wer sich hinter dem Namen Biggy verbarg. Fahles Licht flutete die Fuchsenfritzklause, als sich der Ermittler an die Arbeit machte.

Kapitel 20

Gusenberg saß auf der Kante seines Bettes, das den alten Schankraum dominierte, nur mit einem alten T-Shirt und einer Boxershorts bekleidet. Er starrte den Wecker an und fuhr sich mit beiden Händen über die in alle Richtungen abstehenden Haare. Er hatte verschlafen, schon wieder. Das war schon das dritte Mal in den letzten Wochen. Normalerweise weckte ihn in diesen Momenten ein Anruf von Maryanne, die im Notfall auch eine Ausrede erfand, warum er noch nicht im Büro war. Sie hatte das beim ersten Mal als Lügengleitzeit bezeichnet und Gusenberg war ihr dafür unendlich dankbar. Heute war es anders, er war die halbe Nacht wach gewesen und hatte recherchiert. Er hatte Dutzende Berichte und Forenbeiträge gelesen, hatte Videos geschaut und versucht, Fakt und Fiktion zu trennen. Er hoffte inständig, dass es die wenigen Krümel Information wert waren, dass er sie gegen seinen Schlaf getauscht hatte. Erschöpft schleppte er sich ins Bad, jetzt musste er sich auch nicht mehr beeilen.

Gusenberg erschien mit fast zwei Stunden Verspätung im Büro. Maryanne hackte emsig auf der Tastatur herum, als der Ermittler seinen Platz einnahm.

„Hast du überhaupt geschlafen?", fragte Maryanne, als sich Gusenberg auf seinen Bürostuhl fallen ließ.

„Ja, aber nicht gut. Es war ein frustrierender Abend und eine unruhige Nacht." Gusenberg gähnte.

„Was hast du gemacht?"

„Ich habe versucht herauszufinden, wie der Prozess damals abgelaufen ist. Es gibt eine Menge Theorien und noch mehr Verschwörungstheorien, aber im Kern gehen sie alle auf zwei relevante Fragen ein." Gusenberg erhob sich schwerfällig, schlurfte zum Whiteboard und begann zu schreiben.

„Wer hat die Kanzlei Löffler und Homburger bezahlt und hat sich Michael Hettrich wirklich umgebracht? Ich denke, dass die erste Frage für uns die größere Relevanz hat, denn wenn Michael Hettrich wirklich ermordet wurde, dann aus denselben Gründen wie Rolf Förster. Ich bin der Meinung, wir sollten das Leben und Sterben von Hettrich in den Fokus nehmen." Gusenberg starrte auf seine Notizen, in der Hoffnung, dass sie ihm heute mehr verraten würden als gestern.

„Da bin ich dir schon einen Schritt voraus, Emil. Ich habe Hettrichs Autopsiebericht angefordert und einen kleinen Hintergrundcheck gemacht."

„Ich hoffe, du hast mehr herausgefunden als ich." Gusenberg legte den Stift weg und setzte sich wieder an seinen Schreibtisch.

„Sagen wir mal so, Hettrich hätte eine Menge Gründe gehabt, um sich umzubringen. Er war hoch verschuldet und hatte neben dem Prozess um Biggy noch zwei weitere Verfahren wegen Betrugs anhängen. Er hat mehrere Investoren betrogen, die in eine seiner Firmen investiert hatten."

Maryanne drehte ihren Bildschirm so, dass Gusenberg ihn sehen konnte. Sie öffnete einen Ordner und ein Foto erschien auf dem Bildschirm.

„So hatte sich Hettrich am liebsten präsentiert. Das ist wohl ein Urlaubsschnappschuss."

Auf dem Foto war ein sonnengebräunter Mann zu sehen, der die Arme um zwei junge Frauen gelegt hatte. Die Augen waren glasig, das Hemd halboffen, eine Goldkette glänzte im Schein des Blitzlichts. Die Damen hatten Cocktailgläser in den Händen und eine kräftige Röte im Gesicht, die wohl nicht nur von der Sonne kam.

„Er hat sein ganzes Leben auf Pump und mit falschen Versprechen bestritten. Bis die Blase geplatzt ist." Maryanne klickte weiter, es folgte noch eine Reihe von Bildern, die alle am selben Abend entstanden sein mussten. Die Stimmung auf jeder der Fotografien war ausgelassen.

„Das passt zu Vollbrechts Aussage, dass Hettrich ihn verarschen wollte. Vollbrecht brauchte Geld. Solche Partys kosten Geld. Wirkt alles sehr nobel und verschwenderisch." Gusenberg betrachtete den Hintergrund des letzten Bildes. Die Fotos mussten in einer Art exklusivem Resort entstanden sein. Vielleicht in der Karibik oder sonst einem Inselparadies.

„Und du denkst, dass er Geld durch die Produktion von Kinderpornos verdienen wollte?" Maryanne drehte ihren Bildschirm zurück.

„Das würde doch Sinn machen, oder? Auch wenn er bis zu seiner Verhaftung nicht wegen Sexualdelikten aufgefallen war, konnte er ja trotzdem in die Produktion und den Verkauf verwickelt sein. Und von dem Gewinn hat er sich ein schönes Leben gemacht."

„Ich habe Hettrichs Akte schon angefordert. Vielleicht gibt es einen Hinweis, den die Kollegen damals übersehen haben."

„Ich denke nicht, dass wir aus den Akten viel über Hettrich und sein Innenleben erfahren." Gusenberg zuckte mit den Schultern.

Maryannes Miene verfinsterte sich. „Hast du einen besseren Plan?"

„Ich würde es nicht als Plan bezeichnen, sondern als Idee. Wenn Andrej Vollbrecht schweigt und Michael Hettrich tot ist, gibt es nur noch eine andere Person, die alles über den Fall weiß. Und zwar der alte Löffler. Wir sollten versuchen, Kontakt mit ihm aufzunehmen, um ihn zu den Ereignissen von damals zu befragen."

„Gute Idee, aber das musst du leider alleine machen, ich muss jetzt zum Schießtest, leider vergessen sie einen nicht, auch wenn man alle ihre E-Mails löscht." Maryanne lachte. Die Ermittlerin stand auf, griff sich Jacke und Schlüssel und verließ das Büro.

***

Was hatte Cecillia gesagt? Löffler Senior verbrachte seinen Lebensabend im Ausland, irgendwo in einem Ferienhaus am Mittelmeer. Trotzdem sollte er noch irgendwo in Deutschland gemeldet sein. Es würde doch mit dem Teufel zugehen, wenn er den alten Mann nicht ausfindig machen könnte. Gusenberg griff sich den Telefonhörer und wählte die Nummer des Einwohnermeldeamts.

172

Kapitel 21

Maryanne öffnete ihren Spind und nahm ihre Dienstwaffe heraus. Sie wiegte diese hin und her und überlegte, wann sie sie zum letzten Mal abgefeuert hatte. Das musste beim letzten Schießtraining gewesen sein, ziemlich genau vor einem Jahr und trotzdem trug sie die Pistole jeden Tag bei sich. Bisher hatte sie im Dienst nur einmal von ihr Gebrauch machen müssen. Ein Warnschuss, mehr nicht. Sie war froh, dass sie noch nie auf einen Menschen hatte schießen müssen. Nicht so wie Emil. Ihm war eines der schlimmsten Dinge passiert, die einem Polizisten passieren konnte. Er hatte töten müssen. Dazu kamen noch die ganzen internen Torturen mit der Schusswaffengebrauchskommission, den psychologischen Gutachten und der Tauglichkeitstest. Trotz allem hatte Emil seine fröhliche wenn auch exzentrische Art nicht verloren. Auch wenn er von Zeit zu Zeit ernster geworden war und öfter an morgen dachte als früher. Maryanne steckte die Pistole mit einer routinierten Bewegung ins Holster und schloss den Druckknopf.

Sie verließ das Polizeipräsidium und machte sich zu ihrem Dienstwagen auf. Der Schießstand lag circa zwanzig Minuten mit dem Auto vom Polizeipräsidium entfernt, bei der vorherrschenden Verkehrssituation wurde schneller eine Stunde daraus, als es Maryanne lieb war. Sie fuhr los und steckte sofort im dichten Verkehr, sie reihte sich in die Blechlawine ein und begann zu warten. Die Königinnenstraße war von Baustellen übersät und die Anzahl der Ampeln hatte sich in den letzten Monaten fast verdoppelt. Maryanne verlor sich in ihren Gedanken, als sie mit Schrittgeschwindigkeit ein paar Meter während der zu kurzen Grünphase hinter sich brachte. Schalten, Gas geben, Bremsen und alles im Takt der um sie vibrierenden Stadt. Sie schaffte es knapp nicht mehr über die Kreuzung. Die Ampel der Rechtsabbieger sprang auf Grün. Maryanne beobachtete die Autofahrer, die die Möglichkeit hatten, ihre Reise fortzusetzen. Ein Wagen nach dem anderen fuhr auf die Kreuzung und verschwand aus Maryannes Blickfeld.

Die Ermittlerin zuckte zusammen. Sie glaubte, ihren Augen nicht zu trauen. Sie schaute ein zweites und ein drittes Mal hin. Keine Zweifel, das war er. Die Haare waren länger und der Stoppelbart war neu, aber der Mann, der gerade mit seinem Wagen rechts abbog, war Paul Esch. Das konnte nicht sein, es wurde deutschlandweit nach ihm gefahndet und der Hund hatte noch nicht einmal die Stadt verlassen! Maryanne gab Gas. Versuchte, die Verfolgung aufzunehmen. Hinter ihr wurde gehupt. Vor ihr stieg ein Mann auf die Bremse und schnitt ihr den Weg ab. Er gestikulierte wild und zeigte ihr den Finger. Maryanne kam nicht vorbei, sie suchte ihr Handy, aber es war in ihrer Handtasche auf der Rückbank.

„Scheiße!"

Dann eben kein Foto. Sie griff sich einen Stift und begann auf ihre Handfläche zu schreiben. Westheim, C-P-eins-fünf-zwei. Sie musste dieses Kennzeichen überprüfen lassen. Hinter ihr wurde noch einmal gehupt. Esch war verschwunden. Die Ermittlerin drückte aufs Gas und fuhr über die Kreuzung. Sie hatte bei dem Versuch, Esch zu verfolgen, ein mittleres Verkehrschaos angerichtet. Es war reines Glück, dass ihr keiner der anderen Verkehrsteilnehmer ins Auto gefahren war.

Bei der nächsten Möglichkeit fuhr die Ermittlerin rechts raus und schnappte sich ihr Handy. Ihre Finger zitterten, als sie Peer Brandts Nummer suchte. Hatte sie das wirklich gerade gesehen? Paul Esch? Wieso sollte ihr ehemaliger Kollege noch in Westheim sein? Für einen kurzen Moment war sie sich nicht mehr sicher. Sie musste sich irren. Nein, sie irrte sich nicht. Sie kannte Esch gut, sie hatte ihn zumindest gekannt. Er war es, Irrtum ausgeschlossen.

„Was kann ich für dich tun?“ Peer hatte das Gespräch angenommen und riss Maryanne aus ihren Überlegungen.

„Ich bräuchte deine Hilfe. Du müsstest für mich ein Nummernschild überprüfen.“

Peer brummte zustimmend. Maryanne konnte Papier rascheln hören.

„Westheim, C-P-eins-fünf-zwei.“ Maryanne starrte auf ihre Hand. Die schnell dahingeschrieben Buchstaben und Zahlen begannen zu verlaufen. Ihre Hände waren schwitzig.

„Habe ich. Ich werde sehen, was ich tun kann.“

Am liebsten hätte Maryanne ihrem Kollegen gesagt, dass es dringend war, aber sie fürchtete die Rückfragen. So beließ sie es bei einer schnellen Verabschiedung und legte auf. Sie brauchte Luft. Maryanne lehnte sich an ihren Dienstwagen. Auf der gegenüberliegenden Straßenseite war ein kleiner Kiosk. Sie hatte Lust auf eine Zigarette. Maryanne schloss die Augen und atmete tief durch. Sie würde nicht wieder mit dem Rauchen anfangen, nur weil sie einem Gespenst begegnet war. Sie musste weiter, sie war im Dienst, sie hatte einen Termin. Maryanne tat sich schwer, ihre Gedanken zu ordnen. Was sollte sie tun? Die Dienstvorschriften waren da klar, sie müsste ihre Beobachtung melden und eine Aussage machen. Dann würden die Kollegen, die den Fall bearbeiteten, entscheiden, wie es weitergehen würde. Sie würden dann das Nummernschild überprüfen, den Fahrzeughalter feststellen und ihm im besten Fall einen Besuch abstatten; das war nichts, was sie nicht selbst machen könnte. Sie würde sich selbst um die Sache kümmern. Ein paar Informationen könnte sie zusammensammeln, bevor sie die Fakten an die Kollegen weitergeben würde. Das war im Rahmen des Erlaubten. Maryanne atmete noch einmal tief ein, bevor sie sich wieder hinter das Steuer ihres Wagens setzte.

Nach weiteren dreißig Minuten Fahrt war sie endlich an ihrem Ziel angekommen. Maryanne fuhr zweimal um den Block, fand jedoch keinen Parkplatz. Sie parkte den Wagen etwas abseits und ging die letzten Meter zu Fuß. Westheim war heute besonders grau. Die Sonne war hinter dichten Wolken verschwunden, wahrscheinlich würde es später noch regnen. Der zentrale Schießstand verbarg sich in einem unscheinbaren Industriebau. Die Ermittlerin brachte die übliche Anmeldungs- und Sicherheitsprozedur hinter sich und stand kurze Zeit später mit Schutzbrille und Ohrenschützern auf dem Schießstand. Wenige Meter vor ihr waren die Ziele positioniert. Oliv gefärbte Rechtecke aus Papier. Nicht das, auf was man im Ernstfall schießen würde. Aber so waren die Regeln. Maryanne drückte ab. Die Waffe in ihrer Hand zuckte. Die Kugel schlug mittig in das Ziel ein. Sie war eine gute Schützin. Schon immer, sie hatte nie Probleme gehabt, die Anforderungen zu erfüllen. Auch dieses Mal war es keine Herausforderung, sondern eine lästige Pflichtaufgabe. Es dauerte keine Stunde, bis sie für dieses Jahr fertig war. Wenn sie Glück hatte, würde sie die Waffe erst wieder nächstes Jahr abfeuern müssen.

***

Maryanne fand Gusenberg essend im Büro vor. Als er sie sah, schluckte er schnell und wischte sich mit dem Handrücken über den Mund.

„Wenn ich gewusst hätte, dass du so schnell wieder da bist, dann hätte ich dir auch ein Sandwich besorgt."

„Nicht schlimm." Maryanne winkte ab. „Ich habe keinen Hunger." Sie wollte sich nicht erklären und wechselte schnell das Thema. „Und, hast du was herausgefunden?"

„Oui, oui. Ich habe eine Menge rausgefunden, aber ich bin mir nicht sicher, was ich davon halten soll." Gusenberg warf die Verpackung seines Mittagessens in den Papierkorb.

„Wieso sprichst du Französisch?" Maryanne legte die Stirn in Falten.

177

„Weil ich gerade fast zwanzig Minuten mit einem Mann namens Milo Riviere gesprochen habe, und der konnte nur Französisch.“

„Willst du mir nicht einfach sagen, was los ist? Ich habe keine Lust auf dieses Spielchen. Ich bin müde und genervt.“ Die Ermittlerin ließ sich in ihren Stuhl fallen.

„Geht's dir gut?“, Gusenbergs Miene verfinsterte sich. Sicher hatte sie gemeiner geklungen, als es ihre Absicht gewesen war, aber gerade konnte sie keine gute Laune gebrauchen.

„Passt schon. Der Verkehr ist die Hölle. Mir sind fast zwei Autos hinten reingefahren und ich wurde doppelt so oft geschnitten.“ Maryanne hatte sich die ganze Rückfahrt überlegt, ob sie Gusenberg erzählen sollte, was sie gesehen hatte. Sie hasste es, ihm etwas zu verschweigen, dennoch hatte sie sich dazu entschieden. Sie wollte sich erst einmal selbst ein Bild machen. Zuerst würde sie das Nummernschild prüfen, vielleicht dem Fahrzeughalter auf den Zahn fühlen und dann konnte sie Gusenberg immer noch in Kenntnis setzen. Wenn es denn überhaupt irgendwelche Erkenntnisse geben würde.

„Hörst du mir überhaupt zu?“ Gusenberg blickte an seinem Bildschirm vorbei zu Maryanne herüber.

„Wie bitte? Entschuldigung, ich war kurz abgelenkt. Also was war mit Frankreich?“

„Ich habe versucht, Löffler Senior zu finden. Ich habe beim Meldeamt angerufen und seine Meldeadresse erhalten, dort habe ich angerufen, aber niemanden erreicht. Ich will dich nicht mit Details langweilen, aber Löffler ist zur Rekonvaleszenz nach dem Prozess nach Südfrankreich gezogen. In Frankreich konnte ich aber nur Löfflers neue Frau erreichen. Sie hat mich darüber in Kenntnis gesetzt, dass bei Löffler vor zwei Jahren Demenz diagnostiziert wurde. Er ist zurzeit in einem Pflegeheim untergebracht."

„Und nun kommt dieser Milo ins Spiel?", fragte Maryanne, die es wieder geschafft hatte, sich auf die Ermittlungen zu konzentrieren.

„Ja genau, er ist Löfflers Pfleger. Er sagte mir, dass Löffler nicht einmal mehr seine Frau erkennt. Er hat in den letzten beiden Jahren körperlich und geistig rapide abgebaut. Löffler wird uns also nichts mehr erzählen können. Aber ganz umsonst war der Anruf nicht, Monsieur Riviere hat mir erzählt, dass der einzige Mensch, der Löffler im Heim besucht hat, sein Sohn Siemion war. Ich bin gerade dabei, mir die Familienverhältnisse der Familie Löffler genauer anzuschauen, was gar nicht so einfach ist. Jasper hat mir ein paar interessante Fakten geliefert. Er kannte den alten Löffler noch zu seinen Hochzeiten, aber sie waren weder Freunde noch Bekannte."

„Unterm Strich nicht viel Neues", gab Maryanne schmallippig zurück.

„Nein, leider nicht. Aber die Kollegen vom Meldeamt stellen Löffler gerade einen Bußgeldbescheid über tausend Euro aus. Er hat sich nicht in Deutschland abgemeldet, das ist ein Verstoß gegen Paragraph siebzehn Bundesmeldegesetz." Gusenberg zuckte mit den Schultern. „Immerhin macht Väterchen Staat ein gutes Geschäft und ich konnte endlich einmal wieder mein Französisch abstauben."

Maryanne war den Rest des Tages wortkarg gewesen, irgendwann hatte sie ihre Sachen gepackt und war gegangen. Sie hatte etwas von einem Termin gesagt und war schneller verschwunden, als Gusenberg nachfragen konnte. Nun saß der Ermittler allein im Büro und las mäßig konzentriert das Leben von Löffler Senior quer. Irgendetwas stimmte nicht mit Maryanne, das war mehr als ein schlechter Tag im Westheimer Verkehrschaos. Wenn es morgen nicht besser wäre, würde er nachfragen. Maryannes Frust schien ansteckend zu sein. Der Ermittler stellte entnervt seine Recherche ein und wandte sich der letzten Aufgabe des Tages zu. Es war mal wieder Zeit für einen dieser unsäglichen Zwischenberichte. Gusenberg tippte eine Seite und schickte den Bericht an ihre Vorgesetzte Frau Weber. Es war ein arbeitsreicher Tag, voller Zeitverschwendung. Gusenberg wollte gerade seinen Computer herunterfahren, als eine Benachrichtigung aufpoppte. Cecillia hatte ihm eine E-Mail geschrieben. Siedend heiß fiel Gusenberg ein, dass er nicht auf Cecillias gestrige Nachricht reagiert hatte. Schnell öffnete er die E-Mail und überflog den kurzen Text.

Sehr geehrter Herr Gusenberg,

ich war heute im Büro. Ich weiß, ich sollte das nicht tun, aber ich musste einer Sache nachgehen. Leider war ich nicht so erfolgreich, wie ich es mir erhofft habe. Dennoch habe ich ein paar interessante Fakten zusammengesucht. Vielleicht können diese neuen Hinweise Ihnen helfen.
Ich werde um siebzehn Uhr Feierabend machen. Am besten treffen wir uns vor der Kanzlei, dann können wir kurz reden.

Liebe Grüße
Cecillia von Amtsstätten

Kapitel 22

Gusenberg schrieb eine schnelle Antwort, schaltete den Computer aus und machte sich auf den Weg zum Treffpunkt. Neue Hinweise, genau das brauchten sie jetzt, nachdem jede andere Spur im Sand verlaufen war. Er musste an Löffler Senior denken, vor ein paar Jahren noch ein gefürchteter Gegner vor Gericht, mit scharfen Worten und einem noch schärferen Geist. Nun war er nur noch eine sterbliche Hülle, die sich nicht einmal mehr selbst waschen konnte. Wenigstens kriegte er so nicht mit, dass sich keines seiner Kinder um ihn scherte. Siemion war der Einzige, der ihn jemals im Heim besucht hatte, und das war nun auch schon über ein Jahr her. Als hätte sich dieser nur davon überzeugen wollen, dass sein Vater wirklich so krank war, wie der Pfleger behauptete. Gusenberg schüttelte es bei dem Gedanken, dass auch er einmal so enden könnte. Dass er alles, was er liebte, alles, was er wusste und alles, was er erfahren hatte, vergessen könnte. Er wäre nur noch ein Schatten seiner selbst. Dann wäre er lieber tot.

Der Ermittler blickte auf die Uhr, Cecillia hatte siebzehn Uhr geschrieben. Es war ein Ding der Unmöglichkeit, die Verabredung einzuhalten. Er war zu spät aufgebrochen und die Straßen waren schon mit dem Beginn der Rush Hour verstopft. Obwohl der Taxifahrer sein Bestes gab, kam Gusenberg fast fünfzehn Minuten zu spät.

Gusenberg stieg aus dem Taxi aus und entdeckte Cecillia von Amtsstätten sofort. Die Anwältin wartete auf einer Bank im gläsernen Foyer des Westheim-City-Centers. Der Ermittler winkte ihr zu und sie erwiderte den Gruß. Cecillia erhob sich zaghaft und kam mit mühsamen Schritten auf Gusenberg zu. Der Ermittler erschrak darüber, wie stark die junge Frau in den wenigen Tagen, die zwischen den Treffen lagen, abgebaut hatte. Unter großer Anstrengung quetschte sie sich zwischen den in zweiter Reihe geparkten Autos hindurch. Gusenberg bezahlte gerade den Taxifahrer, als ihn Motorengeheul zusammenfahren ließ. Das Wechselgeld glitt ihm aus der Hand. Cecillia schrie. Gusenberg stieß sich den Kopf am Taxi, als er versuchte, die Situation zu erfassen.

Ein dunkler SUV kam die Straße entlang geschossen. Die Reifen quietschten, als der Fahrer die Spur wechselte und auf Cecillia zusteuerte. Für einen schrecklichen Augenblick dachte Gusenberg, dass sie wie angewurzelt stehen bleiben würde. Es waren nur noch wenige Meter. Cecillia machte kehrt und versuchte, die Lücke zwischen den geparkten Autos zu erreichen. Sie würde es nicht schaffen. Der Fahrer verlor die Anwältin nicht aus dem Fokus. Krachend flog der Außenspiegel eines geparkten Wagens davon. Gusenberg verfolgte ungläubig das Spektakel. Cecillia war fast zwischen den Autos, als der Einschlag kam. Glas splitterte. Das markerschütternde Krachen von Metall auf Metall lockte Schaulustige an die Fenster der umliegenden Gebäude. Der Geruch von Gummi erfüllte die Luft.

Die Macht des Aufpralls schob einen der Wagen auf den Gehweg. Cecillia wurde schreiend aus Gusenbergs Sichtfeld geschleudert. Der SUV setzte zurück, Gusenberg rannte auf das Fahrzeug zu, das für einen kurzen Moment inmitten des Chaos stand. Der Ermittler erreichte die Beifahrertür und versuchte sie aufzureißen. Durch die getönten Scheiben konnte er nur einen verschwommenen Schemen erkennen. Er zerrte an dem Griff, die Tür war verschlossen. Der Wagen machte einen Satz, so dass er wieder in Fahrtrichtung stand. Der Fahrer gab Gas, Gusenberg schlug mit der flachen Hand gegen die Scheibe. Er sprang zurück, als sich der Wagen in Bewegung setzte und davonraste.

„Cecillia?" Gusenberg rannte zu der Stelle, wo er sie aus den Augen verloren hatte.

Er fand sie wenige Meter davon entfernt auf dem Asphalt liegend. Sie bewegte sich nicht. Gusenberg kniete sich neben die Anwältin und prüfte die Vitalfunktionen. Sie atmete. Er sprang auf, sah sich um und entdeckte, dass der Taxifahrer, der ihn hergebracht hatte, sichtlich verwirrt neben seinem Taxi stand.

„Rufen Sie einen Krankenwagen! Los!"

Der Taxifahrer befolgte den Befehl und griff nach seinem Funkgerät.

Gusenberg wandte sich wieder Cecillia zu. Er strich ihr die Haare aus dem Gesicht und erkannte, dass sie eine Perücke trug. Der blonde Schopf war verschoben. Ihr Kopf war kahl, ihre Wangen waren vom Aufprall aufgeschürft. Cecillia stöhnte, verharrte kurz, dann versuchte sie, sich aufzurichten.

„Hilfe ist auf dem Weg. Kannst du aufstehen?"

Cecillia hatte sich hochgestützt. Gusenberg griff ihr unter die Arme. Ihr Hosenanzug war aufgerissen. Die Tasche, die sie bei sich getragen hatte, lag ein paar Schritte entfernt auf dem Boden. Ihr Laptop war herausgerutscht. Verwirrt blickte sich Cecillia um.

„Das war kein Unfall." Mehr fragend als verstehend blickte sie Gusenberg an.

„Nein. Das war ein Anschlag." Dutzende Schaulustige hatten sich an den Fenstern eingefunden. Die wenigen Menschen auf der Straße reckten aus sicherer Entfernung die Köpfe und versuchten zu verstehen, was gerade passiert war.

„Hast du Schmerzen?" Cecillia lehnte an dem Kleinwagen, der durch den Aufschlag auf den Gehweg geschoben worden war. Sie wollte die Perücke richten, schaffte es aber nicht.

„Ich glaube, mein Arm ist gebrochen." Mit blutigen Fingern umklammerte sie ihren Unterarm.

„Ein Krankenwagen ist unterwegs. Konntest du den Fahrer erkennen?"

Cecillia schüttelte den Kopf. „Die tiefstehende Sonne hat mich geblendet. Ich konnte mir nur die ersten Buchstaben des Nummernschildes merken."

Gusenberg zog sein Handy aus der Tasche und rief auf dem Revier an.

„Hallo, Gusenberg hier. Ich brauche sofort einen Fahndungsaufruf an alle Kollegen. Gesucht wird ein schwarzer SUV. Die Front ist beschädigt. Amtliches Kennzeichen: Westheim A-O-neun-sechs-null."

Die Sirenen des Krankenwagens kamen näher.

„Der Fahrer ist gewaltbereit. Die Kollegen sollen verdammt vorsichtig sein und im Notfall lieber auf Verstärkung warten."

Das Martinshorn verstummte. Blaues Licht tanzte über die verspiegelte Fassade des Westheim-City-Centers. Zwei Sanitäterinnen kamen auf Cecillia und Gusenberg zu und kümmerten sich um die junge Anwältin, die nach dem Abklingen des ersten Schocks nun doch starke Schmerzen zu haben schien.

Der Ermittler hob Cecillias Tasche auf und steckte den Laptop zurück.

„Die brauche ich!" Cecillia hatte sich dem Griff der Sanitäterinnen entwunden und kam auf Gusenberg zugehumpelt.

„Gib mir meine Tasche!" Sie streckte ihm den gesunden Arm entgegen. Ihr Blick war ernst. Gusenberg zögerte.

„Gib mir die Tasche – wenn mein Chef herausfindet, dass ich meinen Arbeitslaptop der Polizei überlassen habe, kann ich mir selbst einen Anwalt suchen." Cecillias Hand schloss sich um den Griff ihrer Tasche, Gusenberg lockerte seinen. Eine der Sanitäterinnen legte Cecillia die Hand auf die Schulter. „Bitte kommen Sie mit. Wir bringen Sie ins Krankenhaus."

Widerstandslos folgte Cecillia den Anweisungen. Sie stieg in den Fond des Rettungswagens und setzte sich auf die Trage. Die Türen wurden geschlossen und der Wagen setzte sich in Bewegung.

***

Keine Viertelstunde später war die Spurensicherung vor Ort. Gusenberg gab seine Aussage zu Protokoll und schloss sich der anschließenden Befragung der Zeugen an. Er bekam dutzende verschiedene Nummernschild-varianten jedoch keine Beschreibung des Fahrers.

Die von ihm initiierte Fahndung hatte bisweilen nichts ergeben und der Wagen war bereits am Morgen als gestohlen gemeldet worden.

Gusenberg stand inmitten des Chaos und dachte nach. Der SUV war knapp sieben Stunden zuvor am anderen Ende der Stadt gestohlen worden. Es war demnach keine spontane Entscheidung, Cecillia zu überfahren. Der Täter hatte sich auf seine Tat vorbereitet und ihr aufgelauert. Wer konnte wissen, dass sie heute im Büro war? Hatte sie nicht in der E-Mail geschrieben, dass sie sich spontan dazu entschieden hatte, etwas in den Akten zu prüfen? Das musste den Kreis der Verdächtigen eingrenzen. Zuerst musste er herausfinden, wer wusste, dass Cecillia im Büro war und dann deren Alibis prüfen. Nicht nur für den Anschlag, sondern auch für den Diebstahl und er wusste schon, mit wem er anfangen würde.

Kapitel 23

Gusenberg betrat das Westheim-City-Center und fuhr mit dem Aufzug in das oberste Stockwerk. Wer hätte gedacht, dass er so oft bei Löffler und Homburger vorstellig werden würde? Er betrat den Vorraum und Frau Petersen warf ihm einen vernichtenden Blick zu. „Sie sind hier nicht länger erwünscht."

„Das ist mir bewusst. Ist Siemion Löffler zu sprechen?" Gusenberg trat an die Rezeption.

„Nein." Die Rezeptionistin ließ ihn nicht aus den Augen.

„Sie haben nicht einmal in den Kalender geschaut."

„Das muss ich auch nicht. Dr. Löffler ist heute für niemanden zu sprechen. Sie müssen auch gar nicht zu seinem Büro stürmen. Er ist nicht im Haus."

„Können Sie mir sagen, wo er ist?"

Frau Petersen schwieg. Gusenberg war kurz davor, sie darauf aufmerksam zu machen, dass er kein dahergelaufener Klient war, sondern ein Polizist. Offenbar folgte sie ihm bei diesem Gedankengang.

„Herr Dr. Löffler ist heute bei einem Tennisturnier."

„Können Sie mir sagen, wo dieses Turnier stattfindet?", fragte Gusenberg mit der gesamten Höflichkeit, die er in dieser Situation aufbringen konnte.

„Das müsste ich nachschauen.“ Frau Petersens Tonfall war nun weniger schnippisch, aber immer noch Lichtjahre von professioneller Höflichkeit entfernt.

„Würden Sie es bitte tun?“

Sichtlich widerwillig begann die Sekretärin nach den gewünschten Informationen zu suchen. Sie griff sich einen Stift und machte ein paar hastige Notizen.

„Hier. Name und Anschrift des Vereins. Würden Sie jetzt bitte gehen? Ich möchte Feierabend machen. Ich bekomme die Überstunden nicht bezahlt.“

Gusenberg bedankte sich und verließ die Kanzlei. Er nutzte die kurze Fahrt mit dem Aufzug, um sich mit Frau Petersens Notizen vertraut zu machen. *Tennisclub Grün-Weiß 1887 e. V.*, die dazugehörige Adresse sagte ihm nichts.

Er rief Maryanne an, setzte sie über die Geschehnisse in Kenntnis und besprach mit ihr das weitere Vorgehen. Sie würden Dr. Siemion Löffler heute noch einen Besuch abstatten. Es gab eine Menge Fragen zu klären, vielleicht würde dieser Tag am Ende doch noch erkenntnisreich werden.

***

Der Dienstwagen der Ermittler wirkte neben den Luxuskarossen auf dem Parkplatz des Tennisclubs wie das schwarze Schaf einer ehrenwerten Familie. Die wenigen freien Parkmöglichkeiten waren reserviert und so stellte Maryanne den Wagen etwas abseits in zweiter Reihe ab. Hier, zwischen den Autos von Anwohnern und Angestellten, war der alte Dienstwagen in passender Gesellschaft.

Ein Schild am Eingang gab Auskunft, dass das Clubgelände heute wegen einer vereinsinternen Veranstaltung geschlossen war. Maryanne drückte die zweiflügelige Glastür auf und steuerte direkt auf den Anmeldebereich zu. Hinter einem weißgestrichenen Empfangstresen stand ein hagerer Mann mittleren Alters, dessen sonnengebräunte Haut im starken Kontrast zu seiner weißen Tenniskleidung stand.

„Kann ich Ihnen helfen?" Der Mann beäugte die Ermittler skeptisch.

„Maryanne Schröder und Dr. Emil Gusenberg, Kripo Westheim."

Ihr Gegenüber krauste die Stirn, als er den Polizeiausweis studierte.

„Wir würden gerne mit Herrn Löffler sprechen. Wo können wir ihn finden?"

„Ich weiß nicht. Gerade ist die Siegerehrung des Turniers. Können Sie nicht noch ein bisschen warten?"

Maryanne steckte den Ausweis ein.

„Nein. Wir können nicht warten. Ihre Siegerehrung interessiert uns nicht die Bohne und wenn Sie nicht wollen, dass wir diese unterbrechen, sollten Sie gefälligst tun, was wir Ihnen sagen."

Schweiß trat auf die Stirn des Mannes. Er war sichtlich hin und her gerissen, zwischen dem Ärger, den die Polizei verursachen konnte, wenn er sie abwies und dem Ärger, den er von seinem Vorgesetzten bekommen würde, wenn er sie hineinließ.

„Grämen Sie sich nicht, Claudio, dieser raue Ton ist offenbar Duktus bei der Polizei in Westheim. Die Herrschaften wollen zu mir, nicht wahr, Herr Gusenberg?"

Siemion Löffler hatte sich den Ermittlern von der Seite genähert, er war vollkommen in weiß gekleidet, um seinen Hals befand sich eine Medaille. Er hatte ein von der Anstrengung gerötetes Gesicht, doch im Gegensatz zu den letzten beiden Treffen lächelte er. Es war kein freundliches Lächeln, das war Gusenberg klar. Es war das Lächeln eines Mannes, der ein Ass im Ärmel hatte und ohne zu zögern davon Gebrauch machen würde.

„Frau Petersen hat uns mit Sicherheit angekündigt. Hat sie damit genug Buße getan, um ihren Job behalten zu dürfen?", fragte Gusenberg.

„Sparen Sie uns das Geplänkel."

„Darf ich Ihnen meine Kollegin vorstellen? Frau Schröder, wir bearbeiten den Fall gemeinsam."

„Was wollen Sie?", gab Löffler kurz angebunden zurück.

„Ich denke nicht, dass wir das in der Öffentlichkeit besprechen sollten." Gusenbergs Blick taxierte erst Löffler, dann Claudio.

„Claudio?" Löffler musste es nicht aussprechen. Der Empfangschef stellte ein *Nicht besetzt*-Schild auf den Tresen und verschwand durch eine Tür hinter dem Empfangsbereich.

„Ich will es kurz machen. Jemand hat vor einer Stunde versucht, Cecillia von Amtsstätten zu töten. Ein Unbekannter wollte sie beim Verlassen des Westheim-City-Centers überfahren."

„Und was wollen Sie nun von mir wissen?", fragte Löffler. „Ich war den ganzen Tag hier. Ich habe es bei dem Turnier bis ins Finale geschafft."

„Wo waren Sie heute Morgen, so gegen acht Uhr?"

„Warum wollen Sie das wissen, haben Sie nicht gerade gesagt, dass der Anschlag keine Stunde her ist?"

„Das stimmt, trotzdem würden wir gerne wissen, wo Sie heute Morgen um acht Uhr waren."

„Ich war bereits hier auf dem Gelände. Das Turnier begann um neun Uhr. Ich war kurz vor acht da, um mich auf das erste Spiel vorzubereiten."

„Kann das jemand bezeugen?" Gusenberg begann damit, Notizen zu machen.

„Natürlich, Sie können hier jeden fragen. Ich habe das Gelände den ganzen Tag nicht verlassen, dazu waren die Pausen zwischen den Spielen zu kurz. Und wenn Sie nun keine weiteren Fragen haben, würde ich gerne zur Feier zurückkehren. Claudio?"

Innerhalb kürzester Zeit erschien der Empfangschef hinter seinem Tresen.

„Claudio, wären Sie so freundlich, die Herrschaften von der Polizei hinauszubegleiten?"

„Natürlich, Herr Doktor Löffler."

„Schauen Sie doch nicht so grimmig, Frau Schröder. Man kann nicht immer Erfolg haben." Löffler warf der Ermittlerin ein vielsagendes Lächeln zu.

„Das stimmt", Maryanne deutete auf die Silbermedaille, die um Löfflers Hals hing. „Manchmal muss man sich auch mit dem zweiten Platz zufriedengeben."

Löffler schnaubte abfällig und verschwand.

„Herr …", Gusenberg warf einen Blick auf das Namensschild des Empfangschefs, „Herr Helmer, können Sie die Aussage von Herrn Löffler bestätigen, dass er den ganzen Tag auf dem Gelände des Tennisclubs war?"

„Ja, das ist richtig. Hier sehen Sie", Claudio Helmer legte den Turnierplan auf den Tisch. Er markierte die

Zeiten, in denen Löffler auf dem Platz gestanden hatte. Keine der Pausen war länger als siebzig Minuten.

„Wissen Sie, was er in den Pausen gemacht hat?"

„Nein, das kann ich Ihnen nicht sagen, aber es dürfte kein Problem werden, Zeugen zu finden. Das Turnier ist das Highlight des Jahres. So gut wie alle Mitglieder nehmen daran teil, es ist ein großes Fest."

„Darf ich das mitnehmen?" Gusenberg zog an einer der Ecken des Turnierplans.

„Natürlich." Claudio Helmer ließ das Stück Papier los und der Ermittler steckte es ein.

Eine geheuchelte Verabschiedung später befanden sich die Ermittler wieder auf dem Parkplatz vor dem Clubgelände.

„Laut Zulassungsstelle fährt Löffler einen dunkelblauen Sportwagen", sagte Gusenberg, als er den Blick über die geparkten Fahrzeuge schweifen ließ.

„Dann müsste es der Wagen dort drüben sein." Maryanne deutete auf ein passendes Modell, das zwischen zwei wuchtigen SUVs geparkt war.

„Wenn Löffler wirklich in die Sache verstrickt ist, dann müsste er irgendwo den SUV abgestellt haben, um dann mit einem anderen unauffällig abzuhauen."

Die Ermittler hatten den blauen Porsche erreicht. Gusenberg legte die Hand auf die Motorhaube.

„Kalt. Der steht hier schon länger."

Maryanne warf einen Blick in den Innenraum. Es gab nichts, was einen Rückschluss auf den Besitzer zulassen würde.

„Selbst wenn Löffler in den Anschlag verwickelt ist, er war sicher nicht der Fahrer. Er hat seit dem Moment des Diebstahls, bis hin zu dem Anschlag ein zu perfektes Alibi."

Gusenberg brummte missmutig.

„Ich hatte wirklich gehofft, dass wir ihn zumindest unter Druck setzen können. Ein Hebel, ein Ansatzpunkt, ein Sprung in der feinen Fassade, aber dieser Mann ist so aalglatt." Gusenberg warf einen Blick zurück zum Tennisgelände; während dort gefeiert wurde, breiteten sich über dem Fall Förster dunkle Wolken aus. Die Ermittler hatten ihren Wagen erreicht und stiegen ein.

„Was nicht ist, kann ja noch werden." Maryanne startete das Auto. „Morgen ist auch noch ein Tag, ich lasse dich bei dir zu Hause raus."

„Danke." Gusenberg starrte aus dem Fenster. Irgendwas übersahen sie. Es musste mehr als die eine Verbindung zwischen Kessen und Förster geben.

„Uns bleibt nur zu hoffen, dass wir den SUV schnell finden", sagte Maryanne, die sich während der Fahrt wohl ihre eigenen Gedanken gemacht hatte.

„Dein Wort in Gottes Ohr."

Sie hatten die Fuchsenfritzklause erreicht. Gusenberg verabschiedete sich von Maryanne und stieg aus dem Auto aus. Jetzt erst merkte er, wie hungrig er war und jetzt erst fiel ihm ein, dass er heute nicht eingekauft hatte. Gusenberg fluchte leise. Die Rücklichter des Dienstwagens verschwanden hinter der nächsten Kurve. Wenn er das Hundefutter auch so konsequent einkaufen würde, wie sein eigenes, dann wäre der arme Vierbeiner innerhalb von drei Wochen verhungert.

Gusenberg steckte den Haustürschlüssel weg und machte sich zur nächsten Imbissbude auf, irgendwo würde er sicher noch etwas zu essen auftreiben können.

Kapitel 24

Der kurze Spaziergang hatte gutgetan. Gusenberg hatte es geschafft, beim Essen weder an den Fall noch an irgendwelche Haustiere zu denken. Genau genommen hatte er an gar nichts gedacht, als er die Pommes mit der Gabel aufgespießt hatte, auch sein Hirn brauchte irgendwann einmal Feierabend. Nun, da sein Kopf schon längst im Bett lag, wollte es ihm sein Körper gleichtun.

Gusenberg schloss die Haustür auf, das rettende Ufer war nur noch ein paar Meter und Minuten entfernt. Schwerfällig beugte er sich nach vorne und begann damit, seine Schuhe auszuziehen. Sein Handy klingelte, Gusenberg richtete sich auf und zog es aus der Tasche. E warf einen Blick auf das Display und stöhnte. Es war Maryanne, offenbar war dieser Tag immer noch nicht zu Ende.

„Rate mal, auf wen Gott gehört hat?" Gusenberg konnte Maryannes Lächeln durch das Telefon spüren.

„Wie meinst du das? Auf wen sollte Gott schon hören? Beten funktioniert in dieser Welt ja nur bedingt." Gusenberg hatte das Handy zwischen Schulter und Kopf geklemmt und zog den Schuh, den er gerade ausgezogen hatte, wieder an.

„Auf mich. Gott hat auf mich gehört, der SUV ist aufgetaucht."

„Wo?" Gusenberg schlüpfte in seine Jacke.

Maryanne brauchte etwas, bis sie die richtige Beschreibung gefunden hatte. „Kennst du den Parkplatz in der Nähe des Autobahnzubringers zur A 57 kurz vor Derkenburg?"

„Derkenburg?" Bei dem Namen klingelte etwas. Gusenberg warf sein schwerfälliges Gehirn an und dachte nach.

„Klar. Wohnt in der Ecke nicht unser Freund Andrej Vollbrecht?"

Gusenberg zog die Tür der Fuchsenfritzklause hinter sich zu. Der Abend war mild, die Sonne war schon fast untergegangen. Der Ermittler spürte das Bier im Hinterkopf, er hätte es besser wissen sollen, diese Stadt hatte immer Hunger.

„Genau, es sind nur ein paar Minuten mit dem Auto. Es kann Zufall sein, aber ich denke, wir sollten ihm noch einen kleinen Besuch abstatten. Es kann nicht schaden." Maryannes Aussage wurde fast von dem Lärm vorbeifahrender Autos übertönt.

Gusenberg machte sich mit schnellen Schritten zum nächsten Taxistand auf.

„Wissen wir schon mehr über den Fahrzeughalter?"

„Halterin", korrigierte Maryanne ihren Kollegen. „Der Wagen gehört einer Frau Jakob. Ich habe sie mir mal angeschaut. Letztes Jahr hat sie sich sechs Strafzettel wegen Falschparkens eingehandelt. Alle am Wochenende, alle in der Innenstadt. Sonst ist sie ein unbeschriebenes Blatt, keine auffälligen Verbindungen zu unserem Fall. Wir haben sie darüber informiert, in welchem Zustand ihr Wagen gefunden wurde. Sie war ziemlich sauer, die Dame hing wohl an ihrem Auto."

In der Zwischenzeit hatte Gusenberg den verwaisten Taxistand erreicht.

„Du warst ja ziemlich fleißig, ich dachte, du hättest Feierabend gemacht."

„Hatte ich auch, ich musste aber noch schnell etwas mit Peer besprechen. Dann kam die Meldung über den Fund rein und wir haben nahtlos weitergemacht."

„Was gab es denn zu klären?" Ein Taxi näherte sich. Gusenberg hob den Arm und winkte den Wagen heran.

„Nichts Wichtiges, ich musste nur etwas abklären. Hat sich schon erledigt, war einfach nur perfektes Timing. Du, Emil, Kolat will mich sprechen, du kommst her? Oder soll ich wen schicken?"

„Nein, bleibt wo ihr seid, ich bin schon auf dem Weg." Maryanne legte auf. Gusenberg kratzte sich am Kopf. Was war das? Seit wann war Maryanne so eine wortkarge Geheimniskrämerin? Wenn es etwas mit dem Fall zu tun gehabt hätte, hätte sie es ihm sicher gesagt. Gusenberg stieg in das Taxi und nannte dem Fahrer den Zielort. Was war nur mit Maryanne los? Wenn es nicht um den Fall ging, was hatte es dann mit Peer zu tun? Etwas Privates? Nein. Maryanne erzählte ihm so gut wie alles, manche Dinge sogar mehr als ihm lieb war. Er wollte nicht wissen, wie ihre Dates gelaufen waren, auch wenn er ihr trotzdem zuhörte. Irgendetwas belastete sie. Aber was? Er würde mit ihr sprechen müssen, so konnte es nicht weitergehen.

***

Die Spurensicherung hatte den Parkplatz, der nicht mehr als eine fleckig geteerte Ausbuchtung war, komplett ausgeleuchtet. Ein uniformierter Polizist regelte den Verkehr auf der Bundesstraße und verscheuchte die Schaulustigen, die in Schrittgeschwindigkeit an dem Wrack vorbeifuhren.

Maryanne stand mit dem Forensiker Kolat Yilmaz etwas abseits, während ein halbes Dutzend Weißkittel ihrer Arbeit nachgingen. Der bullige Mann zeichnete etwas mit filigranen Strichen auf ein Klemmbrett.

„… eine erste Einschätzung. Das Feuer ist an mehreren Stellen gleichzeitig ausgebrochen. Hier –“

„Habe ich etwas verpasst?“ Gusenberg hatte zu seinen Kollegen aufgeschlossen. Yilmaz hielt inne und hob die Hand zum Gruß. „Nein, das Spannende kommt jetzt erst.“ Der Forensiker setzte den Stift erneut an.

„Es ist fraglich, ob wir verwertbare Spuren in Inneren des Autos finden. Der Brandstifter hat besonderen Wert darauf gelegt, dass der Bereich um den Fahrersitz komplett ausbrennt.“ Kolat Yilmaz machte ein Kreuz auf seinem Klemmbrett.

„Du hast echt Talent, Kolat.“ Gusenberg betrachtete die detailgetreue Skizze des SUVs, anhand derer der Forensiker die Lage der Brandherde erläuterte. Er hatte schon vier Kreuze gesetzt, das dickste auf dem Fahrersitz. Die anderen befanden sich im Motorraum und auf den beiden Hinterreifen. „Es ist jedoch nicht zwingend notwendig, auf die Spuren im Auto zu setzen. Denn der Täter muss den Wagen schließlich verlassen, präpariert und entzündet haben. Daher ist die vielversprechendste Spur diese.“ Kolat Yilmaz steckte den Stift weg und ging ein paar Schritte weiter, dorthin wo der Teer in einen Waldweg überging.

„Der Boden hier ist matschig und zerfurcht. Wir konnten frische Reifenspuren und auch den Teilabdruck eines Stiefels dokumentieren." Der Forensiker deutete auf mehrere der kleinen gelben Zahlenkärtchen, die in den Boden gesteckt waren.

„Wenn ihr mich fragt, stand hier in der Nähe ein Motorrad oder ein Roller, mit dem der Brandstifter in diese Richtung geflohen ist." Kolat Yilmaz deutete in die Dunkelheit des Waldes.

Gusenberg zog sein Handy aus der Tasche und rief eine Karte der Umgebung auf. Die Netzabdeckung war schlecht, es dauerte etwas, bis die Internetseite geladen hatte.

„Wir sind hier." Der Ermittler deutet auf die graue Ausbuchtung, die sich deutlich von dem Wald und den Wiesen abhob. „Diese kleine Linie muss der Weg sein." Er fuhr den Waldweg mit dem Finger nach.

„Schau einer an, der Weg führt in Richtung Derkenburg."

„Das kann kein Zufall sein." Maryanne starrte auf das Display.

Kolat Yilmaz blickte ebenfalls auf das Handy, dann fragend zu Maryanne und Gusenberg.

„Es gibt dort jemanden, auf den wir schon ein Auge geworfen haben. Aber bisher hatten wir nichts gegen ihn in der Hand." Gusenberg klärte den Forensiker mit knappen Worten auf.

„Wegen des Mordanschlags?"

„Jetzt schon, davor nicht." Gusenberg steckte das Handy weg.

„Wir müssen aber erst prüfen, ob die Spuren wirklich nach Derkenburg führen. Es kann immer noch ein

Zufall sein, die Verkehrsanbindung hier ist gut. Derkenburg ist die letzte Auffahrt vor dem Westheimer Kreuz. Von hier kommt man schnell überall hin. Es ist genauso gut möglich, dass die Spuren und der SUV nichts miteinander zu tun haben."

„Das wird erst morgen möglich sein, jetzt ist es zu dunkel. Wir können den Weg nicht absuchen ohne Gefahr zu laufen, Spuren zu vernichten." Der Forensiker verschränkte die Arme vor der breiten Brust. Er rief nach einem seiner Mitarbeiter der Spurensicherung und trug ihm auf, den Weg mit Flatterband zu sperren.

„Sag uns bitte sofort Bescheid, wenn du weißt, wo die Spuren hinführen, oder wenn du sonst etwas Interessantes findest."

„Klar, wird gemacht." Der Forensiker verabschiedete sich und ließ die beiden Ermittler allein im Schatten des Waldes zurück.

„Was machen wir jetzt?" Maryanne schaute auf die Uhr. „Es ist fast zehn. Wir sollten erst morgen bei Vollbrecht vorstellig werden, wenn er wirklich etwas mit der Sache zu tun hat, sollten wir genug Infos haben, um ihn unter Druck zu setzten. Wenn wir ihn jetzt aus dem Bett klingeln, verspielen wir nur unseren einzigen Trumpf."

„Das denke ich auch, also doch endlich Feierabend." Gusenberg rieb sich die müden Augen.

„Ich habe da drüben geparkt." Maryanne deutete auf ihren Dienstwagen, der, halb auf dem Seitenstreifen stehend, den Verkehr auf der Straße blockierte.

Gusenberg konnte dem Uniformierten die Erleichterung ansehen, als sie in den Wagen stiegen, und seine Arbeit erleichterten. Der Ermittler schloss die

Wagentür und blickte zu Maryanne hinüber. Sie sah verdammt müde aus, vielleicht auch blasser als sonst, aber war das in dieser Situation so ungewöhnlich? Die Ermittlungen waren hart, die Opfer jung und die Chance, am Ende zu scheitern, war immer noch groß. Wenn er so aussah, wie er sich gerade fühlte, musste er kreidebleich sein. Am liebsten hätte er Maryanne geradeheraus gefragt, was mit ihr los war. Wahrscheinlich hätte sie gefragt, was denn wäre und er hätte erwidert, sie solle ihn nicht für dumm verkaufen. Dann würden sie streiten, das hatten sie in ihrer gemeinsamen Zeit schon oft getan, aber am Ende waren sie nie lange böse aufeinander. Doch jetzt war nicht der richtige Zeitpunkt. Gusenberg hatte keine Kraft mehr, er war müde. So schwieg der Ermittler den gesamten Weg und er war sich sicher, dass Maryanne es ihm dankte.

Zwanzig Minuten später war er nun doch endlich zu Hause. Er schleppte sich an die Theke und setzte sich auf seinen Stammplatz. Für eine Ewigkeit saß er einfach nur da und starrte ins Nichts. Gusenberg versuchte, seine Gedanken zu ordnen, scheiterte aber. Er konnte sich nicht konzentrieren, Vollbrecht und Löffler, Maryanne und Cecillia, Kessen und Förster, sie alle marodierten durch sein Gehirn und keiner gab ihm eine sinnvolle Antwort auf seine Fragen. Drei Bier später war er endlich im Bett.

Kapitel 25

Anns Blick wanderte zu der Uhr über der Tafel. Es dauerte nicht mehr lange zur ersehnten großen Pause. Frau Huss, ihre Deutschlehrerin, war kompromisslos, wenn es um Handys ging. Würde sie Ann dabei erwischen, wie sie es aus der Tasche zog, sie würde es ihr abnehmen. Im dümmsten Fall müsste es ihre Mama dann nach der Schule bei Frau Huss abholen. Das war ein Risiko, das Ann nicht eingehen wollte. Dabei brannte sie darauf zu wissen, wie es weitergehen würde.

Marc hatte sich am späten Abend gemeldet und gefragt, wie es gelaufen war. Auf Anns Antwort: *ruhig und langweilig,* kam keine Reaktion. Sie hatte fest damit gerechnet, am Morgen eine Nachricht von Marc vorzufinden. Doch ihre Hoffnung war enttäuscht worden. Nun saß sie die letzten Minuten der Deutschstunde ab und konnte an nichts anderes als Marcs letzte Nachricht denken.

Gamemaster Marc:
Ich muss mich das nächste Mal wohl klarer
ausdrücken.

Was hatte er damit gemeint? Sie hatte sich doch an alle Anweisungen gehalten, den gesamten restlichen

Tag nicht ein einziges Mal *Nein* gesagt und dennoch hatte sie ein schlechtes Gefühl.

Der Gong ertönte und die ersten Schüler stürmten aus dem Klassenzimmer. Ann zog das Handy aus der Tasche und rief den Chat mit Marc auf. Noch immer keine Nachricht. Ann seufzte und blickte sich um. Frau Huss hatte ihre Unterrichtsmaterialien zusammengepackt und ging hinaus. Ann kramte in ihrer Büchertasche nach dem Pausenbrot, obwohl sie keinen Hunger hatte. Lisa und Leon waren verschwunden, sicher standen sie draußen auf dem Pausenhof und knutschten rum. Ann verließ das Klassenzimmer, den Blick auf den stummen Chat mit Marc gerichtet. Sie zog sich in eine Ecke des Hofs zurück, wo sie ungestört war, atmete tief durch und begann zu tippen.

Ann Fischer:
Was habe ich falsch gemacht?

Gebannt starrte Ann auf das Display. Es dauerte nicht lange, dann hatte Marc die Nachricht gelesen. Ann wurde heiß und kalt. Ihre Hand krallte sich in die Tüte ihres Pausenbrots. Sie wollte nicht verlieren, sie wollte nicht, dass das Spiel vorbei war – nicht so. Sie hatte nichts falsch gemacht, sie hatte sich an alle Anweisungen gehalten. Es konnte nicht vorbei sein, das wäre unfair.

Gamemaster Marc:
Ich bin enttäuscht. Ich dachte, ich hätte mich
klar genug ausgedrückt.

Ann Fischer:
Ich verstehe nicht, was ich falsch gemacht
habe!!! Ich habe nicht ein Mal *Nein* gesagt.
Ich dachte, ich hätte die Aufgabe gut gelöst?
Wenn du mir sagst, was ich falsch gemacht
habe, kann ich es doch wiedergutmachen.
Ich will nicht verlieren. Ich will weiterspielen.

Ann verstand die Welt nicht mehr, fühlte sich ungerecht behandelt. Es war nicht ihre Schuld, wenn Marc mit ihr nicht zufrieden war, sie hatte alles so gemacht, wie er es ihr befohlen hatte. Sie hatte sich sogar von Sophie demütigen, hatte sich von ihr und ihrer Freundin an der Bushaltestelle wie Dreck behandeln lassen. Der Mann war wortlos gefahren, als die beiden aufgetaucht waren. Selbst zu Sophie hatte sie kein einziges Mal Nein gesagt, auch wenn es ihr schwergefallen war. Diese Zicke hatte es ausgekostet, als sie herausgefunden hatte, dass Ann alles tun musste, was ihr gesagt wurde. Es war die Hölle, aber sie hatte durchgehalten und deshalb war Ann davon überzeugt, dass sie die Aufgabe erfolgreich bestanden hatte. Aber wie sollte sie es Marc sagen? Widerworte waren verboten, Ausreden wurden nicht akzeptiert. Ann setzte zu einer Nachricht an, wurde aber rüde unterbrochen.

„Bell doch mal wie ein Hund oder schlag dir selbst ins Gesicht!" Sophie hatte sich vor Ann aufgebaut, dieses Mal war sie jedoch allein. Seit Lisa und Leon ein Paar waren, war Sophie noch unausstehlicher geworden. Ann merkte, wie die Wut in ihr aufstieg. Das Spiel war so gut gelaufen, bis ... Genau, bis Sophie und ihre doofe

Freundin aufgetaucht waren und sie an der Bushaltestelle herumgescheucht hatten.

„Wieso haust du nicht einfach ab!“ Ann taxierte Sophie mit einem bösen Blick. Noch bevor Sophie etwas
erwidern konnte, vibrierte Anns Handy.

Gamemaster Marc:
Ich habe keine Zeit für dich.
Ich werde dir später meine Entscheidung
mitteilen.

Das war nicht gut. Ihr Schicksal hing am seidenen Faden. Sophie hatte sich schnell von den ungewohnten
Widerworten erholt.

„Du willst wohl allein sein? Das kannst du haben,
nicht mal Lisa will noch Zeit mit dir verbringen, deshalb suchst du wohl Leute im Internet, die nicht checken, wie scheiße du bist. Vielleicht sollte ich das denen
mal sagen, dann lassen die dich auch allein.“

Sophie griff nach Anns Handy, diese wollte es zurück-
ziehen, aber Sophie war schneller, ihre Finger schlossen sich um die obere Hälfte des Telefons.

„Hau ab! Lass mich in Ruhe.“ Ann holte aus und
schlug Sophie die Tüte mit dem Pausenbrot ins Gesicht.
„Aua!“ Sophie zerrte weiter an dem Telefon. Ann holte
ein weiteres Mal aus und schlug mit ihrer ganzen Kraft
zu. Die Tüte traf Sophie mitten im Gesicht, riss auf und
das Käsebrot flog in hohem Bogen durch die Luft. Käse
und Butter verfingen sich in Sophies Haaren und sie
ließ angewidert das Handy los. Für einen Augenblick
starrten sich die Mädchen nur an. Dann rannte Sophie
davon. Ann blickte auf die Reste ihrer Mahlzeit herab,

die sich meterweit auf dem Pausenhof verteilt hatten. Es war ein kleiner Preis und ein gutes Gefühl. Sophie würde sie sicher eine ganze Weile in Ruhe lassen. Schade, dass es niemand mitbekommen hatte. Ann rief den Chat mit dem Gamemaster auf, Marc war offline. Der Gong ertönte und die Schüler strömten zurück in die Klassenzimmer. Sie steckte das Handy weg und schloss sich ihren Klassenkameraden an.

Kapitel 26

Die letzten Tage waren hart, die Nächte waren kurz und wenig erholsam. Der gestrige Tag hatte jedoch den vorläufigen Höhepunkt markiert. Gusenberg hatte Kopfschmerzen, sein Nacken war verspannt, wenigstens war er heute halbwegs pünktlich im Büro angekommen.

Der Ermittler holte sich einen Orangensaft am Automaten und rieb sich das Genick. Er war heute sogar früher im Büro als Maryanne, sie hatte ihm geschrieben, dass sie noch einen wichtigen Termin hatte. Was auch immer sich hinter dieser kryptischen Aussage verbarg. Er hatte eigentlich auch einen Termin. Doktor Morgenstern wollte mit Gusenberg über seine ersten Tage im Außeneinsatz sprechen, aber er hatte dem Psychologen abgesagt. Morgenstern hatte nicht begeistert geklungen und von der Wichtigkeit des Termins schwadroniert, aber es gab jetzt wichtige Aufgaben.

Gusenberg zog an seinem Strohhalm und checkte seine Mails. Es gab keine Neuigkeiten, nur das tägliche Grundrauschen, das ungelesen in den Papierkorb wanderte.

Dann rief er im Krankenhaus an. Ein kurzes Telefonat mit Cecillia von Amtsstättens behandelndem Arzt ergab, dass ihr Zustand stabil war. Sie hatte sich nur ein paar Prellungen und Abschürfungen zugezogen. Es hatte am Ende alles schlimmer ausgesehen, als es war. In ein paar Tagen konnte sie entlassen werden. Gusenberg stand auf, lief zum Mülleimer und warf das Trinkpäckchen hinein.

Auf Maryannes Schreibtisch lag ihr Kalender, sicher waren ihre ominösen Termine darin notiert. Maryanne schrieb einfach alles auf. Der Ermittler zögerte kurz. Nein, das wäre nicht gut. Er konnte nicht, er durfte nicht. Es wäre ein Vertrauensbruch, den sie ihm zu Recht nie verzeihen würden. Sein Blick verharrte noch einen Moment auf dem Kalender, dann setzte er sich wieder auf seinen Stuhl. Was zur Hölle war in den letzten achtundvierzig Stunden passiert, dass er nur daran dachte, im Kalender seiner Kollegin herumzuschnüffeln? Er würde, nein er musste, Maryanne fragen, wenn sich die Gelegenheit ergab. Vielleicht beim Essen oder in einer anderen ruhigen Minute. Bis dahin musste er sich auf den Fall konzentrieren. Und das würde er jetzt auch tun. Es galt zu prüfen, ob die Motorradspuren etwas mit dem brennenden Auto zu tun hatten.

Gusenberg rief im Internet eine Karte auf und ging noch einmal die Strecke zwischen dem Fundort und Andrej Vollbrechts Adresse ab. Zu Fuß waren es fünfzehn Minuten, mit einem Motorrad wären es wahrscheinlich nicht einmal fünf. War Vollbrecht wirklich so dumm? Ihm musste doch klar sein, dass ihnen diese Verbindung nicht verborgen bleiben würde. Oder war das alles eine subtile falsche Spur? Aber wozu? Warum sollte es Vollbrecht überhaupt auf Cecillia abgesehen haben? Dieser Frage hatten sie bisher überhaupt keine Beachtung geschenkt. Löffler hatte ein Motiv. Cecillia wirbelte Staub auf und weigerte sich zu gehen. Aber

Vollbrecht? Warum? Cecillia hatte damals beim Prozess keine große Rolle gespielt. Was hatte sie gesagt, sie hatte nur Kaffee geholt und versucht, sich möglichst wenig belästigen zu lassen. Wie konnte sie eine Gefahr für ihn darstellen? Woher wusste Vollbrecht überhaupt, dass Cecillia mit an dem Fall arbeitete? Gusenberg schloss die Augen. Er rief sich den gestrigen Abend ins Gedächtnis. Es war unmöglich, dass es der Täter nicht auf die Anwältin abgesehen hatte. Er musste ihr aufgelauert haben, hatte gewartet, dass sie das Gebäude verließ. Es war kein anderer Mensch in der Nähe, der das eigentliche Ziel hätte sein können. Aber wollte er sie wirklich töten? Cecillia war auf ihn zugelaufen, wenige Sekunden später hätte sie mitten auf der Straße gestanden. Ohne die Möglichkeit zur Flucht. Sie war schwach und schlecht zu Fuß. Ein paar Meter mehr und sie hätte es nicht in die rettende Deckung geschafft. Der Ermittler schüttelte den Gedanken ab. Er stand auf und ging zum Whiteboard. Er schrieb *CvA* in eine der wenigen freien Ecken und verband sie mit Andrej Vollbrecht und machte ein Fragezeichen über die Verbindungslinie. Es gab kein Muster, es gab keinen Zusammenhang. In einem Punkt liefen alle Fäden zusammen, aber wo?

Sie mussten mit Vollbrecht reden. Er schaute auf die Uhr. Wo war Maryanne? Welcher Termin war so verdammt wichtig, dass sie in einer so heißen Phase kommentarlos verschwand? Der Bericht der Spurensicherung konnte jeden Moment auf den Schreibtisch flattern, dann galt es schnell zu sein. Was wäre, wenn Vollbrecht schon seit gestern Abend auf der Flucht war? Gusenberg merkte, wie die Wut in ihm aufstieg. Er knallte den Stift auf den Tisch. Nichts war schlimmer, als zum Warten verdammt zu sein. Er musste etwas tun, er musste etwas Sinnvolles tun. Vielleicht konnte er etwas in den Zeugenaussagen vom Westheim-City-Center finden, mit dem er Vollbrecht in die Enge treiben konnte. Er brauchte nicht mehr als einen flüchtigen Blick auf den Fahrer, der irgendwo als Halbsatz in den Akten stand. Gusenberg ging zum Schreibtisch, griff sich die nächstbeste Zeugenaussage und begann zu lesen.

Kapitel 27

Peer hatte nicht gefragt, was die beiden Personen verband. Er hatte einfach seinen Job gemacht und die Fahrzeughalter ermittelt. Er konnte nicht wissen, dass nur eine der beiden in die Ermittlungen involviert war.

Maryanne hatte Emil noch nicht einmal richtig angelogen und dennoch ein schlechtes Gewissen. Sie hatte von ihm immer Ehrlichkeit verlangt und ihm wegen jedes Alleingangs Vorwürfe gemacht.

„Wir sind ein Team!" Wie oft hatte sie das ihrem Kollegen gesagt, und nun hatte sie Emil eine miese Ausrede präsentiert und war selber zu einem Alleingang aufgebrochen.

Peer hatte ihr den Namen und die Adresse per E-Mail geschickt: Mikael Henik, gemeldet in Westheim. Der Name sagte der Ermittlerin nichts und die Polizeiakten hatten sich zu Henik ausgeschwiegen. Eigentlich hatte Maryanne geplant, am nächsten Wochenende bei der Adresse vorbeizufahren. Eine kleine Fahrt mit dem Auto durch die Stadt, die sie nur durch Zufall zu der Adresse führte, um einen Blick zu riskieren.

So lange konnte sie aber nicht warten. Die letzte Nacht hatte sie kaum geschlafen und auch jetzt sprang ihr Hirn zwischen, *das musste er sein* und *das kann er nicht sein* hin und her. So konnte sie sich nicht auf die Arbeit konzentrieren, ganz zu schweigen von dem

Eiertanz, den sie aufführen musste, damit Emil ihr nicht auf die Schliche kam. Es war unmöglich, ihm die ganze Sache auch nur einen weiteren Tag zu verheimlichen. Sie musste sich Klarheit verschaffen, und zwar jetzt.

Maryanne hatte das Haus auf Anhieb gefunden. Es war ein Reihenhaus an einer stark befahrenen Straße. Die Fassade grau vom Staub und abweisend, aber der Blick in die Fenster zeigte, dass die Menschen es sich wohnlich eingerichtet hatten. Frischgewaschene Vorhänge und bunte Topfpflanzen, dazu die Deckenlampen, die so zu hunderten in den Wohnungen der gesamten Republik hingen.

Das war nicht der Ort, wo man flüchtige Kriminelle vermutete, aber wie oft waren sie schon zu solchen Wohnungen gerufen worden, um Leichen abzutransportieren oder verprügelte Frauen abzuholen? Hatte Maryanne damals nicht selbst in so einer Wohnung gelebt? Was hinter den geschlossenen Türen geschah, konnte niemand von einem Gruß auf der Treppe ableiten.

Maryanne hatte ihren Wagen knapp zwanzig Meter vom Eingang entfernt auf der anderen Straßenseite geparkt. Sie beobachtete das Haus nun schon seit zwei Stunden. Sie hatte Schulkinder zum Bus und deren Eltern zu Arbeit eilen sehen, hatte beobachtet, wie die Post gebracht und der Müll geholt wurde. Nichts davon war verdächtig und nichts wies darauf hin, dass der Mann, der dort angeblich wohnte, ihr ehemaliger Kollege Paul Esch war. Was war, wenn Esch den Wagen nur geliehen hatte? Sie versuchte, sich daran zu erinnern, ob Esch jemals von einem Mikael Henik

gesprochen hatte. Vielleicht ein alter Schulfreund oder
ein Kumpel aus dem Sportverein. Mikael war kein
allzu häufiger Name, sie würde sich daran erinnern,
wenn …

Maryanne stellte erstaunt fest, dass sie Paul Esch
nicht wirklich gekannt hatte. Sie hatten sich oft getroffen, hatten viel geredet und Sex gehabt, aber Paul hatte
kaum etwas von sich erzählt. Fragen nach seinem Leben und seiner Familie hatte er, wenn überhaupt nur
knapp beantwortet. Damals hatte sie sich damit zufrie-
dengegeben, hatte sich eingeredet, dass es an der Scheidung lag. Sie wollte nicht in der Vergangenheit herum-
stochern, wenn eine Zukunft vor ihnen lag. Nun, mit
dem Blick zurück auf die Geschehnisse, konnte sie
nicht verstehen, dass sie es nicht früher gemerkt hatte.
Liebe, oder das, was sie dafür gehalten hatte, machte
blind.

„Du warst so dämlich, dass es peinlich ist." Maryanne
schaute auf die Uhr. Sie konnte nicht ewig hier rumsit-
zen. Im Präsidium wartete ein Fall und Emil würde sicher jede Minute ungeduldiger. So spät kam nicht einmal er ins Büro. Vielleicht war Esch in diesem Haus,
vielleicht hatte er dem armen Mikael Henik auch nur
die Nummernschilder abgeschraubt und der Trottel
hatte es noch nicht gemerkt. Die Ermittlerin verließ
den Wagen und ging schnellen Schrittes zur Haustür.
Sie überflog die Klingelschilder und machte ein Foto,
kein Henik weit und breit. Maryanne verlor für einen
Moment die Fassung. Es war eine Sache, dass sie vielleicht einer Sinnestäuschung aufgesessen war, dass
dieser Mann Esch nur entfernt ähnlich sah. Eine andere Sache war, dass dieser Mann scheinbar nicht dort

wohnte, wo er gemeldet war. Vielleicht war eines der Klingelschilder abgefallen oder Henik war gerade erst eingezogen und hatte noch keines angebracht. Maryanne versuchte, sich einen Reim auf ihre neuste Entdeckung zu machen. Es gab eine Menge Möglichkeiten, die realistischer waren, als dass sich hier Paul Esch unter falschem Namen versteckte. Maryanne widerstand dem Drang, irgendwo zu klingeln und das Haus auf den Kopf zu stellen. So würde es Emil machen, aber nicht sie.

Sie lief zum Auto zurück und fuhr los. Ihr Weg führte sie nicht direkt zum Revier, sondern mehrfach um den Block, auf der Suche nach Heniks Wagen. Sie fand nichts und gab entnervt auf. Was auch immer sie sich von dieser Aktion erhofft hatte, es war ein krachender Misserfolg. Es hatte nur Zeit gekostet und keinerlei Verbesserung erbracht, dafür würde sie sich bei Emil im Büro rechtfertigen müssen. Verunsicherter als zuvor machte sich die Ermittlerin auf den Weg zum gelben Haus.

***

„Guten Morgen." Gusenberg begrüßte Maryanne mit einem freundlichen Lächeln. „Hat alles gut geklappt?"

Die Ermittlerin stutzte. Es war nicht Emils Art, auf diese Weise Small Talk zu betreiben. Ahnte er etwas? Keine Frage, natürlich ahnte er etwas. Er war nicht blöd, sicher hatte jeder auf der Etage ihre schlechte Stimmung mitbekommen. Der Ermittler stand auf und legte seiner Kollegin einen Ausdruck auf den Schreibtisch. Maryanne scheuchte die Gedanken fort, sie hatte

Gespenster gesehen und nun musste sie sich einfach eine gute Ausrede einfallen lassen. Oder sie sagte einfach die Wahrheit.

„Der vorläufige Bericht zu den Reifenspuren. Du musst ihn dir nicht durchlesen, ich kann dir auf dem Weg zu Vollbrecht alles Wichtige erzählen.“

„Warte, Emil.“ Gusenberg hielt inne. „Ich muss noch was mit dir besprechen.“

Der Ermittler setzte sich erwartungsvoll. Offenbar hatte er sich schon seine eigenen Gedanken gemacht.

„Ich will es kurz machen. Ich bin mir zu neunundneunzig Prozent sicher, dass ich Paul gesehen habe.“ Maryanne wusste nicht, welche Gedanken sich Emil gemacht hatte, aber sie erkannte sofort, dass sich keiner um Paul Esch gedreht hatte.

„Wie bitte? Wo? Was? Esch?“ Gusenberg hatte sich in seinem Stuhl nach vorne gelehnt, seine Hände umklammerten die Lehnen.

„Ich stand an der Ampel, auf dem Weg zum Schießstand, er hatte Grün und ist vor meiner Nase abgebogen.“

„Und du bist dir ganz sicher? Hast du das Nummernschild?“

„Ja und Ja. Ich habe das Nummernschild auch schon von Peer überprüfen lassen. Der Fahrzeughalter heißt Mikael Henik, ich war heute bei seiner Meldeadresse, aber in dem Haus wohnt laut Klingelschild niemand mit dem Namen.“

„Das heißt ja nichts.“

Maryanne nickte. Gusenberg blickte Maryanne auffordernd an.

„Es tut mir leid, Emil, aber mehr gibt es nicht zu erzählen."

Der Ermittler lehnte sich in seinem Stuhl zurück und ließ hörbar die Luft raus.

Für einen Moment waren beide still, Maryanne konnte ihrem Kollegen ansehen, dass er angestrengt nachdachte.

„Was hättest du gemacht, wenn du Esch heute angetroffen hättest?"

„Nichts. Ich hatte keinen Plan, ich glaube, tief in meinem Herzen war mir klar, dass ich ihn nicht antreffen würde."

„Du sagtest, du bist dir neunundneunzig Prozent sicher, dass du ihn gesehen hast."

„Ja. Das bin ich auch. Er muss es gewesen sein. Die Haare waren länger und er hatte einen Dreitagebart, aber er war es."

„Hast du ein Bild von diesem Mikael Henik?"

„Nein. Er hat bei uns keine Akte." Maryanne lehnte sich gegen den Schreibtisch. Sie hatte erwartet, dass ihr Emil Vorwürfe wegen des Alleingangs machen würde. Stattdessen war sie in eine Einsatzbesprechung hineingerutscht.

„Wie sieht es mit seinem Führerschein aus? Er muss einen haben, wenn er Fahrzeughalter ist. Wann wurde das Fahrzeug angemeldet?"

„Wieso?" Maryanne runzelte die Stirn.

„Wenn es länger als acht Monate her ist, dann kann Esch nicht Henik sein. Er hätte keinen Grund gehabt, eine zweite Identität aufzubauen. Zu diesem Zeitpunkt war er ja noch nicht kriminell."

Maryanne zog ihr Notizbuch aus der Tasche. „Laut meiner Informationen ist Henik Mitte vierzig. Er fährt den Wagen schon seit acht Jahren. Henik ist nicht in Westheim geboren, wohnt hier aber seit über dreißig Jahren."

„Das schließt aus, dass Esch und Henik ein und dieselbe Person sind. Es muss also eine andere Verbindung zwischen den beiden geben."

„Das war auch mein erster Gedanke."

Gusenbergs Blick wanderte zu dem Whiteboard, auf dem sie ihre bisherigen Ermittlungen im Fall Förster aufgetragen hatten, auch hier hatten sie es noch nicht geschafft, die richtige Verbindung zu finden. Maryanne atmete geräuschvoll aus, sie war erleichtert, kein Vorwurf, kein Streit. Sie waren ein Team und würden das zusammen durchziehen. Vielleicht konnten sie dieses leidige Thema bald für immer hinter sich lassen.

„Wer wohnt noch in dem Haus?" Gusenberg hatte sich wieder Maryanne zugewandt.

Die Ermittlerin zog ihr Handy aus der Tasche und zeigte Gusenberg das Foto, das sie von den Klingelschildern gemacht hatte.

„Ich erkenne das Problem. Eigentlich müssten wir jede der acht Parteien abklopfen. Vielleicht lebt Henik dort bei seiner Freundin, oder bei einem Verwandten."

„Dafür haben wir aber keine Zeit, wir müssen uns um Vollbrecht kümmern. Eigentlich dürften wir in diesem Fall überhaupt nicht ermitteln – wenn das Frau Weber rauskriegt, gibt es richtig Ärger."

„Jaja." Gusenberg hob abwehrend die Hände. „Wir kümmern uns zuerst um Vollbrecht. Aber wir können schauen, ob einer der Kollegen ein bisschen Zeit hat."

Der Ermittler griff nach dem Telefon und drückte eine
der Kurzwahltasten. Ein Gespräch später hatte ein jun-
ger Kollege die Aufgabe erhalten, sämtliche Bewohner
des Hauses auf Aktenkundigkeit zu überprüfen.

Kapitel 28

Gusenberg war froh, dass Maryanne ihm reinen Wein eingeschenkt hatte. Die Sache mit Esch hatte ihn überrascht. Er hätte nicht gedacht, dass Esch sich noch einmal in Westheim blicken lassen würde. Wenn er ehrlich war, rechnete er jeden Tag damit, dass ihn Peer anrief, um ihnen mitzuteilen, dass Esch tot war. Erhängt, erschossen oder totgesoffen. Irgendwo in einem schäbigen Hotelzimmer in einer noch schäbigeren Stadt.

Gusenberg vertraute Maryanne und er glaubte ihr. Wenn sie sagte, dass sie ihn gesehen hatte, dann hatte sie ihn gesehen. Immerhin hatte sie ihn auch besser gekannt, als er es jemals wollte. Gusenberg schüttelte sich.

Ihn hatte im ersten Moment der Jagdtrieb gepackt. So war es immer, wenn es eine neue Spur gab. Es galt, alles aus den neuen Informationen herauszuholen, sich dem Ziel zu nähern und zuzuschlagen.

Auf der Fahrt zu ihrer heißesten Spur im Fall Förster wurde Gusenberg klar, dass es nicht gut wäre, wenn sie sich um Esch kümmern würden. Ihr ehemaliger Kollege wurde per Haftbefehl gesucht. Die Ermittlungen lagen aus gutem Grund nicht in ihren Händen und Maryanne war mit ihren Ermittlungen schon weiter gegangen, als es ihre Kompetenzen zuließen. Aber hätte er anders gehandelt? Nein, sicher nicht. Er wäre auch zu dem Haus gefahren, hätte Nachbarn gefragt und Eschs Bild herumgezeigt. Er konnte sie verstehen. Es wäre am besten, wenn sie diesen Mikael Henik abklopfen und dann alles entweder zu den Akten legen oder an die Kollegen weiterleiten würden. Auf Befangenheit folgte immer die interne Ermittlung und befangener als Maryanne und er konnte man bei einem Fall kaum sein.

Gusenberg verdrängte die Gedanken an seinen ehemaligen Kollegen und konzentrierte sich auf die Ermittlungen, die vor ihnen lagen. Er ging im Kopf noch einmal alle Indizien und Zeugenaussagen durch. Die Reifenspuren waren weniger aussagekräftig, als er gehofft hatte. Auf die Schnelle war das Fabrikat nicht feststellbar, es würde dauern, bis sich ein Experte dieser Aufgabe annehmen würde. Leider hatten sie keine drei bis vier Wochen, um auf einen Bericht zu warten, der aussagte, welcher Reifen denn nun durch den Schlamm gepflügt war. Und das mussten sie auch nicht, Vollbrecht hatte weder einen Motorradführerschein noch ein Motorrad. Wenn er der Fahrer war, musste er sich die Maschine anderweitig organisiert haben. Vielleicht hatte er sie von einem Freund geliehen oder wie den SUV gestohlen.

***

„Ich bin gespannt, was uns Vollbrecht erzählen wird.“ Maryanne drückte den Klingelknopf.

„Er wird sagen, dass wir uns verkrümeln sollen.“ Gusenberg konnte sich ein Lächeln nicht verkneifen.

„Das werden wir nicht tun." Maryanne wollte gerade noch einmal auf den Knopf drücken, als das grüne Licht aufleuchtete.

„Hallo? Wer ist da?"

„Maryanne Schröder und Dr. Emil Gusenberg, Kripo Westheim. Wir würden gerne noch einmal mit Ihnen reden."

Ein Knacken ertönte, dann ein Summen. Kein Murren, keine Widerrede, Vollbrecht verlor keine Zeit. Als die Ermittler den Treppenabsatz erreichten, war Vollbrechts Wohnungstür schon geöffnet. Der schmächtige Mann empfing die Ermittler im Flur seiner Wohnung.

„Guten Tag." Maryanne schloss die Tür hinter sich.

„Das können Sie sich sonst wohin stecken", zischte Vollbrecht. Gusenberg fiel auf, dass sein Gegenüber einen Bluterguss unter dem Auge hatte.

„Was ist passiert? Hatten Sie einen Verkehrsunfall?" Der Ermittler deutete auf die Schwellung.

„Das Ding habe ich Ihnen zu verdanken. Offenbar gibt es hier *besorgte* Nachbarn."

„Sie wurden angegriffen?", fragte Maryanne.

„Nein." Vollbrecht wich einen Schritt zurück.

„Sagen Sie uns jetzt nicht, dass Sie gestürzt sind. Wenn Sie wollen, können wir eine Anzeige aufnehmen."

„Nein. Ich ... Ich ... will nicht noch mehr Ärger. Ich will, dass wieder Gras über die Sache wächst und dass ich Sie beide niemals mehr wiedersehen muss. Ich will endlich meine Ruhe." Vollbrecht schwankte zwischen Wut und Verzweiflung.

„Das können wir nicht garantieren, aber wenn Sie uns unsere Fragen beantworten, werden wir Sie nicht noch einmal belästigen." Maryanne schlug einen versöhnlichen Ton an.

„Das werden Sie eh nicht. Es ist immer dasselbe. Es muss nur irgendwo ein Kind verschwinden und Sie stehen wieder vor meiner Tür. Egal wo ich hingehe, die Polizei kommt mir immer hinterher. Ich bin der Scheißhaufen und ihr seid die Fliegen."

„Kennen Sie eine Cecillia von Amtsstätten?", fragte Gusenberg und hielt Vollbrecht ihr Porträt von der Internetseite der Kanzlei hin. Vollbrecht warf nur einen kurzen Blick auf das Bild.

„Ja. Ich kenne die Frau. Sie war die Assistentin von Löffler, als der mich vertreten hat. Obwohl die Frau nichts anderes gemacht hat, als Kaffee zu holen und Schläge auf den Arsch zu bekommen."

Maryanne hob eine Augenbraue. Vollbrecht blieb das nicht verborgen.

„Ich glaube, er hat sie gefickt. Oder sie ihn, keine Ahnung. Aber wegen ihrer Kompetenz war sie sicher nicht dabei."

Gusenberg machte sich eine Notiz. „Wo waren Sie gestern zwischen sechs und sieben?"

„Zu Hause und bevor Sie fragen, ich war allein. Ich habe Ihnen ja schon erzählt, dass es für mich schwer ist, Freunde zu finden." Vollbrecht verschränkte die Arme vor der Brust.

„Und morgens zwischen neun und zehn?"

„Da war ich einkaufen."

„Haben Sie noch den Kassenzettel?"

„Nein." Vollbrecht hielt inne. „Oder ... Vielleicht." Er beugte sich zur Garderobe und kramte in einer der Jacken herum.

„Hier ist er nicht. Der Zettel könnte im Geldbeutel sein." Vollbrecht lief in die Küche und kam mit einem abgegriffenen, schwarzen Geldbeutel zurück. Dort wo sich sonst die Geldscheine befanden, steckte nur eine Menge Altpapier. Mit schnellen Fingern machte sich Vollbrecht auf die Suche nach einem Alibi.

„Hier!" Er zog einen Kassenzettel heraus und hielt ihn Maryanne hin. Diese prüfte mit einem schnellen Blick die Daten. „Das würde passen. Viel haben Sie aber nicht gekauft. Ein bisschen Gemüse, Fleisch und Wein. Barzahlung." Maryanne warf Gusenberg einen vielsagenden Blick zu.

„Sie haben den Zettel nicht einfach auf dem Parkplatz gefunden, um sich ein Alibi zu verschaffen?"

„Nein! Ich habe das Zeug noch im Kühlschrank. Ich kann es Ihnen zeigen." Vollbrecht führte die Ermittler widerwillig in seine Küche. Ihm war es sichtlich unwohl, die Eindringlinge weiter in seine Wohnung zu lassen. Die Küche war klein und wurde von einer modernen, hellen Einbauküche dominiert. Das Geschirr vom Mittagessen stand auf der Spüle zusammen mit ein paar Gläsern und leeren Bierflaschen. Vollbrecht öffnete den Kühlschrank und zerrte den Einkauf heraus. Alles war da.

„Sehen Sie."

Maryanne inspizierte die Weinflasche. Es passte. Die Ermittlerin warf einen Blick in den Kühlschrank, er war randvoll.

„Sie können den Kram wieder wegräumen, aber den Einkaufszettel nehmen wir mit. Wir werden das überprüfen." Maryanne steckte den Zettel zwischen zwei Seiten ihres Notizbuches.

„Ich hätte da noch eine Frage", sagte Gusenberg und Vollbrecht hielt in seiner Bewegung inne.

„Können Sie Motorrad fahren?"

„Ich habe keinen Führerschein."

„Ich habe nicht gefragt, ob Sie einen Führerschein haben. Das haben wir schon überprüft, wir sind schließlich von der Polizei. Ich habe Sie gefragt, ob Sie Motorrad fahren können." Gusenberg beobachtet Vollbrecht ganz genau.

„Nein. Ich bin als Jugendlicher ab und zu Roller gefahren, das war es aber."

„Ich denke, dann sind alle Fragen beantwortet." Gusenberg blickte zu Maryanne, diese nickte.

„Wir wollen Sie dann nicht länger stören."

„Sparen Sie sich die Floskeln. Und kommen Sie nie wieder!" Vollbrecht warf eine arg in Mitleidenschaft gezogene Paprika ins Gemüsefach zurück.

„Wenn Sie uns die Wahrheit gesagt haben, haben Sie nichts zu befürchten." Die Ermittler verließen die Wohnung, Maryanne wollte die Tür zuziehen, aber in diesem Moment fiel sie schon ins Schloss.

Schweigend machten sie sich zum Auto auf.

„Ich glaube ihm nicht", sagte Maryanne, während sie den Wagen startete.

„Da sind wir schon zwei. Hast du den Kühlschrankinhalt gesehen? Wer kauft denn so viel Gemüse, um dann noch mal Gemüse zu kaufen, um dann etwas anderes zu essen?"

„Dass du das nicht verstehst, Emil, ist mir klar, dein Kühlschrank ist auch immer leer." Maryanne lachte, Gusenberg fühlte sich ertappt.

„Trotzdem, den Einkaufszettel nehme ich ihm nicht ab. Da steckt mehr dahinter. Was ist, wenn er den Einkaufszettel gefunden hat, und dann einfach alles gekauft hat, was auf dem Zettel steht? So hätte er ein Alibi für den Diebstahl des Autos und wenn er das hat, dürfte es schwer sein, ihm den Anschlag nachzuweisen.“

„Die Frage ist, ob er den Anschlag verübt hat, oder ob er uns wegen etwas anderem anlügt.“ Maryanne fixierte das Fenster, hinter dem sich Vollbrechts Küche verbarg.

„Was für ein Motiv sollte er haben, einen Anschlag auf Cecillia von Amtsstätten auszuüben? Jetzt nach all den Jahren?“, fragte Gusenberg.

„Ich weiß es nicht. Siemion Löffler hätte eher ein Motiv. Wenn Cecillia wirklich Staub aufgewirbelt hat, könnte sie ihm gefährlich werden. Aber Löffler weiß auch, dass sie todkrank ist. Wieso sollte er so offensichtlich einen Anschlag auf sie verüben, wenn er einfach abwarten kann?“

„Er könnte sie auch vergiften. Bei ihrer medizinischen Vorgeschichte würde kein Arzt eine Obduktion anordnen. Drei Wochen oder zwei Monate, es macht keinen Unterschied.“ Gusenberg klang bitter.

„Für mich wirkt das wie eine Impulshandlung. Wenig Plan, viel Tat. Das passt nicht zu einem Mann wie Löffler.“

„Wenn es Vollbrecht war, dann kann er nicht um diese Zeit in dem Supermarkt gewesen sein. Wir sollten die Videobänder checken.“

Gusenberg schaute auf die Uhr. „Der Einkauf ist mehr als vierundzwanzig Stunden her, das könnte knapp werden.“

„Ich habe die Adresse schon ins Navi eingegeben, der Laden ist nicht weit von hier." Maryanne tippte auf das Navigationsgerät, die Route erschien, es waren nur sechs Minuten.

***

Gusenberg hatte recht behalten. Sie waren zu spät. Die Aufnahmen des Vortags waren schon gelöscht worden und niemand in der Belegschaft konnte sich daran erinnern, ob Andrej Vollbrecht gestern da gewesen war. Vielleicht ja, vielleicht nein. Der Supermarkt war groß und gut besucht. Es war ein Ding der Unmöglichkeit zu beweisen, dass Andrej Vollbrecht zu der angegeben Zeit nicht in dem Supermarkt gewesen war. Sie stand mit ihren Ermittlungen wieder ganz am Anfang.

Gusenberg war sauer, nur auf wen, war ihm nicht klar. Wäre Maryanne heute Morgen nicht aufgebrochen, um Esch zu finden, hätten sie die Bänder noch sichten können. Wäre er einfach über seinen Schatten gesprungen und hätte Maryanne gefragt, was los war, hätten sie die Bänder noch sichten können. Egal, es gab bei Ermittlungen immer wieder Rückschläge. Damit hatte er gelernt umzugehen. Sie hatten Vollbrechts biometrische Daten, sollte er wirklich der Täter sein, würden sie ihn kriegen. Überstürzte Taten hinterließen immer Spuren und Feuer beseitigte bei Weitem nicht so viele davon, wie die Menschen vermuteten. Zum Warten verdammt, fuhren die Ermittler zum Präsidium zurück.

225

Kapitel 29

Einmal pro Woche traf sich Maryanne mit ihren ehemaligen Kollegen vom Drogendezernat zum Mittagessen. In Gusenbergs Augen war das eine unnötige Veranstaltung, man traf sich, redete über Belanglosigkeiten und verabschiedete sich bis zum nächsten Mal, um dann wieder über dieselben Belanglosigkeiten zu reden.

Heute aber passte es Gusenberg gut. Er musste nachdenken, er brauchte Ruhe, um seine Gedanken zu sammeln. Eine Sache, die Andrej Vollbrecht gesagt hatte, ging ihm nicht aus dem Kopf. Cecillia sollte eine Affäre mit ihrem Chef gehabt haben? Von Löfflers Seite konnte es sich der Ermittler gut vorstellen. Der Gründer der Kanzlei Löffler und Homburger war als Schürzenjäger verschrien, aber Cecillia? Die junge Frau hatte auf ihn nicht den Eindruck gemacht, aber machten sie das je? Hatte sie nicht sogar das Verhalten von Kolleginnen verurteilt? Er musste das klären, diese Affäre konnte die Ereignisse um den Prozess in ein ganz anderes Licht rücken und vielleicht endlich die Verbindung sein, die sie gesucht hatten.

Gusenberg verließ das Präsidium, wenn er nicht in der Kantine essen musste, tat er es auch nicht. Es gab eine Menge Restaurants, die vom gelben Haus bequem zu Fuß zu erreichen waren und alle waren um Meilen besser als der Fraß auf den Plastiktabletts. Er war keine fünf Minuten unterwegs, als sich ihm ein blauer Sportwagen näherte. Das Auto schlich die Straße entlang wie ein Raubtier auf der Pirsch. Der Fahrer setzte den Blinker und der Sportwagen kam abrupt neben Gusenberg zum Stehen.

Die Scheibe der Beifahrerseite wurde heruntergelassen. „Doktor Gusenberg?"

Der Ermittler blieb stehen und spähte in das Auto. Auf dem Fahrersitz saß niemand anders als Siemion Löffler. Der Anwalt trug eine verspiegelte Sonnenbrille, mit seinem blauen Anzug sah er aus wie ein Modell aus einer dieser unsinnigen Parfümwerbungen. Löffler starrte Gusenberg für einen Augenblick ausdruckslos an, bevor er zu sprechen begann.

„Steigen Sie ein."

„Das werde ich bestimmt nicht tun." Gusenberg lächelte sein Gegenüber freundlich an. „Ich bin keiner Ihrer Angestellten. Mich können Sie nicht herumkommandieren."

Löffler schnaubte. „Steigen Sie schon ein, bitte."

Gusenberg stützte sich am Auto ab. Seine Finger hinterließen dunkle Abdrücke auf dem glänzenden Lack.

„Was wollen Sie?"

„Ich will mit Ihnen reden." Löfflers Mund war nicht mehr als ein farbloser Schlitz.

„Dann rufen Sie in meinem Büro an und machen Sie einen Termin, so wie jeder andere auch." Gusenberg stieß sich von dem Wagen ab. Es interessierte ihn brennend, was Löffler dazu gebracht hatte, ihn abzupassen, aber er würde nicht durch seinen Reifen springen.

„Dann klären wir das eben hier." Löffler zog den Schlüssel ab, der Motor erstarb. Der Anwalt stieg aus, mit schnellen Bewegungen kam er um den Wagen herum und baute sich vor Gusenberg auf. Er überragte den Ermittler um eine Handbreit. Siemion Löffler war von einer unangenehm intensiven Aura der Autorität und Willensstärke umgeben, ein Mann, der es gewohnt war zu bekommen, was immer er wollte. Ein Mann, der keine Widerrede akzeptierte.

„Sie haben meinen Vater angerufen."

„Ja. Das stimmt. Wir ermitteln in alle Richtungen." Gusenberg widerstand dem Drang, einen Schritt zurückzuweichen. Stattdessen verschränkte er die Arme und fixierte Löffler mit seinem Blick.

„Was wollten Sie von ihm?"

„Ihnen ist bewusst, dass ich Ihnen keine Informationen über laufende Ermittlungen geben kann."

„Mein Vater ist krank." Löffler setzte die Sonnenbrille ab und steckte sie in die Brusttasche seines Jacketts.

„Der Pfleger Ihres Vaters hat mich über seinen Gesundheitszustand informiert. Wenn Sie sich über unsere Ermittlungsmethoden beschweren wollen, rufen Sie meine Vorgesetzte an. Frau Weber wird sich mit Ihrem Anliegen auseinandersetzen." Gusenberg zog sein Notizbuch heraus und schrieb Frau Webers Telefonnummer darauf. Er riss die Seite aus dem Buch und hielt sie Löffler hin, dieser ignorierte den Zettel.

„Sie sollten nur wissen, dass mein Vater nicht mehr bei klarem Verstand ist. Keine seiner Aussagen wird in irgendeiner Weise vor Gericht Bestand haben. Egal was er sagt, er erkennt nicht einmal mehr seine eigenen Kinder."

„Vielleicht würde er das, wenn Sie ihn öfter mal besuchen würden."

Löfflers Gesicht wurde noch röter. „Ich weiß nicht, was Sie damit andeuten wollen."

„Gar nichts, aber keines seiner Kinder legt gesteigerten Wert darauf, ihn zu besuchen. Laut Milo Riviere waren Sie die einzige Person, die Ihren Vater in den letzten zwei Jahren besucht hat. Mir ist bekannt, dass Ihr Vater ein streitbarer Charakter war, aber mir war nicht bewusst, dass er sogar in der eigenen Familie so unbeliebt ist."

„Sie haben keine Ahnung, wovon Sie da reden." Löffler schnaubte. Gusenberg genoss es – dieses Gespräch lief sicher nicht so, wie es sich Löffler gedacht hatte.

„Was wollen Sie von mir? Haben Sie Angst, ihr Vater könnte sich bei irgendwas verplappert haben?"

Löffler schwieg, er taxierte Gusenberg mit seinen stechenden Augen, doch der Ermittler hielt dem Blick stand.

„Wenn Sie mir nur mitteilen wollten, dass Ihr Vater Demenz hat, hätte Sie mir auch eine E-Mail schreiben können. Ich werde jetzt etwas essen, denn ich habe Mittagspause." Gusenberg ließ Löffler stehen und setzte seinen Weg fort. Ihm war klar, dass Löffler von einer inneren Unruhe getrieben war. Irgendetwas hatte ihn in die Offensive gezwungen. Nur was? Löffler Senior war eine Spur, die schon seit Jahren kalt war. Er würde den Ermittlern keine Erleuchtung bringen. Gusenberg stoppte nach ein paar Schritten, er drehte sich zu Löffler um, dieser hatte sich noch keinen Zentimeter bewegt. „Ich hätte auch noch eine Frage, vielleicht wären Sie so nett, sie mir zu beantworten. Hatte Ihr Vater eine

Affäre mit seiner damaligen Assistentin, Cecillia von Amtsstätten?"

Löffler warf ihm einen bösen Blick zu, wortlos lief er um den Wagen herum, stieg ein und brauste davon. Der Motor heulte, die Reifen quietschten. Gusenberg blickte dem Wagen nach. Was zum Teufel hatte das zu bedeuten? Er wusste es nicht. Alles was er wusste, war, dass sie auf der richtigen Spur waren.

***

Gusenberg hatte das Essen aus seiner Mittagspause gestrichen und war schon wieder im Büro, als Maryanne aus der Kantine kam. In knappen Worten brachte er seine Kollegin auf den neusten Stand.

„Ich werde noch einmal in dem Heim anrufen. Löffler wirkte kaum um die Gesundheit seines Vaters besorgt. Eher darum, dass dieser in seinem Zustand ein paar Geheimnisse ausplaudern könnte, die er eigentlich mit ins Grab nehmen sollte. Ich glaube es zwar nicht, aber vielleicht kriege ich den alten Löffler ja an den Apparat." Gusenberg kramte nach dem Zettel mit der Nummer des Pflegeheims. Kurz darauf hatte er eine Verbindung. Mit jedem Wort, das an sein Ohr drang, verfinsterte sich seine Miene. Kurz darauf legte er auf und fluchte leise. Siemion Löffler war gerissen, er hatte sich nicht ohne Absicherung aus der Deckung gewagt.

„Siemion Löffler hat sich gestern zum Vormund seines Vaters erklären lassen. Wenn wir mit ihm reden wollen, brauchen wir seine Erlaubnis."

„Verdammt. Was machen wir nun?" Maryanne sah ihren Kollegen fragend an.

Zum ersten Mal während der Ermittlungen, wusste Gusenberg keine Antwort. Er brauchte einen Augenblick, um seine Gedanken zu ordnen. Wo konnten sie jetzt ansetzen?

„Ich werde ins Krankenhaus fahren und mit Cecillia sprechen. Sie hatte angedeutet, dass sie etwas herausgefunden hat. Das könnte uns weiterbringen."

„Tu das", Maryanne winkte ab. „Ich habe hier auch noch mehr, als genug zu tun."

„Mit Förster oder mit Esch?"

„Ich werfe nur einen schnellen Blick auf Informationen, die unser Kollege zusammengetragen hat. Glaube aber nicht, dass das sehr ergiebig ist."

„Maryanne." Gusenberg wurde ernst. „Wir spielen mit dem Feuer. Dieser Alleingang kann uns schneller um die Ohren fliegen als –"

„Ich weiß. Alles, was ich will, ist meine Ruhe. Aber ich werden mit Paul nicht abschließen können, wenn ich ihm jeden Tag auf der Straße begegnen kann." Maryanne seufzte.

Gusenberg stand einen Moment nur da. „Pass bitte auf dich auf."

„Mach ich."

Kapitel 30

Andrej Vollbrecht hatte es angedeutet, Siemion Löffler hatte es nicht verneint. Gusenberg fragte sich, ob Cecillia ihm eine ehrliche Antwort geben würde.

Sicher war sich der Ermittler nicht. Er war sich mit Maryanne einig, dass er diesen Krankenbesuch allein unternehmen sollte. Er hatte einen guten Draht zu der jungen Anwältin und in ihrer Situation sollte es ein freundschaftliches Gespräch werden, keine Befragung oder gar ein Verhör.

Die Gänge des Universitätsklinikums weckten böse Erinnerungen in Gusenberg. Rainer Fraus und Sina, das Gefühl, kurz vor der Ziellinie doch noch zu scheitern. Schüsse, das Geräusch von splitterndem Glas und der Gestank von brennendem Gummi.

„Entschuldigung?"

Gusenberg schüttelte die Vergangenheit ab. Vor ihm stand eine Krankenschwester. Wie lange hatte er hier in der Empfangshalle gestanden?

„Warten Sie auf jemanden?"

„Nein." Gusenberg zog seinen Dienstausweis aus der Tasche. „Ich möchte mit einer Patientin sprechen. Cecillia von Amtsstätten." Die Krankenschwester inspizierte den Ausweis.

„Kommen Sie bitte mit." Die Frau eilte voraus und führte Gusenberg zum einem Computerterminal. Sie

entsperrte den Computer und durchsuchte die Kran-
kenakten.

„Hmmm." Die Krankenschwester legte die Stirn in
Falten. „So, wie ich das sehe, wurde Frau von Amtsstätten heute Morgen entlassen."

„Das kann nicht sein. Können Sie das bitte noch einmal prüfen?"

Die Krankenschwester hob angriffslustig eine Augenbraue. „Glauben Sie, ich mache meinen Job nicht richtig?"

„Nein. Aber bei ihrem gesundheitlichen Zustand
kann ich mir nicht vorstellen, dass sie entlassen wurde.
Sie hatte nicht nur einen schweren Unfall, sondern hat
auch diverse Vorerkrankungen."

Die Krankenschwester scrollte durch die Akte.

„Sie wurde auch nicht entlassen. Sie hat sich, gegen
den Rat der Ärzte, selbst entlassen."

„Kann ich mit dem behandelnden Arzt sprechen?"

„Nein. Der hat heute keinen Dienst. Kommen Sie am
besten nächste Woche wieder. Dann müsste er wieder
auf Station sein."

„Danke."

Die Krankenschwester schrieb Gusenberg den Namen des Arztes auf und machte sich schnellen Schrittes
davon.

Der Ermittler verließ das Krankenhaus und setzte
sich im nahegelegenen Park auf eine Bank. Er wählte
Cecillias Telefonnummer. Es klingelt lange und Gusenberg befürchtete, schon, dass er auf die Mailbox weitergeleitet würde, als Cecillia sich meldete.

„Hallo?" Ihre Stimme war leise und brüchig.

„Hallo, Cecillia. Hier ist Emil Gusenberg. Ich wollte Sie gerade im Krankenhaus besuchen, aber Sie sind nicht mehr da.“

„Ja. Ich bin zu Hause. Ich habe es im Krankenhaus nicht ausgehalten. Ich habe mich dort nicht sicher gefühlt.“

„Gab es einen weiteren Angriff?“

„Nein, darum geht es nicht. Die Medikamente, es sind die Medikamente. Mein Immunsystem ist zerstört. Es bringt mir nichts, wenn ich mich von meinen Verletzungen erhole, nur um anschließend an einer Lungenentzündung zu sterben.“ Cecillia seufzte. „Ich hatte Panikattacken. Bei jeder Schwester, die mein Zimmer betrat, hatte ich Angst, dass ich mich mit Keimen kontaminiere, die keine Antibiotika mehr bekämpfen kann.“

„Wo sind Sie jetzt?“, fragte Gusenberg, der Cecillias Argumentation gut verstehen konnte.

„Ich bin zu Hause und ruhe mich aus.“

„Gut“, brummte Gusenberg eher zu sich als zu Cecillia. Eine kurze Pause entstand, bevor Cecillia weitersprach.

„Aber es sind nicht nur die Keime, vor denen ich Angst habe. Bei jedem Geräusch in der Nacht hatte ich Angst, dass jemand kommt, um das zu beenden, was er angefangen hat.“ Cecillia schluchzte. „Ich habe solche Angst. Ich habe schon recherchiert, wie ich eine Waffe bekommen kann. Aber das dauert zu lange, können Sie mir bitte eine Waffe besorgen? Ich will mich verteidigen können.“

Gusenberg rieb sich das Nasenbein. „Eine Waffe bietet keinen Schutz. Sie gibt einem vielleicht das Gefühl von Sicherheit, aber sie wird im Notfall nicht helfen. Ich weiß das, weil ich selber eine Pistole in einer

Schublade zu Hause habe. Im Fall der Fälle ist es aber schon zu spät, bevor ich sie überhaupt geholt habe."

„Aber ..." Cecillia wollte etwas sagen, brach dann jedoch ab.

„Der beste Schutz wird sein, wenn wir den Angreifer verhaftet haben. Wir ermitteln gerade in alle Richtungen. Der SUV wurde gefunden, jedoch vollkommen ausgebrannt. Das ist auch der Grund, warum ich Sie besuchen wollte. Ich wollte Ihnen ein Bild eines Verdächtigen zeigen."

„Es gibt einen Verdächtigen?" Cecillias Stimme gewann an Kraft.

„Ja, und Sie kennen ihn auch. Es handelt sich um Andrej Vollbrecht."

Cecillia war so lange still, dass Gusenberg dachte, er hätte die Verbindung verloren.

„Der Angeklagte im Fall Biggy?", klang es tonlos aus dem Handy.

„Ja."

„Wieso er?"

„Ich denke, er will verhindern, dass wir den Fall neu aufrollen."

„Ist er schon verhaftet?"

„Nein, wir prüfen gerade sein Alibi. Ich kann dazu aber noch nichts sagen."

Cecillia schwieg. Ein leises Husten drang an Gusenbergs Ohr. „Kann ich Sie anrufen, wenn etwas ist?" Cecillia atmete schwer.

„Ja." Gusenberg wollte etwas Aufmunterndes sagen, aber er ließ es bleiben. Was gab es zu sagen? Cecillia war schwer krank und hatte nur knapp einen Mordanschlag überlebt. Nun war sie in ihrer Wohnung allein, gefangen und verängstigt.

„Danke, dass Sie angerufen haben. Ich würde mich jetzt gerne hinlegen. Mich strengt zurzeit alles an."

„Auf wiedersehen." Gusenberg legte auf, er blieb noch einen Moment auf der Parkbank sitzen und beobachtete die Patienten, die in Badelatschen durch den Park spazierten. Eine alte Frau wurde von ihrer Familie im Rollstuhl über den Kies geschoben. Die Zeit verflog so schnell und ehe man sich's versah, war man alt und gebrechlich. Der Ermittler erhob sich und machte sich auf den Weg nach Hause.

Kapitel 31

Wieso schreibt er nicht?, dachte Ann in einem Anflug von Verzweiflung. Sie checkte nun zum dritten Mal in kürzester Zeit ihr Handy und ließ es anschließend unauffällig zurück in die Hosentasche gleiten. Lisa hatte ihr schon mehr als einen bösen Blick deswegen zugeworfen.

Ann und ihre beste Freundin saßen auf einer der heruntergekommenen Parkbänke der Wohnanlage und warteten gemeinsam darauf, dass die Zeit verstrich.

Lisa hatte sie am frühen Abend tränenüberströmt angerufen und sie hatten sich sofort dort getroffen, wo sie sich immer trafen, wenn etwas Schlimmes passiert war. Hier waren sie ungestört und vor möglichen Lauschangriffen geschützt.

Dieses Mal ging es um Lisas zweites Date mit Leon oder besser gesagt, die Katastrophe, die man beim besten Willen nicht als Date bezeichnen konnte. Die letzten Sonnenstrahlen verblassten schon, als sich Lisa endlich beruhigt hatte und Ann die gesamte traurige Geschichte erzählen konnte.

Dabei hatte alles so gut begonnen. Lisa hatte Leon seit dem Moment angeschmachtet, an dem er neu in ihre Klasse gekommen war. Aber wie jeder der Jungen hatte Leon nur Augen für Sophie und diese kostete die Aufmerksamkeit schamlos aus. Schnell war es ein offenes

Geheimnis, dass Lisa auf Leon stand und Ann war der festen Überzeugung, dass Sophie nur mit Leon zusammen war, um Lisa eins auszuwischen, zumindest bis letzten Monat.

Leon und Sophie hatten sich in der großen Pause lautstark gestritten. Weder Ann noch Lisa hatten den Streit mitbekommen, weshalb sie sich auf die Aussagen ihrer Mitschüler verlassen mussten. Offensichtlich hatten alle außer ihnen das Geschrei mitbekommen und so kursierten die wildesten Gerüchte. Sophie hätte geweint. Sophie hätte Leon eine Ohrfeige verpasst. Leon hätte Sophie angespuckt. Die Gerüchte über den Ablauf des Streits wurden nur von den Gerüchten über den Grund überboten, jedoch waren für Ann nur zwei Möglichkeiten plausibel. Sophie hatte Leon betrogen oder Leon hatte Sophie betrogen. Sie traute es beiden, ohne mit der Wimper zu zucken, zu.

Lisa war das alles egal, sie wollte ihre Chance nutzen und Leon fragen, ob sie zusammen etwas unternehmen wollten. Zu Anns Überraschung sagte Leon *zu* und Lisa und er waren ins Kino gegangen. Aus anfänglichem Händchenhalten wurde gegen Ende des Films eine wilde Knutscherei, die ein jähes Ende fand, als Lisas Mutter sie vom Kino abholte. Ab diesem Tag gab es für Lisa nur noch ein Gesprächsthema: Leon. Anfangs freute sich Ann für das Glück ihrer besten Freundin, aber irgendwann wurde es nur noch nervig. Leon war ja so cool, Leon war ja so hübsch, Leon war ja so süß. Leon, Leon, Leon. Wegen Leon hatte sie sogar das Spiel abgebrochen.

Nun saß Lisa neben ihr auf der Parkbank und heulte sich die Augen aus dem Kopf. Und warum? Weil Leon eben doch nicht so süß war, wie Lisa gedacht hatte. Lisa hatte ihn nach der Schule zu sich nach Hause eingeladen, sowohl ihre Eltern als auch ihre große Schwester waren nicht zu Hause. Jedoch lief alles anders, als sie sich vorgestellt hatte. Alles, was Leon wollte, war Sex und als Lisa sich weigerte, machte Leon aus heiterem Himmel Schluss. Seitdem ignorierte er Lisas Anrufe und hatte sie überall geblockt.

Ann fragte sich, warum Lisa so einen Aufstand wegen des ersten Mals machte. Sie wollte es romantisch haben. Wollte sich – wie hatte sie es gesagt? Wollte sich nur dem Richtigen schenken. Ann musste sich bei dieser schnulzigen Formulierung ein Lachen verkneifen. Sie blickte erneut auf ihr Handy, Marc hatte sich immer noch nicht gemeldet, die Entscheidung, ob sie noch im Spiel war, war noch nicht gefallen; sie dachte an die anderen Aufgaben, die sie so erfolgreich bestritten hatte.

„Hörst du mir überhaupt zu?"

Ann zuckte zusammen. „Ja. Äh. Klar."

„Oder schaust du immer nur auf dein Handy?" Lisa wischte sich mit den Handballen über die verquollenen Augen und schaute Ann vorwurfsvoll an.

„Was?", zischte Ann schärfer als gewollt. „Als du mit Leon zusammen warst, hast du mich links liegen gelassen und jetzt darf ich nicht mal meine Nachrichten checken?"

„Das ist fies!" Lisa rang mit den Tränen. „Wenn du mir nicht zuhören willst, sag es einfach!" Lisas Stimme hatte nun auch an Schärfe gewonnen.

„Ich höre dir ja zu! Aber du erzählst ja immer das Gleiche! Wenn du so auf Leon stehst, warum hast du ihn nicht einfach rangelassen, anstatt jetzt rumzuheulen? Es ist doch klar, dass Leon Sex wollte." Anns Handy vibrierte und wie in Trance zog sie es aus ihrer Hosentasche. Es war Marc.

„Ernsthaft?" Lisa schrie nun fast. „Du bist eine beschissene Freundin! Ich hau ab! Und deine Ratschläge kannst du dir sonst wohin stecken!" Lisa sprang von der Bank auf und stürmte in Richtung des Häuserblocks davon. Ann wollte ihr hinterher, wollte ihr sagen, dass sie es nicht so gemeint hatte, ließ es aber bleiben. Sie kannte Lisa zu gut, sie würde jetzt nicht auf sie hören. Spätestens morgen würde sie sich melden, sie würde sich für ihr Ausrasten entschuldigen und dann war wieder alles gut. Ann setzte sich wieder auf die Parkbank und las begierig Marcs Nachricht.

Gamemaster Marc:
Ich habe eine Entscheidung getroffen,
du bist noch im Spiel. Es ist Zeit für das
große Finale! Halte dich bereit.

Ann atmete erleichtert aus, sie war noch im Spiel. Aber nicht nur das, sie hatte es fast geschafft. Finale! Sie würde heute das Spiel gewinnen und niemand konnte sie aufhalten. Sie steckte das Handy weg und machte sich auf den Nachhauseweg. Welche Aufgabe würde Marc ihr wohl stellen? Sie ging erneut im Geiste die Aufgaben durch, die sie erledigt hatte. Manche waren schmerzhaft, andere waren furchterregend, aber alle waren süchtig machend verrückt und sie wollte mehr. Wollte sich weiterhin so lebendig, mutig und erfolgreich fühlen wie bisher.

Ann schloss die Wohnungstür auf und betrat die leere Wohnung. Ihre Mutter hatte Spätschicht und würde nicht vor dreiundzwanzig Uhr zu Hause sein. Sie warf ihrer Schildkröte ein paar Salatblätter in das Terrarium und holte ihren Laptop. Während dieser langsam hochfuhr, machte sich Diddy im selben Tempo über den Salat her.

„Wenigstens du bist immer da", flüsterte Ann traurig. „Du lässt mich nicht allein. Du rennst nicht einfach weg, wie Lisa oder Papa." Sie streichelte über den Panzer der Schildkröte, die weiter stoisch ihr grünes Festmahl verschlang. Wenige Minuten später war der Salat verschwunden und Ann saß mit dem Laptop auf den Knien auf dem Sofa und wartete auf Marcs Instruktionen.

Gamemaster Marc:
Bist du bereit?

Ann starrte auf die drei Worte auf dem Bildschirm mit einer noch nie da gewesenen Mischung aus Ekstase und Anspannung. Der Moment der letzten Aufgabe war da. Jetzt konnte sie Marc endgültig beweisen, dass sie würdig war, dieses Spiel zu gewinnen. Sie würde es allen zeigen! Sie würde etwas schaffen, was sich kein anderer ihrer Freunde auch nur trauen würde, sie würde berühmt werden. Anns Finger flogen über die Tastatur.

Ann Fischer:
Ja! Ich bin bereit und ich werde gewinnen, koste es was es wolle.

Gamemaster Marc:

Schön, zu hören, dass du so siegessicher
bist. Aber eins nach dem anderen. Die
letzte Aufgabe ist die schwerste von allen.
Sie wird dir alles abverlangen! Und wenn du
einmal angefangen hast, gibt es keinen Weg
zurück. Somit frage ich dich zum letzten Mal:
Bist du bereit, Ann?

Anns Herz klopfte bis zum Hals. Sie wollte schreien!
„Ja! Ich bin bereit! Nichts kann mich aufhalten!" Sie war
kein kleines Kind mehr. Sie hatte jede der anderen Aufgaben mit Bravour erledigt und auch diese sollte kein
Problem werden.

Ann Fischer:

Ich werde mich der Aufgabe stellen,
egal was es ist.

Gamemaster Marc:

Gut. Dann legen wir los. Ich möchte, dass
du die Dinge, die dir am wichtigsten sind,
einpackst und dich auf den Weg zum Hotel
Raphael machst. Du weißt, wo das ist?

Ann Fischer:

Ja, ich weiß, wo das ist. Was soll ich tun,
wenn ich da bin?

Gamemaster Marc:
Das erfährst du, wenn du angekommen
bist. Jetzt mach dich auf den Weg und
trödele nicht. Wir haben nicht ewig Zeit.

Ann wusste, wo das Hotel Raphael stand. Sie wusste
aber auch, dass es verboten war, die seit Jahren ver-
waiste Baustelle zu betreten. Der Bau war vor Jahren
angefangen, aber nie fertig gestellt worden. Warum
wusste Ann nicht, was sie aber wusste, war, dass dort
ein Junge bei dem Versuch gestorben war, die Fassade
hochzuklettern. Seitdem war die Baustelle mit einem
hohen Bretterzaun umgeben, der jedoch niemanden
mit genug Willen davon abhielt, das Geisterhotel zu betreten. Ann griff sich ihren Rucksack und begann zu
packen. Was waren die Dinge, die ihr am wichtigsten
waren? Zuerst kam Ann ihr Handy in den Sinn, aber
das trug sie ohnehin immer bei sich. An zweiter Stelle
kam ihr Laptop. Sie klappte ihn zu und steckte ihn samt
Ladekabel in den Rucksack. Was war noch wichtig?
Ann betrachtete die Stofftiere, die auf den Regalen auf-
gereiht waren. Sollte sie eines davon einpacken? Oder
ihre Lieblingspuppe, auf der sich schon eine Staub-
schicht gebildet hatte? Nein. Sie war zu alt für Puppen
und Stofftiere. Dort wo sie hinging, brauchte sie nichts
dergleichen. Nacheinander packte Ann noch ihr
Schminktäschchen, ihren Lieblingspullover und die
Uhr ein, die sie zur Kommunion bekommen hatte. Ann
schlüpfte in Jacke und Schuhe, schulterte den Rucksack und machte sich auf den Weg zur Tür. Kurz davor
hielt sie inne, lief zurück ins Wohnzimmer und

schnappte sich ihre Schildkröte. „Wir machen eine kleine Reise, mein Lieber."

Der Abend war angenehm mild und vertrieb die Zweifel, die bisher bei jeder der Prüfungen Anns stetiger Begleiter gewesen waren. Sie war beschwingt, geradezu glücklich. Heute Abend würde sie Großes erreichen. Zu Fuß würde sie fast eine Stunde zum vereinbarten Treffpunkt brauchen, nach einem Blick in ihr Portemonnaie beschloss Ann, den Bus zu nehmen, mit etwas Glück würde sie noch einen der letzten erwischen.

Sie fand die mit Graffiti besprühte Haltestelle verwaist vor und während sie wartete, gesellte sich kein weiterer Fahrgast zu ihr. Anns Gedanken kreisten um die bevorstehende letzte Prüfung. Was könnte so schlimm sein, so schwierig, so fordernd, dass sie es nicht schaffen würde? Die näher kommenden Scheinwerfer des Busses rissen Ann aus ihren Gedanken. Der Fahrer lenkte den Bus in die Haltebucht, die Tür schwang quietschend auf und Ann stieg ein.

„Na? Wo soll es denn hingehen?", fragte der Busfahrer in einem väterlichen Tonfall.

„Einmal zur Sternenstraße, bitte." Ann zählte die Münzen ab und legte sie in die kleine Vertiefung zwischen ihr und dem älteren Mann.

„Hat dein Begleiter auch ein Ticket?", fragte der Busfahrer lächelnd und deutete auf die sich träge bewegende Schildkröte, die Ann noch immer fest umklammert hielt.

„Äh. Nein, hat er nicht." Ann stockte, der Fahrer lachte, gab Ann das Ticket und winkte sie nach hinten durch. Zu ihrer Erleichterung war der Bus so gut wie leer. Sie lief bis ans Ende und setzte sich in eines der Viererabteile. Holpernd setzte sich der Bus in Bewegung, die Lichter der Großstadt zogen an Ann vorbei und ihre Gedanken drifteten wieder zu der bevorstehenden Prüfung. Die anfängliche Beschwingtheit schlug mit jeder Haltestelle immer mehr in Anspannung um. Sie checkte ihr Handy, sie hatte eine Nachricht von Lisa, aber war nicht in der Stimmung, sie zu lesen. Marc war offline. Das große Finale stand bevor. Und zum ersten Mal an diesem Abend hatte Ann Angst, riesengroße Angst. Was war, wenn sie versagen würde? Was wäre, wenn Marc sich nicht mehr melden würde? Was wäre, wenn? Ann fühlte sich definitiv nicht bereit. Eine computergenerierte Stimme sagte die Haltestelle *Sternenstraße* an. Nun gab es keinen Weg zurück mehr.

Ann packte ihren Rucksack und stieg aus. Es war kalt geworden. Oder war das die Angst? Das Hotel Raphael lag ungefähr fünfhundert Meter von der Haltestelle entfernt. Ann tippte eine kurze Nachricht.

Ann Fischer:
Bin gleich da.

Zögerlich machte Ann sich auf den Weg zu dem sich in der Dunkelheit erhebenden Skelett aus Stahl und Beton. Noch nie hatte Ann beim Blick auf ein Gebäude ein so mulmiges Gefühl gehabt. Mit schnellen Schritten näherte sie sich ihrem Ziel. Auf dem Gehweg vor der Baustelle hielt Ann inne. Mit zitternden Fingern zog sie ihr Handy aus der Tasche, tippte erneut eine kurze Nachricht und hielt ihre Schildkröte fest an ihre Brust gedrückt. Egal, was auf sie warten würde, sie würde es schaffen. Das Finale konnte beginnen.

Ann Fischer:
Bin da.

Gamemaster Marc:
Gut. Begib dich auf das Gelände.
Neben der Einfahrt ist ein Loch im Zaun.

Der Bretterzaun, der das Geisterhotel vor ungebetenen Gästen schützen sollte, war über und über mit Plakaten beklebt und Graffiti besprüht. Plakatreste hingen in Fetzen herab und warben immer noch für Veranstaltungen, die schon lange in der Vergangenheit lagen. Andere waren einfach überklebt worden und wölbten sich nun dem Betrachter entgegen. Was meinte Marc mit Einfahrt? Ann schaute sich suchend um. Weit und breit war kein Eingang zu sehen. Vielleicht war sie auf der falschen Seite? Oder meinte er die Einfahrt des Hotels? Ann fluchte leise, sie hatte keine Ahnung, wo sie hinmusste. Sie zog ihr Handy aus der Tasche, zögerte und steckte es zurück. Nein. Sie würde Marc nicht bitten, ihr zu erklären, wo es reinging. Sie brauchte keine Hilfe, sicherlich war das schon Teil des Finales und wer hatte gesagt, dass es leicht werden würde, das spannendste Spiel des Lebens zu gewinnen?

Konzentriert umrundete Ann das Geisterhotel, das mit drei Seiten an der Straße endete. Immer auf der Suche nach dem Eingang, den Marc ihr beschrieben hatte.

Mit jedem Schritt schwoll die Unruhe an, Gedankenfetzen schossen Ann durch den Kopf.

Bin ich richtig?

Was ist, wenn ich den Eingang nicht finde?

Marc wird enttäuscht sein!

Sie musste sich konzentrieren. Sie hatte jetzt keine Zeit für solche Gedanken.

Endlich! Ann entfuhr ein Laut der Freude. Da war es. Sie hatte den Eingang gefunden. Irgendjemand hatte ein ungefähr ein Meter breites Loch in die untere Hälfte des Zauns geschlagen. Ann schaute sich kurz um, zog den Rucksack aus und schlüpfte durch das Loch.

Ann Fischer:

Ich habe das Loch gefunden.
Bin auf dem Gelände.

Gamemaster Marc:

Das hat länger gedauert als gedacht.
Hatte ich dir nicht befohlen, dich zu beeilen?

Ann Fischer:

Es tut mir leid, es ist so dunkel.
Ich habe das Loch nicht sofort gefunden.

Gamemaster Marc:

Keine Ausreden!
Begib dich auf das Dach. Am Treppenabsatz
liegt eine Taschenlampe.

Ann hatte Angst. Hoffentlich würde er sie nicht bestrafen. Sie schulterte den Rucksack und leuchtete den

Boden vor sich mit dem fahlen Licht des Displays aus. Verdammt, warum war sie nicht vorhin schon auf die Idee gekommen, sie hätte das Loch im Zaun viel früher gefunden und Marc wäre jetzt nicht so sauer auf sie. Sie musste sich beeilen. Sie musste Zeit aufholen. So schnell es die spärlichen Lichtverhältnisse zuließen, lief Ann zu dem, was irgendwann einmal ein Treppenhaus werden sollte. Der Weg war steinig, uneben und voller Unrat, aber Ann wollte nicht stoppen. Sie konnte nicht stoppen, sie wollte Marc nicht noch einmal enttäuschen.

Außer Atem kam sie bei dem Treppenabsatz an und wie versprochen stand auf der ersten Stufe eine schlichte schwarze Taschenlampe. Ann schaltete diese an und sie tauchte die grauen Wände in ein grelles, weißes Licht.

Ann leuchtete den Weg vor sich aus. Weder gab es ein Geländer noch Zwischenwände, die Halt oder Schutz gaben. Sie war definitiv nicht die Erste, die sich nach oben wagte. Staub und Regen hatten Dutzende Schuhabdrücke auf den Stufen verewigt. Ann atmete tief ein und setzte ihren Fuß auf die erste Stufe. Mit schweren Beinen und zitternden Händen kämpfte sich Ann die Treppe nach oben. Zigarettenstummel und zerbrochene Bierflaschen erschienen im Lichtkegel der Lampe. Zu ihrer Linken gähnte die dunkle Leere des Treppenhauses, zu ihrer Rechten verschwammen die fernen Lichter der Stadt zu menschengemachten Sternen. Das erste Stockwerk hatte sie hinter sich gebracht. Der Wind blies durch die notdürftig verkleideten Fenster und erzeugte ein kaum hörbares Pfeifen. *Geisterhotel, der Name passte wie die Faust aufs Auge,* dachte

Ann. Unbeirrt mit der wachsenden Angst kämpfend, setzte Ann Fuß vor Fuß die Treppe nach oben.

Mit jedem Stockwerk, das sie erklomm, wurden die Relikte vergangener Besuche seltener.

„Konzentriere dich!", mahnte sich Ann. „Es kann nichts passieren, solange du aufpasst." Den Blick gesenkt, die Taschenlampe fest im Griff ging es immer weiter nach oben. Waren es fünf Stockwerke oder zehn? Ann wusste es nicht. Was zählte, war, dass sie nicht nachließ. Dann endlich, wie aus dem Nichts, hatte sie das Ende der Treppe erreicht. Eine Tür versperrte den Weg auf das Dach. Ann drückte die Klinke mit dem Ellenbogen nach unten und lehnte sich gegen die Tür, aber nichts geschah. Nein! Das konnte nicht das Ende sein. Die Tür konnte nicht verschlossen sein. Sie musste auf das Dach. Ann leuchtete die Tür ab. Der Schlüssel fehlte. War die Tür abgesperrt? Oder klemmte sie nur? Ann legte die Taschenlampe auf den Boden, drückte mit der freien Hand die Klinke und lehnte sich mit ihrem ganzen Gewicht gegen die Tür und tatsächlich – sie gab nach. Das Krachen und Quietschen war wie Musik in Anns Ohren. Sie drückte die Tür so weit auf, dass sie hindurchschlüpfen konnte, und wurde von einem Schwall kühler Luft empfangen. Erleichtert atmete Ann ein. Sie hatte es geschafft. Mit der Taschenlampe unter dem Arm tippte sie eine Nachricht.

Ann Fischer:
Ich bin auf dem Dach.

Gamemaster Marc:
Gut! Es freut mich, dass du dich beeilt hast.
Deine Anstrengungen sind einem Finale
würdig. Ich hoffe, das bleibt auch so.
Ich möchte, dass du den Ausblick genießt.
Du hast es dir verdient und nicht viele haben
dazu die Möglichkeit.
Laut der Pläne für das Hotel, sollte dort,
wo du bist, ein Café entstehen, mit einem
wunderbaren Ausblick über Westheim.

Das konnte es nicht gewesen sein. Ann schaute sich
um, der Ausblick war nicht spektakulär. In der Ferne
die Lichter der Stadt, vor ihr flatterten die Reste eines
Absperrbandes geräuschvoll im Wind. Hatte sie nicht
schon auf der Brüstung des Hochhausdaches gestanden? Was konnte sie hier oben erwarten, was eines Finales würdig war? Ann warf einen Blick auf ihr Handy.
Lisa hatte ihr erneut geschrieben und sie sogar angerufen. Für einen Moment überlegte sie, ob sie Lisa zurück-
rufen sollte. Aber was sollte sie ihr sagen, wenn sie
fragte, ob sie sich noch mal treffen wollten oder warum
es bei ihr im Hintergrund so laut war? Nein, zuerst
würde sie das Finale gewinnen, dann würde sie sich bei
Lisa melden. Ann steckte das Handy weg und wartete.
Quälend langsam verstrich die Zeit. Sie lief auf dem
Dach auf und ab, schaute sich um, suchte nach einem
Hinweis auf das, was kommen sollte, fand aber nichts.
Unwissend und nachdenklich verkroch sich Ann in einer Ecke, in der sie vor dem Wind geschützt war, sie
hatte sich nicht getraut, zurück ins Treppenhaus zu gehen. Sie hatte den Auftrag erhalten, auf das Dach zu

gehen und den Ausblick zu genießen und so blieb sie, bis eine neue Nachricht sie erlöste.

Gamemaster Marc:
Ich hoffe, du hast die Pause vor dem
großen Finale genutzt, um dich etwas
zu erholen, denn jetzt geht es los und es
gibt kein Zurück.
Gehe an die Kante des Dachs.

Ann verließ, ohne zu zögern, ihren Unterstand und lief zur Kante des Dachs, eine Brüstung fehlte und nur vereinzelt ragten Stahlstangen aus dem Betonboden. Die Reste des Absperrbandes flatterten wie kleine Fahnen an stählernen Masten. Der Lichtkegel der Taschenlampe schaffte es kaum, den Boden der sechs Stockwerke unter ihr zu erhellen.

Ann Fischer:
Stehe an der Kante.

Gamemaster Marc:
Gut. Schalte die Taschenlampe aus.

Ann Fischer:
Okay.

Mit einem leisen Klicken rastete der Schalter ein, die Lampe erlosch und Dunkelheit umschloss Ann.

Gamemaster Marc:
Schleudere die Taschenlampe so weit wie
möglich in die Dunkelheit.

Ann Fischer:
Okay.

Ann trat einen Schritt zurück, ihre Schildkröte fest
umklammert, die Lampe in der rechten Hand. Eine
schnelle Bewegung nach vorne und die Taschenlampe
verschmolz mit der Dunkelheit. Anns Blut pochte in ihren Ohren und nach wenigen Sekunden konnte sie hören, wie die Lampe irgendwo unten auf etwas Hartem
aufschlug. Ann begann zu zittern. Sie spürte nur noch
Kälte.

Gamemaster Marc:
Gut. Bist du bereit für den letzten Schritt?
Bereit für den Sieg?

Ann Fischer:
Ja.

Gamemaster Marc:
Auf mein Kommando springst du! 3! 2!

„Hallo, Ann.“
Ann erschrak. Hatte gerade jemand ihren Namen ge-
rufen? Sie starrte auf das Display. Wo blieb das Kom-
mando?
„Du hast gewonnen“, sagte dieselbe freundliche
Stimme hinter ihr. Ann drehte sich um. In den Schatten

stand eine Person, Ann konnte nicht sagen, ob es ein Mann oder eine Frau war. Dann trat sie ein paar Schritte auf sie zu und Ann erkannte eine zierliche Frau mit langen, dunklen Haaren. „Hab keine Angst." Die Frau hob beschwichtigend die Hände. Ann schaute auf ihr Handy, Marc war offline. Dann begann die Frau erneut zu sprechen.

„Mein Name ist Sarah Cassato, Marc schickt mich, um dich abzuholen. Er will dir deinen Preis geben."

Kapitel 32

Maryanne hatte Kopfschmerzen. Sie rieb sich die Schläfen, aber es wurde einfach nicht besser. Es fühlte sich so an, als hätte ihr jemand von innen gegen den Kopf geschlagen. Sie hatte die spärlichen Informationen über Mikael Heniks Mitbewohner gesichtet, aber keinen neuen Ansatzpunkt gefunden. Sie wusste nicht, ob es daran lag, dass es nichts zu finden gab, oder daran, dass der Kollege die Arbeit halbherzig erledigt hatte. Es war eigentlich egal, sie hatten sich darauf geeinigt, die Ermittlungen einzustellen. Emil hatte recht, es war ein Spiel mit dem Feuer. Morgen würde sie alle Informationen zusammenkratzen und den Kollegen zusammen mit einer faulen Ausrede auf den Tisch legen; sie würden schon wissen, was sie mit den Informationen machen müssten. Die Jagd nach Esch hatte viel zu viel Zeit verschlungen. Der Bericht über den Autobrand war noch nicht fertig, ebenso war das Gespräch mit Löffler im Tennisclub noch nicht in die Fallakten eingepflegt. Siemion Löffler war ein seltsamer Mann. Maryanne konnte ihn nicht einschätzen und traute keiner seiner Aussagen auch nur einen Meter über den Weg.

Wieso hatte Maryanne nur das ungute Gefühl, dass ihnen dieser Mann noch eine Menge Ärger und noch mehr Papierkrieg bringen würde? Die Ermittlerin heftete die letzten Seiten ab, ihr Blick verlor den Fokus, ihr Blickfeld verschwamm.

Auch wenn sie noch immer nicht fertig war, machte sie Feierabend. Alles was sie wollte, war, nach Hause zu fahren.

***

Die Ermittlerin steuerte den Wagen in die zum Appartementkomplex gehörende Tiefgarage. Maryanne zog ihre Karte über den Scanner und das Rolltor öffnete sich ächzend. Neonröhren flackerten und fluteten den grauen Beton mit fahlem Licht. Der Wagen setzte sich in Bewegung. Maryanne hatte beim Einzug Parkplatz Nummer siebenunddreißig zugeteilt bekommen. Sie war damit zufrieden, zwar lag er nicht direkt am Ausgang, aber nahe genug, so dass sie sich beim Schleppen ihrer Einkäufe nicht jedes Mal aufregen musste. Zwei der Neonröhren waren ausgefallen, der Anfahrschutz an einem der Pfeiler fehlte. Es war offensichtlich, dass der Vermieter kein Interesse hegte, Geld in die Sanierung der Tiefgarage zu stecken, egal wie viele Briefe die Mietervereinigung zur Post brachte. Maryanne parkte den Wagen und stieg aus. Die Lichter ihres Wagens flackerten, die Türverriegelung schnappte zu, sie war endlich zu Hause. Die Ermittlerin atmete tief ein, die Kopfschmerzen hatten nachgelassen. Das Klacken ihrer Absätze auf dem nackten Beton hallte von Decke und Wänden wider, als sie sich in Richtung Treppenhaus aufmachte. Als sie damals in ihre neue Wohnung gezogen war, hatte sie sich vorgenommen, spätestens jetzt die Arbeit hinter sich zu lassen. Sie wollte keine Akten durch das Treppenhaus schleppen und sie wollte nicht in der Badewanne sitzen und über Fällen brüten. Die guten Vorsätze hatten nicht lange gehalten, dennoch war sie stolz darauf, dass sie es immer wieder schaffte, ihre Arbeit, Arbeit sein zu lassen. Heute würde es schwer werden, aber sie hatte sich genau deshalb etwas vorgenommen. Sie würde mit ihrer besten Freundin telefonieren, und diese hatte strikte Anweisung, nie nach Maryannes Arbeit zu fragen. Hinter Maryanne fiel die Feuerschutztür des Treppenhauses ins Schloss. Irgendwo über ihr ertönten Schritte. Die Ermittlerin griff nach dem Handlauf, als wie aus dem Nichts ein Schatten in ihr Blickfeld huschte. Maryanne fuhr herum, aber da hatte sich die Gestalt schon vor ihr aufgebaut.

„Du?!" Maryanne zuckte zusammen.

„Ich!" Paul Esch strich sich die Kapuze seines Hoodies vom Kopf. Er sah müde aus. Esch hatte dunkle Ringe unter den Augen, die einst scharfen Gesichtszüge waren verhärmt, sein Bart ungepflegt.

„Was willst du?" Maryanne wich keinen Zentimeter zurück, obwohl ihr das Herz bis zum Hals schlug.

„Das wollte ich dich eigentlich fragen!"

„Wenn du auf meinen Besuch bei Mikael Henik anspielst: Ich mache meine Arbeit!" Maryannes Stimme war fest. „Und auch wenn das bedeutet, dass ich heute Überstunden machen muss – Paul Esch, du bist verhaftet. Dreh dich um und verschränke die Hände hinter dem Rücken. Ich bring dich aufs Revier."

Esch lachte. „Das wird nicht passieren. Es ist immer dasselbe mit dir, alles streng nach Vorschrift. Aber so läuft es im Leben nicht. Das habe ich in den letzten Monaten gelernt."

„Bist du den ganzen Weg zu mir gefahren, um mir diese Binsenweisheit mitzuteilen?“ Maryanne fluchte innerlich darüber, dass sie keine Handschellen bei sich hatte. Sie hatte nichts, mit dem sie ihren ehemaligen Kollegen überwältigen konnte.

Eschs Blick verfinsterte sich.

„Du spielst mit dem Feuer, Maryanne.“

„Drohst du mir?“

„Ja, das tue ich.“

„Glaubst du wirklich, dass du mir Angst einjagen kannst?“ Maryanne hielt Eschs Blick stand.

„Du kannst dir deine taffe-Frau-Attitüde sonst wohin stecken, ich kenne dich gut genug, um zu wissen, dass du Angst hast. Ich kann es riechen.“ Esch beugte sich nach vorne, Maryanne konnte seinen Atem auf ihrer Haut spüren.

Die Ermittlerin ging zum Angriff über, vielleicht konnte sie ihn nicht besiegen, aber sie konnte fliehen. Esch wich einen schnellen Schritt zurück und zog seinen Hoodie nach oben.

„Das würde ich lassen.“

Zwischen Hosenbund und T-Shirt steckte eine mattschwarze Pistole mit abgenutztem Griff. Maryanne erstarrte in der Bewegung.

„Bleib cool, ich habe nicht vor, dich zu verletzen. Aber ich werde mich von dir nicht aufhalten lassen.“

„Was zur Hölle willst du, Esch? Du bist zu mir gekommen!“

„Ich bin nicht dumm.“ Esch schnitt ihr das Wort ab. „Du hast auf eigene Faust ermittelt. Niemals würde dich die Weber mit dem Fall betrauen. Das Ding würde ihr um die Ohren fliegen.“

„Und wenn es so wäre?", fragte Maryanne trotziger, als sie wollte.

„Ich will, dass du die Ermittlungen einstellst und alle Information, die du bisher gesammelt hast, vernichtest. Und lasst Micky in Ruhe, ihr werdet mich dort nicht mehr finden, ich bin schon längst weitergezogen." Eschs Hand wanderte zum Griff der Pistole. Zum ersten Mal beschlichen Maryanne Zweifel. Zweifel darüber, ob dieser Mann, der ihr im Treppenhaus aufgelauert hatte, immer noch der Mann war, mit dem sie ihr Bett geteilt hatte. Der Mann, für den sie einmal so viel mehr empfunden hatte. Wozu war jemand fähig, der alles verloren hatte?

„Eine Sache noch!" Eschs wütende Worte brachten Maryanne zurück in das betongraue Treppenhaus.

„Egal was passiert, lass den arroganten Klugscheißer aus der Sache raus! Hast du verstanden? Das Letzte, was ich brauche, ist diese Zecke am Arsch zu haben."

Maryanne nickte.

„Es gibt nur diese eine Warnung. Jeder, der mich aufhalten will, weiß, was passiert. Gib mir dein Handy!" Esch streckte die Hand aus.

Reflexartig zog Maryanne ihre Tasche an die Brust.

„Gib mir dein Handy! Ich muss sicher sein, dass du nicht gleich zu Mama rennst und petzt." Eschs Hand schloss sich um den Lederriemen der Handtasche.

„Warte. Ich gebe es dir."

„Keine Spielchen." Eschs Hand legte sich um den Griff seiner Pistole.

Maryanne öffnete den Druckknopf der Handtasche und begann mit der Suche. Widerwillig wandte sie den Blick von Esch ab. Wo war ihr Handy? Schlüssel,

Geldbeutel, es musste doch irgendwo sein. Sie stockte, als ihre Hand über kaltes Metall strich. Stimmt, sie hatte Pfefferspray dabei. Sie umschloss den Plastikdeckel mit zwei Fingern und drückte zu.

„Was dauert denn da so lange?“

„Ich hab es gleich.“ Der Deckel sprang ab.

„Gefunden.“ Mit einer schnellen Bewegung zog Maryanne das Pfefferspray aus der Tasche. Sie streckte den Arm aus und zielte auf Esch, aber dieser reagierte schneller, als sie erwartet hatte. Maryanne spürte den Schmerz, bevor sie realisierte, was passiert war. Das Pfefferspray wurde ihr aus der Hand geschleudert, sie knallte mit dem Rücken gegen die Wand. Ihre Wange brannte, Esch hatte sie tatsächlich geschlagen. Maryanne sank in sich zusammen.

„Das hättest du nicht tun sollen.“ Esch griff sich die Handtasche und schüttete sie auf dem Boden aus. Klappernd fielen Schlüssel, Handy, Lippenstift und Geldbeutel zu Boden. Esch schob die Gegenstände mit seinen ausgetretenen Turnschuhen zur Seite. Er hob seinen Fuß und trat mit voller Wucht auf das Telefon. Das Display sprang, Maryanne schrie, Esch lachte höhnisch. Er zog die Pistole aus dem Hosenbund und ging neben Maryanne in die Knie. Maryanne konnte riechen, wie er seine Hand ausstreckte, sie stank nach kaltem Rauch. Zuerst sanft, dann ruckartig und hart schloss sich seine Hand um ihr Kinn.

„Schau mich an.“ Eschs Stimme hatte jede Schärfe verloren. Maryanne reagierte nicht, sie wollte nur noch, dass er verschwand.

„Schau mich an.“ Seine Berührung wurde wieder sanfter, Maryanne gab nach, ihre Blicke trafen sich.

„Ich wollte dir nicht wehtun, aber du hast nicht auf mich gehört. Du wirst mich nicht aufhalten. Niemand wird mich aufhalten. Nicht, bevor ich am Ziel bin. Siehst du das?"

Esch hob die Pistole vor sein Gesicht, Maryanne nickte.

„Ich habe keine Skrupel das Ding zu benutzen. Aber es würde mir leidtun, wenn ich auf dich schießen müsste."

Esch wuchtete sich hoch, steckte die Pistole zurück in den Hosenbund und warf sich die Kapuze über. Er blickte auf Maryanne herab.

„Wenn du dich aus meinen Angelegenheiten raushältst, werden wir uns nie wiedersehen."

Als die Tür ins Schloss fiel, brach Maryanne in Tränen aus. Sie suchte ihre Sachen zusammen, stopfte sie in ihre Tasche und rannte die Treppe zu ihrer Wohnung hinauf. Mit zitternden Fingern schloss sie die Wohnungstür auf, verriegelte sie hinter sich und ließ sich auf die Couch fallen. Maryanne zitterte am ganzen Körper. Ihr Handy vibrierte. Offenbar hatte Eschs Tritt nur das Display zerstört. Maryanne konzentrierte sich auf ihre Atmung, versuchte sich zu beruhigen, redete sich ein, dass sie jetzt in Sicherheit war. Ihr Handy vibrierte erneut, Maryanne konnte auf dem Display das verzerrte Gesicht ihrer besten Freundin erkennen. Maryanne versuchte, den Anruf anzunehmen. Der grüne Punkt entwischte ihr, der Anruf war zu Ende. Hoffentlich würde ihre Freundin erneut anrufen, sie brauchte jemanden zum Reden.

Kapitel 33

„Hallo, dies ist die Mailbox von Cecillia von Amtsstätten, wenn Sie mir Ihren Namen und die Telefonnummer nennen, rufe ich Sie gerne zurück." Gusenberg legte auf, er ärgerte sich, dass er Cecillia gestern weder die Fragen, nach den neuen Hinweisen, noch die nach der Affäre mit dem alten Löffler gestellt hatte. Seitdem hatte er die junge Anwältin nicht mehr erreicht. Er gab ihr noch bis Mittag, sollte sie sich dann nicht gemeldet haben, würde sie bei ihr auf der Matte stehen. Er würde vorsichtshalber ihre Adresse raussuchen. Gusenberg stieg die Treppe zu seinem Büro nach oben, wurde aber auf halbem Weg von Peer Brandt abgefangen.

„Gut, dass ich dich treffe. Ich kann Maryanne nicht finden und an ihr Handy geht sie auch nicht. Anscheinend ist sie noch nicht im Haus."

„Was gibt's?" Gusenberg stoppte am Treppenabsatz.

„Maryanne hatte mich gebeten, ein Auge auf Vermisstenfälle zu werfen, die auf das Profil von Melissa Förster-Deutsch passen. Gerade kam eine Meldung rein. Ein Mädchen ist verschwunden, dasselbe Alter, auch aus Westheim. Ihr Name ist Ann Fischer, sie hat gestern das Haus verlassen und ist seitdem nicht mehr zu erreichen."

„Gibt es Anhaltspunkte, die eine Entführung nahelegen?" Gusenberg schloss zu Brandt auf.

„Bisher nicht.“

„Wir sollten das im Büro besprechen.“

Brandt nickte knapp. Gusenberg schritt voran, sein Kollege nur knapp hinter ihm.

Brandt hatte recht mit der Vermutung. Maryanne war heute noch nicht im Büro gewesen. Ihr erster Gang am Morgen führte sie für gewöhnlich zur Kaffeemaschine, dort stand ihr Kaffeebecher leer und verwaist. Gusenberg lehnte sich gegen seinen Schreibtisch.

„Wer hat das Mädchen vermisst gemeldet?“

„Ihre Mutter hat die Anzeige vor Ort aufgegeben.“

„Ist sie noch da?“

„Nein, sie ist wieder nach Hause, damit sie da ist, falls Ann wieder auftaucht.“

„Ich brauche die Vermisstenmeldung und die Adresse von Ann und ihrer Mutter.“

„Ich habe schon alle Informationen zusammengefasst, wollte sie euch aber nicht einfach auf den Schreibtisch legen.“ Peer reichte ihm eine dünne Mappe.

„Danke.“

Brandt verabschiedete sich und Gusenberg blätterte die Informationen in der Mappe durch. Auf den ersten Blick machte Ann nicht den Eindruck einer Herumtreiberin. Die Aussage der Mutter zeichnete Ann als aufgeweckte, aber folgsame Tochter. Gusenberg rief Maryanne an. Vielleicht war diese Ann einfach nur von zu Hause weggelaufen, vielleicht war sie aber auch –

„Hallo?“ Maryannes Stimme klang müde.

„Alles okay? Du klingst nicht gut.“

„Ist in Ordnung, habe nur schlecht geschlafen. Frauenprobleme. Wieso rufst du an?“

Gusenberg beschlich ein ungutes Gefühl, die Art und Weise, wie Maryanne seine Frage abgebügelt hatte, erinnerte ihn an ihren Alleingang mit Esch. Auch wenn es ihm unter den Nägeln brannte, jetzt war nicht die Zeit für die Aufarbeitung privater Zipperlein.

„Ein Mädchen ist verschwunden, das zum Profil von Melissa Förster-Deutsch passt. Ihr Name ist Ann Fischer, dreizehn Jahre alt. Wohnhaft in der Hannemannstraße vierundsiebzig. Ihre Mutter hat sie vor einer knappen Stunde als vermisst gemeldet."

„Wann ist sie verschwunden?", fragte Maryanne nun lebhafter.

Gusenbergs Finger flog über das Papier auf der Suche nach der Information.

„Ihre Mutter hatte Spätschicht, sie hatte Ann um sechzehn Uhr allein gelassen. Als sie morgens nach ihr schauen wollte, war sie verschwunden. Sie hat sich erst mal nichts dabei gedacht, aber als sie Ann nicht auf dem Handy erreichen konnte, hat sie sich auf die Suche gemacht."

„Ich bin auf dem Weg." Es klapperte in der Leitung, dann war das Gespräch beendet.

Gusenberg betrachtete den Hörer, der höhnisch vor sich hin piepste. Was zur Hölle war das? Der Ermittler legte auf und machte sich auf den Weg.

***

Gusenberg richtete seinen Blick gen Himmel. Das Grau des Gebäudes verschwamm mit dem des Himmels. Öde und traurig lag der Wohnblock vor ihnen.

263

„Ann und ihre Mutter wohnen im neunten Stock“, sagte Gusenberg an Maryanne gerichtet.

Eine Klingel war nicht aufzufinden, die Tür stand offen, der Aufzug war außer Betrieb. Die Ermittler stiegen schweigend die ausgetretenen Stufen nach oben. Gusenberg hoffte, dass Ann einfach abgehauen war und in ein paar Tagen wieder auftauchte. Gleichzeitig hoffte er, dass sie irgendeinen Hinweis bekamen, der sie endlich weiterbrachte. Aber nicht zu diesem Preis. Alles, was sie in den letzten Tagen erfahren hatten, hatte mehr Fragen aufgeworfen als Antworten gebracht.

Maryanne drückte die Klingel, die mit *Fischer* beschriftet war. Schritte kamen schnell näher, dann wurde die Tür aufgerissen.

„Ann?“ Die Hoffnung, die eben noch in den Augen der Frau aufgeblitzt war, verschwand. Anns Mutter wirkte müde, mit dunklen Ringen unter den Augen. Ihr Blick wanderte von Gusenberg zu Maryanne und wieder zurück.

„Katharina Fischer?“ Die Frau nickte. „Maryanne Schröder und Dr. Emil Gusenberg, Kripo –“ Bevor Gusenberg seinen Satz beenden konnte, brach Katharina Fischer in Tränen aus. Maryanne machte einen Schritt auf sie zu und berührte sie am Arm. „Frau Fischer, wir sind nicht hier, um schlechte Nachrichten zu überbringen. Wir wollen Ihnen nur ein paar Fragen stellen. Können wir reinkommen?“

Katharina Fischer wischte sich die Tränen aus den Augen und trat einen Schritt zurück. Auch wenn der Wohnblock von außen heruntergekommen wirkte, die Wohnung von Ann und ihrer Mutter war sauber und ordentlich. Katharina Fischer führte die Ermittler in die Küche, sie blieb einen Moment orientierungslos stehen, dann lehnte sie sich an die Arbeitsplatte.

„Was wollen Sie mich fragen?" Anns Mutter kämpfte noch immer mit den Tränen.

Maryanne ergriff das Wort. „Uns liegt viel daran, dass wir Ihre Tochter schnell finden. Deswegen ist es wichtig, dass Sie alle Fragen ehrlich beantworten, auch wenn es Ihnen schwerfällt."

Katharina Fischer nickte. „Ich bin eine gute Mutter."

„Ist Ihnen in den Tagen vor Anns Verschwinden etwas aufgefallen? Hat sich ihr Verhalten verändert oder hat sie oft von einem bestimmten Thema oder einer bestimmten Person gesprochen?"

„Nein. Sie war wie immer. Ann ist jetzt in dem Alter, in dem sie mit mir nicht mehr über alles redet."

„Hat Ihre Tochter eine beste Freundin?"

„Ja, hat sie. Lisa Hoffmann, die beiden gehen in dieselbe Klasse."

„Können Sie uns die Kontaktdaten geben?" Katharina Fischer diktierte Maryanne Lisas Adresse und Telefonnummer.

„Hat Ihre Tochter ein Tagebuch?"

Katharina Fischer schüttelte den Kopf.

„Sie haben zu Protokoll gegeben, dass Ihre Tochter ein paar Sachen mitgenommen hat."

„Ja, das war der Grund, warum ich zur Polizei gegangen bin. Es passt nicht zu Ann, wenn sie irgendwo hingehen würde, würde sie mir eine Nachricht schreiben."

„Was hat Ann mitgenommen?"

„Ihr Schminktäschchen, einen Pullover und ihre Schildkröte."

„Ihre Schildkröte?", fragte Gusenberg.

„Ja. Vor Jahren waren wir in Kroatien im Urlaub, Ann hat diese Schildkröte gefunden und hat sie mit nach Hause genommen." Katharina Fischer hob abwehrend die Arme. „Ich weiß, das ist illegal. Aber Ann ging es damals nicht gut. Ich hatte mich gerade von ihrem Vater getrennt und wollte ihr nicht auch noch diese Freude nehmen."

„Es ist okay. Wir sind hier, um Ihre Tochter zu finden, nicht um Ihnen Ärger wegen einer Schildkröte zu machen. Haben Sie eine Idee, was Ann für ein Ziel hatte?"

„Nein." Katharina Fischer senkte den Blick.

„Wie war die Stimmung Ihrer Tochter in letzter Zeit. War sie niedergeschlagen oder depressiv?"

Katharina Fischer atmete geräuschvoll aus, suchte nach Worten und fuhr mit brüchiger Stimme fort.

„Ich hatte für einen kurzen Moment das Gefühl, dass sich Ann ritzen würde. Neulich kam ich von der Arbeit und sie hatte einen Verband am Arm. Sie hatte sich irgendwie verletzt und mir eine Ausrede aufgetischt. Ich wusste, dass sie mich anschwindelt, aber ich wollte sie nicht konfrontieren. Ich habe es beobachtet und es kam nicht mehr vor. Es war wohl eine einmalige Sache."

Maryanne warf Gusenberg einen vielsagenden Blick zu. Der Ermittler musste an seinen Besuch bei Franka denken. Das Mädchen mit dem Verband am Arm. Sie hatte irgendjemandem ein Nacktfoto geschickt und nun war sie tot. Das konnte kein Zufall sein.

„Hat Ihre Tochter ein Handy?", fragte Gusenberg. Er musste einfach wissen, ob Ann dasselbe getan hatte.

„Ja. Sie hat es mitgenommen, ich habe es angerufen, aber es ist aus. Sie hat aber auch einen Laptop.“

„Wir würden den Laptop gerne sehen.“ Ohne eine Antwort abzuwarten, stand der Ermittler auf. Es war an der Zeit zu handeln.

„Kommen Sie mit.“ Katharina Fischer stieß sich von der Kante der Arbeitsplatte ab. Anns Mutter ging voraus, Gusenberg folgte ihr. Maryanne blieb zurück und zog ihr Handy aus der Tasche.

Anns Zimmer war klein, aber gemütlich. Jede freie Fläche war zugestellt. Bücher, Spielzeug, Selbstgebasteltes. Mit dreizehn Jahren hatte Ann ihre Kindheit noch nicht vollständig hinter sich gelassen.

„Der Laptop müsste hier sein.“ Anns Mutter deutete auf den Schreibtisch. Doch neben Schulheften und Stiftehaltern war nur eine freie Fläche.

„I-ich hätte schwören können, dass der Laptop gestern Abend noch auf dem Schreibtisch lag.“

„Vielleicht hat Ann ihn nur woanders hingestellt.“ Gusenberg blickte sich in dem Zimmer um. „Wenn Ann den Laptop nicht versteckt hat, dann hat sie ihn mitgenommen.“

„Wieso sollte sie ihn verstecken?“ Katharina Fischer blickte sich ratlos um.

„Wie sieht der Laptop denn aus?“, fragte der Ermittler. Am liebsten hätte er das ganze Zimmer auf den Kopf gestellt, aber er rief sich zur Ordnung. Dieser Raum war kein Tatort und auch nicht das Zimmer eines Verdächtigen. Sie mussten besonnen vorgehen, auch um Katharina Fischer vor einem Nervenzusammenbruch zu bewahren.

„Der Laptop ist silbern, ungefähr so groß und voller bunter Aufkleber." Katharina Fischer blickte sich suchend um. „Er ist nicht hier." Anns Mutter ließ sich auf das Bett fallen. „Wo bist du?" Sie schlug die Hände vor dem Gesicht zusammen.

Maryanne kam ins Zimmer und befreite Gusenberg aus dieser unangenehmen Situation. „Ich habe eine Handyortung veranlasst. In einer Stunde sollten wir wissen, in welchen Sendemast Ann zuletzt eingeloggt war."

Anns Mutter blickte zu Maryanne empor.

„Können Sie uns sagen, ob ihre Tochter auf Social-Media aktiv ist?"

„Ja, ist sie. Ann schreibt da meistens mit Lisa und den anderen aus ihrer Klasse." Katharina Fischer rang sichtlich mit der Fassung. Sicher würde sie sich die Augen ausheulen, wenn die Ermittler die Wohnung verlassen hätten.

„Haben Sie die Login-Daten?"

„Nein, ich kann Ihnen nicht einmal sagen, wo sie unterwegs war. Ich weiß nichts." Anns Mutter begann zu weinen. Maryanne legte ihr die Hand auf die Schulter. Gusenberg wusste, dass sie Katharina Fischer am liebsten gesagt hätte, dass sie Ann lebend finden würde. Hoffnung war das Einzige, an das man sich in diesen Momenten klammern konnte. Und doch wäre es falsch, wenn sie Katharina Fischer Hoffnung geben würden. Ann war nicht einfach so von zu Hause weggelaufen. Das wusste er und das wusste auch Maryanne. Die Ermittlerin richtete sich wieder auf. „Sobald wir etwas wissen, werden wir uns bei Ihnen melden."

Katharina Fischer nickte. Gusenberg gab ihr seine Karte.

„Wenn etwas passiert, rufen Sie einfach an." Wieder nur ein Nicken. Anns Mutter starrte auf die Karte. Sie machte keine Anstalten, die Ermittler zur Tür zu bringen, reagierte nicht auf die Verabschiedung und schaute ihnen nicht nach, als sie das Zimmer und die Wohnung verließen.

***

„Das kann kein Zufall sein", sagte Gusenberg, als sie wieder alleine waren. „Wir müssen herausfinden, ob Ann auch Bilder verschickt hat. Wenn wir den Empfänger ermitteln können, können wir sie noch retten."

Gusenberg war zwischen Furcht und Zuversicht hin und her gerissen. Wenn Ann wirklich in den Händen dieses Kinderfängers war, wollte er sich nicht vorstellen, was sie gerade durchleben musste. Dennoch war er zuversichtlich, sie hatten eine heiße Spur. Irgendwie mussten sie in Kontakt gestanden haben.

„Wir sollten bei Anns bester Freundin ansetzen", warf Maryanne ein. „Wenn wir Anns Usernamen haben, sollte es nicht schwer sein, den Rest herauszubekommen. Sicher ist es einfacher, das Passwort zu knacken, als bei den Betreibern danach zu fragen."

„Wir brauchen einen richterlichen Beschluss." Der Ermittler zog sein Handy hervor und suchte die passende Nummer heraus, während sie die letzten Stufen hinter sich brachten. „Wir haben keine Zeit zu verlieren."

Kapitel 34

Anns Freundin Lisa machte sich fast so große Sorgen wie Katharina Fischer. Es hatte gestern Streit gegeben, sie hatten sich getrennt und nun war ihre beste Freundin verschwunden. Mehr wusste Lisa Hoffmann nicht zu berichten. Dennoch hatte sie den Ermittlern einen großen Dienst erwiesen. Sie kannte Anns Usernamen und wusste, auf welchen Plattformen sie sich am häufigsten aufhielt. Noch auf dem Weg zum Präsidium gab Gusenberg die Daten an die IT-Spezialisten weiter.

„Es ist der Account eines dreizehnjährigen Mädchens, es würde mich wundern, wenn die das nicht schnell geknackt bekämen. Wenn Ann wirklich entführt wurde, dürfen wir keine Zeit verlieren." Gusenbergs Ausführungen wurden vom Klingeln von Maryannes Handy unterbrochen. Die Ermittlerin zog das Telefon hervor und betätigte mit einigen Schwierigkeiten den Annahmeknopf. Maryanne nahm kurz angebunden die Informationen zur Kenntnis und beendete das Gespräch mit einem gemurmelten Danke.

„Die Ergebnisse der Funkzellenabfrage liegen vor. Ann war zuletzt ganz in der Nähe ihres Zuhauses eingeloggt. Nur ein paar Stationen mit den öffentlichen Verkehrsmitteln. Das letzte Signal wurde gestern Abend gegen dreiundzwanzig Uhr aufgezeichnet. Seitdem ist das Handy aus."

„Das klingt nicht gut. Wir müssen überprüfen, ob Ann gestern den Bus oder die Bahn genommen hat. Vielleicht wollte sie irgendjemanden treffen." Gusenberg rieb sich die Nasenwurzel. Es war kein gutes Zeichen, dass Anns Handy ausgeschaltet war. War es kaputt? Hatte es keinen Saft mehr? Oder war es bewusst ausgeschaltet worden? Der Ermittler tippte auf Letzteres und ihm war klar, dass nicht Ann auf den Aus-Knopf gedrückt hatte.

***

Gusenberg hatte recht behalten, Ann hatte sich bei der Wahl ihres Passworts keine große Mühe gegeben. Keine Sonderzeichen, keine Zahlen nur zwei Worte, die Anns Wesen im Kern zusammenfassten: *ForeverSweet.*

„Mit wem hat sie zuletzt geschrieben?", fragte Gusenberg, der gebannt auf den Bildschirm starrte. Er hatte sich hinter Maryanne positioniert, die am Schreibtisch saß.

Die Ermittlerin öffnete den Messenger, ein blinkender roter Punkt verriet, dass Ann eine Reihe ungelesener Nachrichten hatte. Lisa hatte ihrer besten Freundin fast ein Dutzend Nachrichten geschrieben. Aber es war nicht das bunte Profilbild ganz oben, das die Aufmerksamkeit der Ermittler auf sich zog.

„Dieser User hat seinen Account gelöscht, das kann kein Zufall sein. Der Zeitpunkt des letzten Kontakts passt zu Anns Verschwinden." Gusenberg beugte sich vor und deutete auf den Chatverlauf unter dem mit Lisa Hoffmann.

Die Maus wanderte auf den Chat, der gestern Abend zum letzten Mal aktiv gewesen war.

Gusenbergs Hände krallten sich in die Lehne von Maryannes Bürostuhl. Diese öffnete den Chat mit dem gelöschten User. Sie überflogen die letzten Nachrichten, dann sprangen die Ermittler zur allerersten Nachricht des Chats. Das Spiel, wie es Ann und der Fremde nannten, lief nun schon fast vier Wochen. Mit jedem Wort und jedem Bild, das sie lasen und sahen, offenbarte sich mehr von dem kranken Geist, der sich in Anns Leben geschlichen hatte.

Gusenberg war schlecht. Sie lasen den gesamten Chatverlauf von Ann und dem Unbekannten, vom Beginn, der wie ein großes Abenteuer wirkte, hin zu dem dunklen Punkt, an dem der Unbekannte sein Opfer locken wollte. War sie wirklich gesprungen? Der Befehl war nie gekommen, aber was hieß das schon? Vielleicht lag Ann jetzt gerade tot zwischen Kisten und Containern auf einer verwaisten Baustelle.

***

Mit Blaulicht und Sirene drängte Maryanne die anderen Verkehrsteilnehmer aus dem Weg.

„Ich glaube nicht, dass Ann tot ist." Die Ermittlerin war die Erste, die das Schweigen brach. „Wenn sich hinter dem Unbekannten wirklich Biggy verbirgt, ist Ann doch lebendig wertvoller für ihn als tot."

Gusenberg nickte. „Noch ist sie wertvoll, früher oder später wird sie zur Last werden. Was wäre, wenn Melissa dasselbe Schicksal erlitten hat, dass sie irgendwie

272

in die Hände dieses Mannes gekommen ist, und der hat sie dann beseitigt?"

Maryannes Blick war stur auf die Straße vor ihr gerichtet. „Das wäre möglich, klärt aber nicht, warum Rolf Förster sterben musste."

Die Ermittlerin setzte sich vor einen Kleinwagen und stellte die Sirene ab, die Straße war frei, sie gab Gas. Der Drehzahlmesser näherte sich dem roten Bereich. Die anderen Verkehrsteilnehmer schrumpften zu kleinen Punkten, dann waren sie verschwunden.

Gusenberg führte Maryannes Gedanken fort. „Wenn Melissa auch dieses Spiel gespielt hätte, hätte Förster doch sicher die Spuren des Chatpartners verfolgt. Wenn es einer konnte, dann er. Vielleicht hat er etwas gefunden und musste deshalb sterben."

„Was ist mit Kessen? Wie hängt er in der Sache mit drin? Er wird Förster nicht zufällig getötet haben." Maryanne beantwortete sich die Frage selbst. „Es gibt nur zwei mögliche Motive. Er ist entweder Teil von Biggys Mannschaft oder er steht einem Opfer nahe. Welchen Grund sollte es sonst für so eine Wahnsinnstat geben? Kessen ist geschieden, laut der Akten war er vor drei Jahren für ein halbes Jahr verheiratet, dann kam die Trennung." Maryanne kramte im Kopf nach den Informationen über Kessen, die vor ein paar Stunden noch so unwichtig erschienen waren.

„Was ist mit seiner Ex-Frau? Hat die Kinder mit in die Ehe gebracht? Vielleicht hat er eine bessere Beziehung zu denen, als eine Scheidung nahelegt."

„Wenn ja, hätte er ein Motiv."

„Hat er eine Nichte?", fragte Gusenberg.

„Mir ist keine bekannt, ich habe aber auch nicht danach gesucht. Wir müssen das prüfen." Eine Mischung aus Ärger und Unbehagen legte sich auf Maryannes Gesicht.

„Da vorne ist das Hotel." Gusenberg deutete auf den grauen Koloss, der sich grotesk über die anderen Häuser im Viertel erhob. *Wer hoch hinaus will, kann tief fallen*, dachte Gusenberg. Er konnte seinen Blick nicht von dem Gebäude lösen. Dort oben, wo das Absperrband im Wind flatterte, musste Ann gestern gestanden haben. Maryanne hatte recht, ihr Tod brachte dem Unbekannten wenig, zumindest wenn ihre Theorie stimmte. Und in diesem Punkt war er sich nicht sicher.

Maryanne parkte den Wagen auf der Straße neben dem Eingangstor der Baustelle. Eine Kette und ein Vorhängeschloss verhinderten das Eindringen von Unbefugten.

„Dafür brauchen wir den Schlüssel oder schweres Gerät. Die Spurensicherung hat sicher einen Bolzenschneider dabei." Gusenberg rüttelte an der Kette.

„Willst du so lange warten? Ann wurde zu einem Loch im Zaun gelotst. Das können wir auch nutzen." Maryanne blickte sich um, lief ein paar schnelle Schritte nach rechts, brach ihre Mission ab und lief den Weg zurück. „Da lang!" Die Ermittlerin deutete nach links. „In der anderen Richtung ist fast nur Bretterzaun." Gusenberg folgte Maryanne, die vorauseilte. Es dauerte nicht lange, dann hatte seine Kollegin das Loch im Zaun gefunden, durch das sich Ann gestern Abend gezwängt haben musste. Gusenberg hatte es noch nicht erreicht, da war Maryanne schon hindurchgeschlüpft. Der Ermittler bückte sich und kletterte durch die Öffnung. Er blieb an einer der Drahtspitzen hängen und riss sich ein Loch ins Hemd. Er fluchte leise und richtete sich auf.

„Wir trennen uns und suchen die Baustelle ab." Maryanne ließ keine Widerrede zu, sondern setzte ihren Plan sofort in die Tat um. Gusenberg folgte ihrem Beispiel und machte sich auf der entgegengesetzten Seite auf die Suche. Mit einem mulmigen Gefühl schritt der Ermittler die Baustelle ab, immer darauf vorbereitet, eine grausame Entdeckung zu machen. Ein Mensch, der aus dieser Höhe in den Tod sprang, wurde beim Aufprall vollkommen zerschmettert. Ein harter, schneller und grausamer Tod. Ob Ann wirklich gesprungen war, nur weil ein vollkommen Fremder es ihr befohlen hatte? Er hatte die Chatverläufe gelesen, hatte gemerkt, wie süchtig Ann nach der Anerkennung geworden war. Sie hatte sich selbst verletzt und gestohlen, aber würde sie auch ihr eigenes Leben beenden? Eine unglaubliche Vorstellung. Gusenbergs Blick war stur auf den Boden gerichtet. Die Natur hatte begonnen, sich das Gelände zurückzuerobern. Gras spross zwischen dem Kies und den Betonplatten. Paletten faulten zwischen Glasscherben und rostigen Eisengittern. Vandalen hatten sich mit Graffitis und Aufklebern auf dem stoisch trotzenden Betonskelett verewigt und zwischen all den Überbleibseln der Vergangenheit lag genau das, was er gesucht hatte.

„Ich hab was!" Gusenberg winkte Maryanne heran und ging in die Knie. Der Ermittler betrachtete den schlanken schwarzen Korpus der Taschenlampe. An mehreren Stellen war die Farbe abgeplatzt und der Edelstahl glänzte hervor. Die Linse war gesprungen, die Birne geplatzt.

„Das muss die Taschenlampe sein, von der im Chat die Rede war", Gusenberg erhob sich und blickte an dem Gebäude empor. „Ann stand also auf dieser Seite des Gebäudes."

„Ich habe nichts gesehen, das darauf hinweist, dass sie gesprungen ist."

Maryanne blickte sich suchend um. Es gab kein zerdrücktes Gras, keine Abdrücke auf der blanken Erde, keine Blutspritzer. Würde nicht die Taschenlampe vor ihnen im Gras liegen, es gäbe keinen Beweis, dass Ann hier gewesen war.

„Das ist gut, das heißt, Ann lebt noch, wo immer sie auch ist. Wir haben noch eine Chance, wir können sie noch retten."

Der Wagen der Spurensicherung hielt vor der Einfahrt der Baustelle. Ein Mann stieg aus und rief den Ermittlern etwas Unverständliches zu. Maryanne lief zum Tor, kurz darauf flogen Funken, als der Mann damit begann, das Vorhängeschloss aufzuflexen. Gusenberg warf einen letzten Blick auf das Flatterband auf dem Dach der Baustelle. Egal was Ann zugestoßen war, hier würden sie keine Antwort darauf finden. Das Tor wurde aufgestoßen und die Männer und Frauen der Spurensicherung fluteten die Baustelle. Maryanne war aus seinem Sichtfeld verschwunden. Gusenberg machte sich auf den Weg, hier waren sie fertig. Er zog sein Handy aus der Tasche und drückte eine der Kurzwahltasten.

„Hallo, Peer. Hier ist Emil. Kannst du mir einen Gefallen tun? Ich brauche alles über die familiäre Situation von Thorsten Kessen und das so schnell wie möglich. Es geht um Leben und Tod."

Kapitel 35

Solomon Diekman war so kooperativ wie überrumpelt, als die Ermittler ohne Termin und Klopfen in seinem Büro standen. Es brauchte nur wenige Worte, um den Gefängnisdirektor von der Dringlichkeit der Situation zu überzeugen. Diekman hatte Kessen sofort aus seiner Arrestzelle holen, und in einen Verhörraum bringen lassen. Auch wenn Gusenberg ihn dort gerne länger hätte zappeln lassen, sie hatten keine Zeit für derartige Spielchen. Peer Brandt hatte ihnen eine Reihe von Informationen zugespielt, deren Brisanz sich erst in den letzten Stunden offenbart hatte.

Sie hatten endlich das Verbindungsglied zwischen Kessen und Förster gefunden.

Es war nie um Rache gegangen. Es war eine Ironie des Schicksals, dass die beiden Männer eigentlich im selben Boot gesessen hatten.

Nun war Rolf Förster tot und sein Mörder saß, die Hände und Füße gefesselt, an einem Tisch in einem fensterlosen Kabuff im Keller der Justizvollzugsanstalt Westheim-Kranenburg.

Maryanne und Gusenberg hatten sich ihm gegenüber aufgebaut. Der Ermittler versuchte, die Körpersprache seines Gegenübers zu deuten. War da Trotz? Wut? Angst? Er konnte es nicht sagen. Der dürre Mann ließ die Schultern hängen. Er hatte sich in den letzten

Wochen einen ungepflegten Bart stehen lassen, sein Blick war auf den Boden gerichtet. Nur selten blickte er auf und betrachtete die Ermittler aus traurigen, tief in den Höhlen liegenden Augen.

Maryanne stützte sich mit beiden Händen auf der Tischplatte ab, ihre Knöchel knackten. Sie atmete tief ein und fixierte Kessen mit einem strengen Blick. Kessen hielt ihr nicht stand und senkte den Kopf.

„Wieso haben Sie uns nicht gesagt, dass Sie erpresst werden?"

Kessen zuckte auf seinem Stuhl zusammen, seine Hände begannen zu zittern.

Maryanne wurde lauter. „Wer hat Ihnen den Auftrag gegeben, Rolf Förster zu ermorden? Wenn Sie nicht mit uns reden, können wir Ihnen nicht helfen."

Kessen schwieg, aber der Ermittler konnte erahnen, was für Gefühle in dem Mann toben mussten. Er hatte nur einen Versuch und musste die richtige Entscheidung treffen. Nicht für ihn selbst, sondern für die Person, die er so tapfer zu schützen versuchte. Gusenberg kam nicht umhin, Kessen für sein Opfer zu bewundern. Er war ein Mörder, er hatte das schlimmste Verbrechen begangen, das es in dieser Gesellschaft gab, aber er hatte es getan, weil er dachte, dass es das Richtige sei. Und doch wäre alles, was er geopfert hatte umsonst, sollte er sein Schweigen nicht brechen.

Es war Zeit für Antworten. Maryanne ließ nicht locker, sie hatte sich in Rage geredet. „Schauen Sie mich an!" Kessen hob widerwillig den Kopf. „Ich sage Ihnen jetzt einmal was. Wer immer Sie erpresst, hat Rolf Försters Nichte getötet. Er war dem Täter auf der Spur und Sie haben ihn getötet. Damit haben Sie auch Ihr

Schicksal besiegelt und vielleicht das von der Person, die sie schützen wollen. Wenn Sie uns jetzt alles sagen, was Sie wissen, haben wir noch eine Chance den wahren Täter zu schnappen."

Kessens Augen füllten sich mit Tränen. Er senkte den Kopf auf seine Brust. „Das wusste ich nicht." Es war nicht mehr als ein Flüstern.

„Ihr Name ist Mia, oder?" Maryanne hatte sich aufgerichtet, streckte den Rücken durch und setzte sich auf den einzigen freien Stuhl.

Eine Träne tropfte auf den Tisch.

„Ja, Mia Lange." Kessen zog die Nase hoch, er wollte sich die Tränen von der Wange wischen, doch die Ketten hielten ihn zurück.

„Erzählen Sie mir von ihr", sagte Maryanne nun sanfter. Sie hatte Kessen mit all ihrer Wut gebrochen.

„Sie ist die Tochter meiner Schwester. Sie ist vierzehn, ich habe sie, seit ich hier bin, nicht mehr gesehen."

„Wieso wurde sie nicht vermisst gemeldet?"

Kessen atmete schwer, als versuchte er das, was auf seinem Herzen lag, über die Lunge loszuwerden.

„Mia wohnt nicht bei meiner Schwester, sie wohnt in einem Heim. Meine Schwester kann sich nicht um sie kümmern, ihr geht es nicht gut. Mia ist ständig abgehauen, ist immer wieder bei Freunden untergekommen oder hat auf der Straße gelebt. Aber ich wusste immer, wo und wie ich sie finden konnte, sie ist jedes Mal wieder aufgetaucht. Nur ..." Kessen brachte den Satz nicht zu Ende.

„Seit wann ist Mia verschwunden?"

„Ich weiß es nicht. Ich wurde vor ..." Kessen machte eine Pause. „Ich kann Ihnen nicht einmal sagen, wann es war, eine Woche, vielleicht auch zwei. Zeit bedeutet hier drinnen nicht so viel wie draußen.“

„Wir können den genauen Zeitpunkt ermitteln, sagen Sie uns nur, was an dem Tag passiert ist.“

„Ich wurde ans Telefon gerufen, es hieß, meine Verteidigerin wollte mich sprechen. Von Amtsstätten heißt die. Ich wunderte mich, wir hatten erst am Vormittag desselben Tages ein Treffen gehabt. Ich habe mir aber nichts dabei gedacht. Am Telefon war aber nicht die von Amtsstätten. Es war Mia, sie weinte und hat mich um Hilfe angefleht, dann war da diese Stimme. Die mir gedroht hat. Ich hätte nur *eine* Chance, wenn ich Mia wiedersehen wollte.“ Gusenberg konnte sehen, wie jedes Wort, jeder Fetzen Wahrheit, der Kessens Mund verließ, gleichzeitig Schmerz und Frieden brachte. Wie schwer musste die Last dieses Mannes sein?

„Der Anrufer, war es ein Mann oder eine Frau?“, fragte Maryanne.

„Ich weiß es nicht. Die Stimme war verzerrt. Mir wurde gesagt, dass ich mich um diesen Rolf Förster kümmern sollte. Nur dann würde Mia freikommen. Wenn ich ihn nicht in den nächsten vierundzwanzig Stunden töten würde, würde Mia sterben. Ich habe getan, was ich tun musste, seitdem habe ich nichts mehr gehört. Nichts von der Stimme und nichts von Mia.“

Mit den letzten Worten war Kessen auf dem Stuhl immer kleiner geworden. Er hatte sämtliche Kraft verloren.

„Wer hat Ihnen das Messer gegeben?“, schaltete sich Gusenberg ein. Kessens Geschichte stand und fiel mit der Frage nach der Mordwaffe.

„So ein Typ, Murat irgendwas, ich kann ihn identifizieren, wenn das nötig ist. Ich habe ihn bei der Arbeit in der Küche kennengelernt. Der Kerl kann dir hier drinnen alles besorgen. Schnaps, Stoff, Handys – einfach alles. Er hat das Messer besorgt. Ich habe ihn gefragt, ob er ’ne Waffe hat. Ich habe ihm erzählt, dass ich Angst davor habe, fertiggemacht zu werden. Keinen Tag später hatte er mir das Messer besorgt. Er hat mich ausgenommen wie eine Weihnachtsgans.“

„Wir werden Ihre Aussage prüfen.“ Maryanne erhob sich, öffnete die Tür und winkte einen der uniformierten Vollzugsbeamten herbei. Im Flüsterton schilderte sie dem Mann die Situation und dieser machte sich auf den Weg.

Gusenberg ergriff das Wort. „Wir werden dafür sorgen, dass Sie zum Schutz in eine Einzelzelle kommen.“

Kessen hob den Kopf und starrte Gusenberg mit trüben Augen traurig an. „Jetzt ist es auch schon egal. Seien Sie ehrlich. Glauben Sie, dass Mia noch lebt?“

Gusenberg zögerte kurz, bevor er antwortete. „Ich weiß es nicht. Ich will Sie nicht anlügen. Wir haben keine Leiche gefunden, die auf Mias Beschreibung zutrifft. Leider heißt das in diesem Fall nicht viel.“

Kessen tat Gusenberg leid, auch wenn er ein Mörder war, war er ein Opfer. Ob ihm von Anfang an klar gewesen war, dass er Mia nie wiedersehen würde? Egal ob er Förster getötet hätte oder nicht. Wer immer das Mädchen in der Gewalt hatte, hätte keinen Grund, sie nach Försters Tod am Leben oder sogar freizulassen. Was sollte Kessen schon tun? Selbst jetzt, wo sie die Wahrheit wussten, war es schwer, den Täter zu ermitteln. Das Telefonat zwischen der angeblichen Anwältin und ihrem Mandanten war nicht mitgeschnitten worden. Es gab keinen Beweis für die Erpressung, außer der Aussage eines Mörders, der vielleicht nur versuchte, seinen Kopf aus der Schlinge zu ziehen.

Kessen schluchzte. „Ich bitte Sie, retten Sie Mia. Mir ist egal, was mit mir geschieht, aber bitte retten Sie Mia. Ich weiß, dass sie noch eine Chance hat.“

Maryanne legte Gusenberg eine Hand auf die Schulter. Es war Zeit zu gehen. Der Ermittler blickte auf Kessen herab.

„Wir tun, was wir können. Wir können aber nichts versprechen.“

Kapitel 36

Noch nie hatte Ann die Dunkelheit eine solche Angst gemacht wie in diesem Moment. Wo war sie? Sarah hatte gesagt, dass sie gewonnen hatte. Aber so fühlte sich kein Sieg an. Ihre Gedanken kreisten nur um eine Frage: Wäre sie wirklich gesprungen? So verrückt es auch klang, hätte ihr Marc die Anweisung gegeben, sie wäre gesprungen. Sie konnte es nicht glauben. Sie wäre für Marc, einen vollkommen Unbekannten, in den Tod gesprungen. Ohne zu zögern, ohne zu überlegen, ohne zu fragen. Aber diese Sarah hatte gesagt, dass sie auch so gewonnen hätte. Die letzte Prüfung musste nicht erfüllt werden. Sie war nur ein Test, um zu prüfen, ob sie auch wirklich bereit war. Sarah hatte ihr eine Belohnung versprochen, für ihren Mut und für ihr Durchhaltevermögen. Dafür, dass sie eine der wenigen war, die das Spiel bis zum Ende gespielt hatte. Sarah hatte sie zu einem Wagen gebracht und ihr etwas zu trinken gegeben; sie hatten auf ihren Sieg angestoßen, dann war Ann plötzlich so müde geworden. Sarah hatte versprochen, sie zu Marc zu bringen, um ihr ihre Belohnung zu geben. Ann war in den Wagen gestiegen, hatte noch das Starten des Motors gehört, das Schaukeln gespürt, dann war alles schwarz.

Ann starrte in die Dunkelheit, sie musste in einem Keller sein. Die Luft war muffig und es war irgendwie feucht, als wäre der Raum schon seit Jahren nicht mehr gelüftet worden. Ihr Herz schlug schnell, ihr Hirn weigerte sich einzusehen, dass sie eine Gefangene war. Ann richtete sich auf, ihre Glieder waren schwer. Sie wusste nicht, wie lange sie geschlafen hatte, es konnten ein Tag oder nur ein paar Minuten gewesen sein. Sie rieb sich die Schulter, der harte Untergrund hatte seine Spuren hinterlassen. Ann hatte nur ein Kissen, keine Decke oder eine Matratze. Ihre Finger tasteten sich in der Dunkelheit voran, stießen auf den Untergrund, auf dem sie lag, kaltes, hartes Holz. Ann suchte weiter die Umgebung ab, erreichte die Kante der Pritsche und die kalte Steinwand hinter sich. Die Erkenntnis setzte ein.

„Hallo? Sarah? Marc? Ich will nicht mehr spielen. Ich will nach Hause." Anns Worte verhallten in der Dunkelheit. Mit angsterfüllten Bewegungen tastete sie nach ihrem Handy. Es war nicht mehr in ihrer Tasche.

„Wo bin ich? Marc? Bitte mach das Licht an!" Ann tastete den Boden vor der Pritsche nach ihrem Rucksack ab, fand jedoch nichts. Ihr Atem ging schnell, der modrige Geruch verursachte ihr Übelkeit.

„Ich will nicht mehr spielen! Ich habe Angst! Das ist nicht mehr lustig!" Ann schrie so laut sie konnte. Von der Decke und den Wänden hallte ein spöttisches Echo wider.

„Wenn du so schreist, wird sie böse."

Ann schreckte zurück und stieß ihren Kopf an der Wand hinter sich an. Aus Wut wurden Angst und Schmerz. Sie griff sich an den Hinterkopf, stöhnte, beugte sich nach vorne und versuchte, den Schmerz wegzuatmen.

„Wer bist du?" Ann hörte Schritte. Ein Schlurfen und das Geräusch von nackten Füßen auf hartem Stein.

„Bleib weg! Komm mir nicht zu nah!" Ann riss das Kissen, das auf der Pritsche lag nach oben und hielt es wie ein Schild vor sich. Die Schritte kamen näher, aber aus welcher Richtung? Die grausamen Geräusche hallten von den Wänden und der Decke wider. War das nur eine Person? Oder waren es mehrere? Ann schrie, sie schlug mit dem Kissen in die Dunkelheit. Immer und immer wieder, bis sie auf einen Widerstand traf. Ann war schlecht vor Angst, ihr Hals schmerzte, ihre Augen füllten sich mit Tränen. Sie riss an dem Kissen, aber egal, was die andere Seite festhielt, es ließ nicht los. Mit aller Kraft stieß Ann das Kissen in die Richtung, in der sie die andere Person vermutete. Sie hörte ein Stöhnen und dann einen dumpfen Aufschlag. Ann sprang auf, sie wollte losstürmen, die Situation zur Flucht nutzen, aber sie wusste weder, wo sie war noch wo sie hinmusste. Sie machte einen schnellen Schritt nach vorne, schlug sich den Fuß an einer Kante an und sank wimmernd auf die Pritsche zurück.

„Ich will dir nichts tun." Die Stimme war nur ein Flüstern, fast übertönt durch das Schlagen ihres Herzens und dem Rauschen ihres Blutes.

„Wer bist du?" Ann saß mit angewinkelten Knien auf der Pritsche, den Rücken gegen die kalte Wand gedrückt.

„Ich bin Laura. Ich bin eine Gefangene wie du und wie Mia."

Sie war eine Gefangene? Ja, das war sie, sie hatte es nur nicht einsehen wollen, bis zu dem Zeitpunkt, an dem es ausgesprochen war. Wer war Mia? Was war mit dieser Laura? Was war hier los? All diese Fragen schossen Ann durch den Kopf. Aber die einzige Frage, die sie über die Lippen brachte, war: „Wieso gibt es hier kein Licht?"

Sie wollte einfach nur sehen, wo sie war. Die Dunkelheit sollte verschwinden und damit hoffentlich ein Teil der Angst.

„Es gibt Licht, aber wir lassen es aus. Mia hat Angst vor dem Licht. Sie braucht die Dunkelheit. Die Dunkelheit bringt Frieden. In der Dunkelheit kann dir nichts passieren. Solange es dunkel ist, sind wir sicher."

Ann verstand nicht, wie konnte man die Dunkelheit dem Licht vorziehen? Ihre Augen gewöhnten sich nur langsam an die Schwärze. Ein paar Schritte entfernt schälte sich eine Silhouette aus der Dunkelheit. Das musste Laura sein. Sie konnte nicht viel größer sein als sie selbst. Der Schmerz am Hinterkopf hatte nachgelassen. Ann konnte wieder einen klaren Gedanken fassen.

„Wie alt bist du?", fragte sie.

„Vierzehn", kam es aus der Dunkelheit.

„Wieso bist du hier? Wieso bin ich hier? Was passiert hier?"

„Du hast auch mit Marc gespielt." Es war keine Frage. Ann schluckte schwer. „Ja. Du etwa auch?"

„Ja, auch Mia." Stille breitete sich aus. Ann hörte ihren Herzschlag und Lauras Atem. Aber da war noch etwas. Ein Wimmern, wie von einem gequälten Tier. Es klang traurig, war voller Schmerz und Todessehnsucht.

„Mia, sie ist wach. Ich bin froh, dass du da bist. Mia spricht nicht mehr. Nicht nach all dem, was sie erlebt hat. Ich bin nicht stark, aber Mia ist schwach." Ann glaubte zu erkennen, wie Laura sich von ihr wegdrehte.

Nein, sie durfte nicht weggehen, Ann stand auf, streckte ihren Arm aus und versuchte Lauras Schulter zu erreichen. Sie griff ins Leere.

„Brauchst du Hilfe?" Laura streckte Ann die Hand entgegen.

„Ja." Anns Finger schlossen sich um Lauras.

„Der Weg ist frei, wir müssen nur langsam laufen. Es gibt nur wenige Stufen hier. Eine ist genau vor dir."

Wieder ertönte das Wimmern, dieses Mal war es lauter.

„Was ist mit ihr?", fragte Ann.

„Ich weiß es nicht. Aber es geht ihr schlecht. Ich habe Angst davor, dass ich genauso enden werde." Lauras letzte Worte waren von einer Nüchternheit, die Ann die Angst in das Herz trieb, sie begann zu weinen. In welche Hölle war sie hier nur hineingeraten?

„Warum sind wir hier? Wieso? Ich will nach Hause!"

Laura stoppte, sie drehte sich zu Ann um. „Es tut mir leid. Wir sind hier für die Männer. Manchmal kommen sie hierher, manchmal machen sie Fotos oder Filme. Aber meistens machen sie Schlimmeres und irgendwann nehmen sie einen mit."

Ann schloss die Augen, heiß rollten die Tränen über die kalte Haut, sammelten sich zu großen Tropfen und stürzten in die Dunkelheit. Was hatte sie nur getan?

Kapitel 37

Die Sonne stand schon tief am Himmel, als sich die Ermittler wieder auf den Weg machten. Auf dem Flur des Gefängnisses waren ihnen zwei weitere Wärter und der Gefängnisseelsorger entgegengekommen. Sicher würden sie Kessen in nächster Zeit nicht aus den Augen lassen. Ob er Suizid begehen würde, wenn sie Mia nicht lebend finden würden? Wie sehr konnte man einen Menschen quälen, bevor er brach? Gusenberg wusste nicht, was er an Kessen Stelle tun würde, aber nüchtern betrachtet, war der Tod eine Erlösung.

Die Zentralverriegelung des Dienstwagens schnappte auf, Maryanne riss die Fahrertür auf, hielt inne und blickte zu Gusenberg hinüber. Der Ermittler konnte sich keinen Reim auf das Verhalten seiner Kollegin machen. Der Fall ging auch ihm nah, wie musste es erst ihr gehen? Es war egal, wie professionell man war, Kinder waren eine Sache, die niemanden kalt ließ. Es musste die Hölle sein, wenn man selbst Kinder in dem Alter hatte. Wieder war er dankbar dafür, dass er nicht Franka Roßkopfs Job machen musste.

„Eine Sache verstehe ich nicht", Maryannes Stimme war ruhig und gefasst. „Förster saß bereits zwei Wochen im Gefängnis. Warum wurde er nicht vorher ermordet? Wieso wartet man vierzehn Tage, immerhin war die Tatwaffe schnell besorgt, ein passender Mörder stand bereit. Außerdem waren Täter und Opfer von Beginn an am selben Ort. Warum hat der Unbekannte gezögert?"

„Es gibt für mich nur einen sinnvollen Grund, es war vorher nicht nötig. In den vierzehn Tagen ist etwas passiert, das dazu geführt hat, dass Förster selbst im Gefängnis eine Gefahr war."

„Was ist passiert?", fragte Maryanne.

Gusenberg setzte gerade zu einer Antwort an, als Maryannes Handy klingelte. Die Ermittlerin zog es aus der Tasche und ließ sich auf den Fahrersitz fallen.

„Eine unbekannte Nummer."

Gusenberg schlug die Beifahrertür zu und legte die Stirn in Falten, als er das zersplitterte Handydisplay betrachtete. Er wollte etwas fragen, brach dann aber ab.

Maryanne nahm den Anruf nach dem fünften Klingeln entgegen und schaltete den Lautsprecher an.

„Maryanne Schröder. Mit wem spreche ich?"

„Hallo? Ist da Maryanne Schröder von der Polizei?" Die Frau am anderen Ende der Leitung hatte die Worte offensichtlich gerade irgendwo abgelesen.

„Ja, die bin ich, wie kann ich Ihnen helfen?"

„Mein Name ist Brigitte Mechler. Wir hatten uns am Kreuzner Bühl getroffen. Ich war mit Roberta Gassi."

Maryanne nickte wissend, sagte jedoch nichts, die alte Dame hätte sie wohl auch nicht zu Wort kommen lassen.

„Sie hatten gesagt, ich soll mich melden, wenn mir etwas Seltsames auffällt. Und das tue ich jetzt, ich bin gerade von meiner Runde mit Roberta nach Hause gekommen. Eigentlich wäre ich ja früher gegangen, aber

Roberta ging es in den letzten Tagen nicht gut. Sie hat kaum gefressen, heute ging es ihr aber besser und –"

„Wieso rufen Sie an, Frau Mechler?" Da war sie wieder, die Wut, die Maryanne so überhaupt nicht zu Gesicht stand und bei diesem Fall doch so verständlich war.

„Ja, genau." Auch Frau Mechler blieb Maryannes Stimmung nicht verborgen. Sie verlor kurz den Faden, zögerte, stotterte und fuhr dann mit ihrer Erzählung fort. „Also, ich bin wie immer an dem alten Bahnwärterhaus vorbeigekommen, und dieses Mal habe ich da jemanden gesehen. Es war sehr auffällig, weil sich dort ja normalerweise keiner aufhält."

„Können Sie mir die Person beschreiben?", fragte Maryanne auf Höflichkeit bedacht.

„Personen." Brigitte Mechler betonte die Mehrzahl. „Es waren zwei Männer, sie haben sich gestritten. Der eine hatte eine Glatze und war sehr schlank, der andere war kleiner und etwas kräftiger mit kurzen Haaren. Der Glatzkopf machte auf mich den Anschein, als sei er der Hausherr. Der andere war wohl ein ungebetener Gast."

Gusenberg versuchte, die neuen Informationen zu verarbeiten. Die Beschreibung der Frau war so allgemein, dass sie auf viele Männer zutraf, aber sie traf eben auch auf Vollbrecht zu. Wobei der Ermittler Vollbrecht nicht mit dem Wort kräftiger beschreiben würde, egal, neben wem er stehen würde. Er blickte zu Maryanne hinüber, die nun wieder das Wort ergriff. „Haben Sie etwas verstanden? Worum ging es in dem Streit?"

„Nein, ich konnte nichts verstehen, ich war zu weit
weg. Ich wollte auch gar nicht näher herangehen. Es
war eine sehr hitzige Debatte und aus Ärger halte ich
mich kategorisch raus. Der kleine Mann hat den Glatzkopf angeschrien und sogar geschubst. Vielleicht hat er
ihn auch geschlagen, es sah so aus, als hätte der eine
Mann ein geschwollenes Gesicht, das waren bestimmt
Blutergüsse. Der Glatzkopf hatte dann auf einmal etwas in der Hand und dann ist der andere Mann zurück-
gewichen. Ich habe nicht erkennen können, was es
war. Vielleicht ein Messer oder ein Knüppel. Für einen
kurzen Augenblick dachte ich, dass ich jetzt Zeuge eines Mordes werde. Ich habe einen solchen Schreck bekommen, dass Roberta gebellt hat. Das macht sie eigentlich nie, sie ist eine ganz Ruhige, deswegen kann
ich sie ja auch so einfach in der Wohnung halten.“

Maryanne räusperte sich.

„Entschuldigung, also die beiden haben sich dann zu
mir umgedreht, ich bin ganz schnell in die andere Richtung gelaufen und habe keinen Blick mehr zurückge-
worfen. Es war fürchterlich!“

„Wann war das?“

„Vor einer halben Stunde ungefähr. Ich habe Sie sofort angerufen, als ich nach Hause gekommen bin. Leider hatte ich mein Handy auf dem Küchentisch liegen
lassen. Sonst hätte ich Sie natürlich früher informiert.“

„Können Sie ins Präsidium kommen und Ihre Be-
obachtungen zu Protokoll geben?“, fragte Maryanne.

„Heute noch?“ Frau Mechler klang wenig begeistert.

„Das wäre gut.“

„Das geht leider nicht. Ich muss Roberta noch ihre Pil-
len geben, außerdem habe ich auf den Schreck erst

einmal einen Sekt getrunken, und wenn ich Alkohol getrunken habe, fahre ich grundsätzlich nicht mehr, aber morgen früh kann ich vorbeikommen."

Maryanne startete den Motor und rollte vom Parkplatz der JVA.

„Vielen Dank für Ihren Anruf, Frau Mechler."

„Ich hoffe, ich konnte Ihnen helfen."

„Das haben Sie."

Maryanne legte auf und drückte das Gaspedal durch. „Kleiner Mann mit einem blauen Auge, klingt irgendwie nach Andrej Vollbrecht."

Gusenberg schaltete das Blaulicht an.

„Wenn wir uns beeilen, bekommen wir unseren Galgenvogel vielleicht noch zu fassen."

„Wenn es wirklich Vollbrecht ist, bin ich auf seine Ausrede gespannt."

Maryannes Blick war starr auf die Straße vor ihr gerichtet. Sie überholte zwei Wagen und fuhr gerade noch rechtzeitig über eine rotwerdende Ampel.

„Wer glaubst du, ist der Glatzkopf?", fragte Maryanne. „Biggy?"

„Daran habe ich auch schon gedacht", gab Gusenberg zurück. Biggy, ein Name, bei dem nicht klar war, ob es sich um eine Person handelte oder mehrere. Ein Name, der lange geruht hatte, nur um wieder aufzuerstehen, um dort anzuknüpfen, wo er vor Jahren aufgehört hatte. Gusenberg hatte sich in den langen Nächten an der Bar überlegt, was für ein Mensch Biggy sein musste und was ihn zu seinen Taten trieb. Aber es war vergeblich gewesen. Nun hatten sie die Chance, es selbst herauszufinden.

„Wir werden es hoffentlich bald wissen."

Kapitel 38

Die Lichter des Dienstwagens tanzten über Bäume und Sträucher und rissen die Natur aus der einsetzenden Dunkelheit zurück ins Licht. Hier, außerhalb der Stadt, kam die Nacht früher. Es gab keine beleuchteten Schaufenster oder Straßenlaternen, die sich ihr in den Weg stellten und ihr bis zum Morgengrauen trotzten.

„Den Rest müssen wir laufen", sagte Maryanne, als sie den Wagen am Wegesrand abstellte.

„Das Haus ist circa zweihundert Meter den Hügel nach oben." Die Ermittlerin deutete den Hang hinauf.

Gusenberg versuchte, etwas zu erkennen, aber eine Reihe großer Bäume schirmten ihr Ziel vor seinem Blick ab.

„Dann mal los." Maryanne holte mit ernster Miene zwei Taschenlampen aus dem Kofferraum und schnallte sich das Holster mit ihrer Dienstwaffe um. Gusenberg zögerte kurz, dann griff auch er nach dem Holster. Natürlich musste er seine Dienstwaffe tragen. Sie wussten nicht, was sich dort oben verbarg. Vielleicht war das Haus leer, vielleicht trafen sie aber auch auf einen Mann, der Kinder manipulierte, einsperrte und sie am Ende elendig verrecken ließ. Gusenbergs Herz schlug schneller, als er die Schnalle seines Halfters schloss. Er spürte die schwere Kälte des Metalls durch sein Hemd. Er hatte das Gefühl, dass das Gewicht der Waffe ihn aus dem Gleichgewicht brachte. Wie eine Unwucht, bei einem sonst so rund laufenden Motor.

„Bist du bereit?" Maryanne hielt ihm eine der Taschenlampen hin.

Eine gute Frage. War er bereit? Er hatte keine Wahl. Er musste bereit sein. Gusenberg nickte und griff nach der Lampe. Schweigend machten sich die Ermittler auf den Weg zu dem alten Bahnwärterhaus. Bedächtig setzten sie einen Fuß vor den anderen. Es war gerade noch hell genug, dass sie auf die Taschenlampen verzichten konnten. Sie mussten eventuellen Anwesenden nicht telegraphieren, dass jemand auf dem Weg war. Kies knirschte unter ihren Schuhen, vereinzelt waren Vögel zu hören. Nach wenigen Schritten gaben die Bäume den Blick auf das Haus frei. Ein dunkler, abweisender Klotz inmitten der Natur. Ein Fremdkörper, der es sich über Jahre häuslich eingerichtet hatte. Es brannte kein Licht, niemand war zu sehen.

Daran änderte sich auch nichts, als die Ermittler vor dem lidschäftigen Zaun Position bezogen. Das Gartentor quietschte, als Maryanne es vorsichtig aufdrückte.

„Riechst du das?", fragte Gusenberg leise. Maryanne schnupperte in die Dunkelheit.

„Es riecht nach Rauch. Woher kommt das?"

Der Ermittler zuckte mit den Schultern.

„Vielleicht grillt hier –" Er erstarrte mitten im Satz und deutete auf einen pulsierenden hellen Schein, der plötzlich hinter einem der Fenster erschienen war.

„Scheiße! Es brennt." Gusenberg sprintete zur Haustür und drückte die Klinke nach unten.

„Verschlossen!"

In diesem Moment zerbarst auf der Rückseite des Hauses eine Scheibe. Ein dumpfer Aufschlag kündete davon, dass jemand aus dem Fenster gesprungen war.

„Geh du rechtsherum!" Maryanne rannte los. Gusenberg umrundete das Haus auf der anderen Seite. Der Müll im Garten verhinderte ein schnelles Vorankommen. Er wich einem Stapel Brennholz aus und stieß gegen ein leeres Ölfass. Schmerz durchzuckte sein Bein, er fluchte.

„Bleiben Sie stehen!" Das war Maryanne, er konnte weder erkennen, wo sie war, noch wen sie verfolgte. Gusenberg hatte das Haus umrundet. Das Licht seiner Taschenlampe erfasste Maryanne, die gerade über den Maschendrahtzaun sprang, der das Grundstück umgab.

„Er ist hier lang!" Sie deutete in die Dunkelheit. Gusenberg erkannte einen Schemen, der über die angrenzende Wiese davonstürmte. Er zog sein Handy hervor. Sie mussten die Feuerwehr verständigen.

„Scheiße. Kein Netz."

Maryanne hatte den Zaun hinter sich gelassen und setzte dem Flüchtigen nach. Sie war kaum ein Dutzend Schritte weit gekommen, da hatte sie die Dunkelheit verschluckt.

Gusenberg machte kehrt. Er rannte den Weg zurück, den er gekommen war. Die ersten Flammen leckten nun schon aus dem Fenster die Hauswand empor.

***

Maryanne landete hart auf der trockenen Erde. Sie federte die Landung ab und rannte los. Der Lichtkegel von Gusenbergs Taschenlampe huschte über ihren Rücken und kurz darauf über die Beine der dunklen Gestalt nur ein paar Meter vor ihr. Gusenberg rief etwas, aber sie konnte es nicht verstehen. Das Gras peitschte gegen ihre Waden, als sie dem Unbekannten nachsetzte. Der Vorsprung war da, aber er war nicht groß. Es waren keine zehn Meter. Mit großen Schritten schloss Maryanne auf, während sich Verfolgerin und Verfolgter der dunkel drohenden Waldgrenze näherten. Sie musste sich beeilen, in der Waldschwärze lief sie Gefahr, den Schemen vollständig aus den Augen zu verlieren. Ihre Lunge begann zu brennen, aber sie würde nicht aufgeben. Sie sparte sich die Luft, eine Aufforderung zum Anhalten zu brüllen. Wer da vor ihr rannte, würde sicher nicht stoppen. Mit jedem Schritt schmolz der Vorsprung des Unbekannten dahin. Langsam konnte sie mehr erkennen als nur graue Schlieren in der Dunkelheit. Eine dunkle Jeans, helle Turnschuhe und ein Hemd, das im Wind flatterte. Ihr Herz hämmerte in der Brust und trieb Blut und Adrenalin durch jede Ader ihres Körpers. Es würde nicht mehr lange dauern, dann wäre sie in Reichweite.

***

Gusenberg rannte den Kiesweg zum Dienstwagen zurück, der Rauch folgte ihm. Der Ermittler starrte auf sein Telefon.

„Mach schon!" Er hob das Handy gen Himmel im verzweifelten Versuch, Hilfe zu holen. Es dauerte eine Ewigkeit, dann endlich erschien erst ein kleiner, dann zwei weitere, größere Balken auf dem Display. Er hatte wieder Empfang. Mit schnellen Fingern und ruhiger Stimme, einer über die Jahre antrainierten Routine, setzte er einen Notruf ab. Gusenberg blickte zu dem Bäumen empor, die das Haus vor unerwünschten Blicken abschirmten. Die Feuerwehr würde mindestens eine halbe Stunde brauchen, um diesen entlegenen Winkel der Stadt zu erreichen, und in dieser Zeit würden vielleicht wichtige Beweise vernichtet werden. Noch hatte er die Möglichkeit, etwas zu retten. Gusenberg rannte zu dem Haus zurück. Feuerschein erhellte die Dunkelheit, Qualm stieg dem Nachthimmel entgegen.

Gusenberg lief um das Haus herum zu dem Fenster, aus dem der Brandstifter herausgesprungen war. Glas knirschte unter seinen Schuhen, der Ermittler stieg auf eines der Fässer, das unterhalb des Fensters stand und fasste ins Innere. Der Fenstergriff ließ sich nicht drehen. Gusenberg hielt die Taschenlampe wie einen Knüppel und schlug das restliche Glas aus dem Rahmen, bevor er vorsichtig hineinkletterte.

***

Sie hatten die Baumgrenze fast erreicht, aber der Vorsprung des Mannes war auf weniger als einen halben Meter geschrumpft. Maryannes Arm schoss nach vorne, ihre Finger schlossen sich um den wehenden Stoff des Hemdes. Die Ermittlerin riss mit aller Kraft an dem Stoff, die beiden Kontrahenten kamen ins Straucheln und stürzten aus vollem Lauf zu Boden. Maryanne versuchte, sich mit der freien Hand abzufangen, schaffte es nicht und prallte hart auf dem Boden auf.

Die Luft wurde aus ihrer Lunge getrieben, für einen kurzen Augenblick verlor sie die Orientierung. Der Unbekannte schrie und zappelte wie ein Fisch auf dem Trockenen. Maryanne hatte keine Zeit für Schmerzen, sie drückte sich nach oben und zog an dem Hemd. Für einen Augenblick konnte sie erkennen, wen sie da gepackt hielt. Andrej Vollbrecht starrte sie mit einer Mischung aus Angst und Zorn an. Hastig versuchte er, sich zu lösen, wand sich auf dem Boden und riss sich das Hemd vom Körper. Ein letzter Ruck, dann war Vollbrecht frei. Er stieß sich von Maryanne ab und rappelte sich auf.

„Keine Bewegung!"

„Fick dich, Schlampe! Ich gehe nicht noch mal wegen dieser Scheiße in den Knast!" Vollbrecht atmete schwer.

„Sie haben keine Chance! Selbst wenn Sie entkommen, morgen sucht das ganze Land nach Ihnen!"

Maryanne war wieder auf die Füße gekommen. Wie zwei Boxer in der letzten Runde standen sich die beiden gegenüber. Maryanne lauerte darauf, dass Vollbrecht die Deckung sinken ließ und sich zur Flucht wandte, dann würde sie zuschlagen.

„Dann brauche ich wohl einen Vorsprung!" Vollbrecht spuckte aus. Mit einer schnellen Bewegung zog er ein Messer hervor. Er machte einen Schritt auf Maryanne zu, diese wich zurück. Aus den Boxern waren in einem Sekundenbruchteil Gladiatoren geworden. Das Messer schnitt drohend durch die Nachtluft. Maryanne schleuderte Vollbrecht das ramponierte Hemd entgegen und griff nach ihrer Dienstwaffe.

Gusenberg atmete flach. Es stank nach Moder und Rauch. Der Ermittler schaltete die Taschenlampe ein. Sie hatte durch den Einsatz als Keule keinen Schaden genommen. Er stand in einem leeren Zimmer, in dem sich die schimmlige Tapete von den Wänden löste. Die Tür war aus den Angeln gebrochen und achtlos auf den Boden geworfen worden. Gusenberg setzte seinen Weg fort, das Licht seiner Taschenlampe tanzte über die Wände und die Decke des Flurs, wo sich drohend erste Rauchschwaden sammelten.

Der Schein des Feuers erhellte den Flur vor ihm. Der Ermittler konnte drei weitere Türen erkennen, kurz hinter der Haustür führte eine Treppe in das Obergeschoß. Dieser Weg wäre der reine Selbstmord, die Flammen würden ihm den Rückweg abschneiden. Selbst hier, am Ende des Flurs hatte er schon einen beißenden Gestank in der Nase. Er machte einen schnellen Schritt nach vorne, und spähte in den zweiten Raum. Das musste früher einmal die Küche gewesen sein, jedoch war davon bis auf den Fliesenspiegel nichts geblieben. Die Löcher für die Anschlüsse waren grob zugespachtelt worden. Der Boden war mit Unrat und Dreck übersäht. Schimmel hatte sich an der Decke ausgebreitet. In einer Ecke lagen zwei Stühle, die zusammen auf drei Beine kamen. Sie waren umringt von Scherben und leeren Dosen. Gusenberg wollte den Raum gerade verlassen, als ihm etwas auffiel. Direkt neben dem Eingang stand etwas, das definitiv nicht hierhergehörte. Ein rundes, dünnes Objekt. War es das, was er dachte? Das Nylon fühlte sich klamm an. Das

Einmannzelt war orangefarben, mit schwarzen Palmen. Genau das Richtige für eine unbeschwerte Strandparty. Gusenberg griff sich das Zelt. Er hatte es noch nie gesehen, aber er wusste ganz genau, wann und von wem es gekauft worden war. Er hatte den Kassenbon selbst in Rolf Försters Wohnung sichergestellt. Das Zelt war der Beweis, dass Melissa hier gewesen sein musste. Er lief zurück zum Fenster und warf das Zelt in die Dunkelheit. Sie waren auf der richtigen Spur. Welche Geheimnisse barg dieses Haus noch und hatte er noch genug Zeit ihm diese zu entreißen?

***

Die Angst war aus Andrej Vollbrechts Gesicht verschwunden, alles, was geblieben war, war Zorn. Er machte einen schnellen Schritt nach vorne und stach nach Maryanne. Die Ermittlerin sprang zur Seite und brachte etwas Abstand zwischen sich und den Angreifer. Vollbrecht war zu nah, als dass sie ihre Waffe ziehen konnte, aber weit genug entfernt, dass er sie nicht ohne Weiteres angreifen konnte. Sie hatte ihn in die Enge getrieben und steckte doch in einem Patt fest. Was waren Vollbrechts Möglichkeiten? Würde er wirklich eine Polizistin töten? Was wäre, wenn sie ihn einfach laufen ließ? Es war die Wahrheit, morgen würde das ganze Land nach ihm suchen. Jeder, der mit ihm Kontakt hatte, würde überwacht werden, jede Straße aus Westheim heraus wäre heute Abend noch blockiert. Sie würden die Bahnhöfe überwachen und den Flughafen abriegeln. Es gab keinen Ausweg.

Vollbrecht machte erneut einen Schritt auf Maryanne zu, diese wich zurück.

„Wollen Sie das wirklich tun?", fragte Maryanne und wich einen weiteren Schritt zurück.

„Sie lassen mir keine Wahl! Warum konntet ihr mich nicht einfach in Ruhe lassen?" Vollbrechts weinerlicher Tonfall widerte Maryanne an. Sie spürte die Wut in sich aufsteigen. Egal, was es kosten würde, sie würde Andrej Vollbrecht heute nicht entkommen lassen. Er würde dafür büßen, was er diesen Kindern angetan hatte! Die Klinge des Messers durchschnitt die Nachtluft. Vollbrecht war sichtlich ungeübt, seine Bewegungen waren hölzern und folgten keiner Strategie. Dennoch wäre es eine tödliche Dummheit, ihn zu unterschätzen.

***

Gusenberg musste husten, als er wieder den Flur betrat. Der Qualm breitete sich immer weiter aus. Die Flammen griffen nun schon auf den vermoderten Teppichboden im Gang über. Glutnester bildeten sich auf dem dunklen Teppich und sahen aus wie die Lichter einer fernen Stadt.

Ein Klopfen ertönte, gefolgt von unverständlichen Rufen. Gusenberg zuckte zusammen, war das die Feuerwehr? Nein, das konnte nicht sein. Er hätte die Sirenen hören müssen, hätte das Blaulicht gesehen. Woher kam das? Gusenberg blieb stehen und lauschte. Da war es wieder, das Klopfen und Rufen. Es war ganz in der Nähe. Gusenberg blickte sich um und erkannte, woher die Geräusche kamen. Unter der Treppe, in die Wand eingelassen, war eine Tür. Eine unscheinbare, dunkel gestrichene Metalltür und irgendjemand schlug auf der anderen Seite dagegen. Der Ermittler stürzte zu ihr und drückte die Klinke. Verschlossen.

„Hallo?“ Gusenberg schlug mit der flachen Hand gegen die Tür. „Hallo, ist da jemand?“

Er unterdrückte ein Husten. Der Rauch wurde langsam unerträglich.

„Wir sind hier drin. Mein Name ist Ann.“ Das Mädchen hustete. „Ich bin hier gefangen. Bitte holen Sie uns raus!“

„Bist du alleine?“ Gusenberg presste sein Ohr gegen die Tür. Anns Stimme klang schwach durch das Metall.

„Wir sind zu dritt.“

„Geh von der Tür weg, ich breche sie auf!“ Gusenberg machte einen Schritt zurück, stieß sich von der gegenüberliegenden Wand ab und krachte mit der Schulter gegen das Metall. Ann schrie, Gusenberg prallte zurück, stieß gegen ein kleines Schränkchen und hustete. Er musste die Tür aus den Angeln brechen, das war ihre einzige Chance.

„Ich versuche es noch einmal!“ Ein weiterer Anlauf, ein weiteres Abprallen. Gusenberg sank auf die Knie. Seine Hände gruben sich in den modrigen Teppich. Der Geruch von Fäulnis stieg ihm in die Nase.

Er rappelte sich auf und rannte in die Küche. Hier musste es doch etwas geben, mit dem er die Tür aufbrechen konnte. Ein Rohr oder einen Schürhaken. Irgendetwas, mit dem er die Mädchen befreien konnte. Doch da war nichts. Die Stuhlbeine waren hohl und aus Aluminium, sie würden die Belastung nicht aushalten. Die Kupferrohre waren schon längst aus den Wänden gerissen worden, denn sie waren bares Geld wert. Gusenberg rannte zur Tür zurück, prüfte, ob er das Schloss vielleicht aufschießen konnte. Ein Sicherheitsschloss, dafür würde er sicher mehr als Neunmillimeterkugeln brauchen. Aber was hatte er schon zu verlieren? Er positionierte sich so, dass ihn der Querschläger nicht treffen konnte, und drückte ab. Es knallte. Ann schrie vor Angst. Gusenberg drückte die Klinke. Nichts. Das Schloss hatte nur einen Kratzer, auf dem Metall der Tür hatten sich Schmauchspuren niedergeschlagen. Gusenberg schoss noch einmal. Wieder kein Effekt. Die Flammen fraßen sich nun durch die hölzerne Wandvertäfelung. Mit Wut und Verzweiflung trat Gusenberg gegen die Tür. Immer und immer wieder traf sein Fuß das Schloss. Sein Bein schmerzte, reflexhaft zog er die Luft ein, Rauch füllte seine Lungen. Gusenbergs Husten ging in ein Würgen über, dann ergoss sich ein Schwall Galle auf den modrigen Teppich.

„Ann!" Der Ermittler ging wieder in die Knie, hustete, spuckte aus und wischte sich mit dem Handrücken über den Mund.

„Ja?! Was ist da draußen los?"

„Hör mir zu. Ich bekomme die Tür nicht auf. Ihr müsst die Tür abdichten. Nehmt alles, was ihr könnt, und stopft es in jede Ritze. Hast du mich verstanden?"

„Ja." Ann hustete.

„Ann, hör mir zu. Hilfe ist unterwegs. Ihr müsst nur noch ein bisschen durchhalten." Gusenberg raffte sich auf. Seine Schulter schmerzte, sein Bein schmerzte, seine Lungen brannte, heiße Tränen flossen seine Wangen hinab. Die Flammen hatten nun auf die Treppe übergegriffen. Er musste hier raus, wenn er nicht ersticken wollte. Gusenbergs Blickfeld verschwamm, seine Augen kämpften gegen den beißenden Qualm. Der Ermittler atmete immer mehr Rauch ein. Es zwang ihn erneut in die Knie, Gusenberg suchte die Taschenlampe. Seine Hand stieß gegen etwas, hart und ledrig. Für einen kurzen Moment verstand er nicht, was es war. Dann bewegte es sich. Die Schildkröte von der Anns Mutter gesprochen hatte! Er musste sie von dem Schrank gestoßen haben. Gusenberg umschloss das Tier und kroch hustend in Richtung des Fensters. Ann rief etwas, Gusenberg konnte es erst kaum verstehen. Dann verstand er es. Er brauchte einen weiteren Moment, bevor er realisierte, was das Mädchen damit meinte. Er würgte erneut. Ann rief die Worte, immer und immer wieder, bis er aus der Hörweite war.

***

Maryanne und Andrej Vollbrecht belauerten sich wie zwei wilde Hunde kurz vor dem Sprung. Ein Schritt nach vorne, ein Schritt zurück. Die Ermittlerin hielt die Arme in Abwehrhaltung, immer bereit, auf einen Angriff zu reagieren, für den Vollbrecht noch zu feige war. Er versuchte sich Zeit zu erkaufen, obwohl alles gegen ihn lief. Sicher war die Verstärkung schon unterwegs. Wenn sie ihn noch etwas länger hinhalten könnte …

„Geben Sie auf, Vollbrecht! Sie haben keine Chance!"

„Lieber sterbe ich, als dass ich in den Knast geh!" Vollbrechts Finger schlossen sich fest um den Griff des Messers, er verlagerte sein Gewicht von einem Bein auf das andere. Maryanne war klar, dass er sich zu einem Angriff bereit machte. Dieses Mal würde sie sich nicht übertölpeln lassen, dieses Mal würde man sie nicht in die Knie zwingen. Es gab für beide nur diese eine Chance. Maryanne redete weiter auf Vollbrecht ein, versuchte, ihn in Sicherheit zu wiegen, während sie das Messer nicht aus den Augen ließ.

Vollbrecht schrie und stürzte nach vorne, die Klinge direkt auf Maryannes Brust gerichtet. Maryanne sprang zur Seite, griff nach Vollbrechts Hand und umschloss sein Handgelenk. Die Klinge schrammte über ihren Handrücken und riss eine widerliche Wunde. Die Ermittlerin spürte, wie ihr das warme Blut zwischen die Finger lief. Vollbrecht schrie noch immer. Er versuchte, sich loszureißen, zerrte an Maryannes Hand und trat um sich.

Nicht loslassen! Wenn du loslässt, bist du tot!

Blut spritzte durch die Dunkelheit, dicke Tropfen landeten Maryanne im Gesicht. Vollbrecht griff mit seiner freien Hand nach Maryannes Haaren. Sie warf den Kopf zurück, Vollbrecht erwischte ein paar einzelne Strähnen und riss sie ihr aus.

Sie musste ihn zu Boden bringen, nur dann hatte sie eine Chance. Vollbrecht hatte seinen Plan offenbar noch nicht aufgegeben. Seine Hand schoss nach vorne und versuchte erneut, sich in Maryannes Haaren festzukrallen. Dieses Mal wich die Ermittlerin nicht zurück, sondern ging zum Angriff über. Mit einer abrupten Bewegung knallte sie ihre Stirn auf Vollbrechts Nase. Ein ekliges Knacken hallte durch die Einsamkeit des Waldes. Vollbrecht stöhnte. Sein Widerstand erschlaffte. Maryanne taumelte zurück. Sie durfte nicht nachlassen. Sie lehnte sich mit ihrem gesamten Gewicht gegen Vollbrecht und trat zu. Sie traf ihn satt unterhalb des Knies. Er kam ins Wanken, ein zweiter Tritt und Vollbrecht ging keuchend zu Boden. Der Griff um das Messer lockerte sich, es glitt Vollbrecht aus der Hand und verschwand im hohen Gras. Maryanne beugte sich über Vollbrecht und schlug zu. Ihre Faust traf ihn mitten ins Gesicht. Vollbrechts Kopf wurde nach hinten geschleudert. Jeder Widerstand erstarb, Maryanne schlug noch einmal zu und noch einmal. Für einen kurzen Moment verschwamm ihr Blick, sie sah dort auf dem Boden vor ihr Paul Esch. Maryanne schlug noch einmal zu. Niemand würde sie je wieder so behandeln. Niemand!

***

Gusenberg kletterte mit wackeligen Beinen aus dem Fenster. Er suchte das Fass, fand es nicht, trat ins Leere und stürzte auf die Erde. In der Ferne waren Sirenen zu hören. Der Ermittler hustete, Tränen schossen ihm in die Augen. Gierig sog er die Luft ein. Er brauchte eine Pause, aber er hatte keine Zeit. Er musste der Feuerwehr Bescheid geben. Sie mussten die Mädchen da rausholen, bevor sie erstickten. Das Feuer würde ihnen unerbittlich den Sauerstoff entziehen. Es gab keine Kellerfenster, der einzige Weg in die Freiheit führte durch die Flammen.

Gusenberg raffte sich auf, mit dem Zelt und der Schildkröte unter dem Arm torkelte er zum Gartentor. Wo war Maryanne? Hatte sie den Flüchtigen gestellt? Blaulicht tauchte am Fuß des Hügels auf. Ein Geländewagen kämpfte sich quälend langsam den Weg nach oben, mit kurzem Abstand folgte ein Löschzug. Das

Feuer hatte sich nun in das Obergeschoss vorgearbeitet. Flammen züngelten die Fassade empor. Das alte Holz knackte, als es ein Fraß des Feuers wurde.

Gusenberg konnte die Hitze nicht mehr ertragen, die sich auf sein Gesicht legte. Er zog sich zurück. Alles, was er tun konnte, war hoffen und beten. Beten zu einem Gott, an den er schon seit Jahren nicht mehr glaubte. Hinter ihm schlug eine Autotür zu. Ein Mann näherte sich mit schnellen Schritten.

„Haben Sie den Notruf abgesetzt? Ich bin der Einsatzleiter!"

„Ja. Ich bin von der Polizei. Im Keller dieses Hauses sind Kinder gefangen." Gusenberg brauchte seine gesamte Kraft, um aufrecht stehen zu bleiben.

Der Einsatzleiter starrte voller Entsetzen in das Feuer, das sich zu einem Inferno gesteigert hatte. Gnadenlos fraßen sich die Flammen durch den Dachstuhl. Der Einsatzleiter rannte zu seinem Fahrzeug und brüllte etwas in sein Funkgerät. Gusenberg betrachtete die Schildkröte – sie lebte. Verängstigt hatte sie sich in ihren Panzer zurückgezogen. Wenigstens etwas hatte er retten können. Feuerwehrmänner sprangen aus dem Löschfahrzeug und rollten Schläuche aus. Ein zweites Fahrzeug erreichte das Haus. Die Löscharbeiten begannen, aber niemand wagte sich in das Inferno hinein.

„Das Haus ist einsturzgefährdet!", brüllte eine Stimme über das Knistern des Feuers und Prasseln des Wassers. Gusenberg stand einfach nur da, unfähig, einen einzigen klaren Gedanken zu fassen.

***

Vollbrecht wimmerte. Maryanne atmete schwer.

„Hände. Auf. Den. Rücken!“

Ihre blutverschmierten Finger rutschten von den Handschellen ab, dann rasteten sie endlich ein. Sie hatte es geschafft. Die Ermittlerin raffte sich auf und zog den wimmernden Vollbrecht nach oben.

Jetzt erst spürte Maryanne den Schmerz, die Schnittwunde an der Hand, die aufgeschlagenen Knie, die aufgeplatzten Fingerknöchel, die ausgerissenen Haare. Sie musste Vollbrecht stützen, als sie langsam zum Haus zurückliefen. Blaulicht empfing sie auf halben Weg. Die Flammen stiegen meterhoch in den Nachthimmel. Maryannes Blick war gefangen. Vollbrecht hob den Kopf.

„Es brennt. Es ist vorbei.“ Vollbrecht verzog sein geschundenes Gesicht zu einem Lächeln.

„Nicht für dich, du mieses Arschloch.“

Vollbrecht machte einen Schritt auf das Inferno zu, aber Maryanne schubste ihn in die Richtung, in der sie ihren Dienstwagen vermutete. Niemand achtete auf die beiden abgerissenen Gestalten, die sich den Hang hinunterquälten.

Maryanne kettete Vollbrecht im Auto an und verschloss die Tür, dann machte sie sich auf die Suche nach Gusenberg. Schnell entdeckte sie ihn zwischen den Einsatzfahrzeugen. Die einzige Person, die einfach nur dastand.

Maryanne steuerte auf ihren Kollegen zu.

„Was hast du da?“ Maryanne deutete auf die Dinge, an denen sich ihr Kollege apathisch festklammerte.

Der Ermittler betrachtete die Sachen in seinen Händen.

„Ich glaube, das ist Melissas Zelt und das ist Anns Schildkröte.“

„Wo hast du die Sachen gefunden?“

„Im Haus.“ Gusenberg starrte in die Flammen. „Ich war noch mal drin.“

Krachend stürzte der Dachstuhl in sich zusammen. Funken stoben durch die Nacht. Die Hitze schwoll an, der Ermittler trat einen Schritt zurück.

„Wo ist Ann?“

Gusenberg schwieg, aber Maryanne verstand auch so.

„Hast du ihn erwischt?“ Gusenberg löste seinen Blick und betrachtete seine Kollegin. Ihre Hose war dreckig, das Haar zerzaust. Sie presste ein Tuch auf eine Wunde an ihrer linken Hand.

„Du blutest ja!“

„Alles halb so schlimm. Vollbrecht hat sich gewehrt, aber ich habe ihn. Er sitzt unten im Auto. Ich werde ihn gleich den Kollegen übergeben.“

„Dieses Mal wird er nicht so einfach davonkommen“, sagte Gusenberg trotzig. „Dieses Mal wird er für alles bezahlen.“

Kapitel 39

Die Betriebsamkeit der Feuerwehr ebbte ab, die Einsatztruppe hatte es geschafft, den Brand unter Kontrolle zu bringen. Das Haus war nicht mehr zu retten gewesen. Die Männer der Feuerwehr konzentrierten sich darauf, dass das Feuer nicht auf die trockene Wiese und den nahen Wald übergriff. Routiniert wurde das tausendfach geübte Programm abgespult. Es dauerte jedoch noch mehr als drei Stunden, bis die Flammen endgültig gelöscht waren.

Vollbrecht war den Kollegen übergeben worden, ein Arzt hatte Maryannes Wunden versorgt. Gusenberg hatte sich widerwillig einer ärztlichen Untersuchung unterziehen müssen. Er hatte sich bei dem Versuch, die Tür aufzubrechen, mehrere Blutergüsse und eine leichte Rauchvergiftung zugezogen. Nichts davon konnte ihn davon abhalten, diesen Fall hier und heute zu Ende zu bringen. Ungeduldig warteten die Ermittler darauf, dass die Feuerwehr ihre Arbeit beendet hatte. Dann endlich bekamen die Ermittler die Freigabe des Einsatzleiters, die Ruine zu betreten.

Das komplette obere Stockwerk war vom Feuer verschlungen geworden, die Stümpfe der Dachbalken ragten wie ein groteskes Gerippe in den nun wieder dunklen Himmel. Rauchschwaden tanzten durch die Luft, es stank erbärmlich. Eine Notärztin und zwei

Feuerwehrmänner mit Äxten begleiteten die Ermittler in die Ruine. Der Boden war vom Wasser getränkt, Gusenbergs Schuhe liefen voll. Wie ein Storch stakste er durch die Löschwasserpfützen. Bei jedem Schritt ertönte ein ekelhaftes Schmatzen.

Gusenberg beobachtete, wie einer der Feuerwehrmänner einen Balken aus dem Weg räumte. Mit so einer Axt hätte er es vielleicht geschafft, die Mädchen zu befreien. Nun war es zu spät. Es war ihm nicht leichtgefallen, aber mit jeder Sekunde, die verstrich, musste er sich mehr und mehr eingestehen, dass niemand dieses Feuer überlebt haben konnte.

Von der Treppe, die ins Obergeschoss führte, war nicht mehr viel geblieben. Ein groteskes Gebilde, das nach wenigen Schritten im Nichts endete.

„Wir müssen da lang." Gusenberg deutete auf die schwarz angelaufene Metalltür, an der er vor wenigen Stunden so kläglich gescheitert war. Nun stellte sie kein Hindernis mehr dar. Das Feuer hatte den kompletten Türrahmen verschlugen. Die Tür ragte schräg in den Flur hinein, was sie genau in dieser bizarren Position hielt, konnte der Ermittler nicht erkennen. Die beiden Männer der Feuerwehr räumten das Hindernis mit einer Leichtigkeit zur Seite, die ihrem Widerstand gegen Gusenbergs Bemühungen spottete.

Vor den Ermittlern eröffnete sich ein klaffendes Loch im Boden, steinerne Stufen führten in die Dunkelheit. Löschwasser tropfte von der Kante in die Tiefe. Gusenberg atmete tief durch.

„Warten Sie bitte hier, wir rufen Sie, wenn wir Sie brauchen."

Maryanne schaltete ihre Taschenlampe ein. Sie zögerte kurz, als wollte sie fragen, ob Gusenberg bereit war, für das, was sie dort unten finden würden, dann setzte sie sich in Bewegung. Gusenberg tat es ihr gleich; mit einer Hand am Geländer, auf jeden Schritt bedacht, stiegen sie in den Keller hinab. Die Treppe führte die Ermittler mindestens zwanzig Stufen in die Tiefe. Vielleicht hatten es die Mädchen ja doch geschafft, schoss es dem Ermittler durch den Kopf. Der Keller war überraschend tief. *Aber warum sind sie dann nicht schon längst in die Freiheit geflohen?* Er sollte aufhören, sich Hoffnung zu machen. So ein Inferno konnte niemand überleben. Wer nicht verbrannte, würde ersticken.

Das Licht ihrer Taschenlampen schnitt durch die Dunkelheit. Gusenbergs Schuhe hatten sich nun vollständig mit dem dreckigen Löschwasser vollgesogen, das stundenlang in den Keller gesickert war. Die Luft im Keller war stickig und rauchgeschwängert. Gusenberg musste ein Husten unterdrücken, als er den Treppenabsatz erreicht hatte.

Der Ermittler hatte mit vielem gerechnet, aber nicht mit dem, was sich ihnen offenbarte. Ungläubig folgte sein Blick dem Licht der Taschenlampen. Hier unten, im Keller des verlassenen Bahnwärterhauses, standen mehrere Kameras. Grobschlächtig und verschmutzt. Gusenberg erkannte das Logo, das auf den Verschalungen prangte, sofort. *Westheim Lokal TV*, das mussten die Kameras sein, die vor ein paar Monaten aus dem Studio des Lokalsenders gestohlen worden waren. Ihm wurde heiß und kalt. Seine Hände zitterten, dieser Ort, er musste es sein. Gusenberg leuchtete die den Kameras gegenüberliegende Wand ab. Er rief sich die Bilder vor

Augen, die ihm Franka Roßkopf gezeigt hatte. Die Steckdose, der Riss, die fleckig gestrichene Wand. Es war alles da, es gab keine Zweifel.

Sie waren in Biggys Studio.

Der Ort, an dem jahrelang Kinder gefangen gehalten und gequält worden waren. Der Ort, den so viele Polizisten gesucht hatten, und von dem so mancher glaubte, er würde nicht existieren. Gusenberg hatte das Gefühl, dass das Licht seiner Taschenlampe die Dunkelheit nicht vertreiben konnte. Ihm war schlecht.

„Hier drüben!" Gusenberg hörte Maryannes Stimme aus weiter Ferne. Der Ermittler folgte ihr und dem Licht. Er watete vorsichtig durch knöcheltiefes Wasser, stieß an Kabel, die wie giftige Schlangen unter der Wasseroberfläche lauerten.

Auf einem abgewetzten Sofa, in der dunkelsten Ecke dieses Höllenlochs, lagen sie. Gusenberg erkannte nur zwei der Mädchen: Ann Fischer und Kessens Nichte Mia. Eng umschlungen hatten sich die drei Mädchen in den letzten Winkel des Kellers zurückgezogen und gehofft, dass sie es schaffen würden. Sie hatten es nicht.

„Sie ist tot." Maryanne legte ihren Handrücken auf die Wange des unbekannten Mädchens. Auch Mia und Ann zeigten keine Lebenszeichen.

Gusenberg wollte etwas sagen, aber er konnte es nicht.

Er begann zu frieren. Sie hatten es nicht geschafft, die Mädchen waren tot. Die Notärztin drängte sich zwischen die Ermittler, platzierte ihre Arzttasche neben den Mädchen auf dem Sofa und prüfte routiniert die Vitalfunktionen. Ihre Miene verfinsterte sich, als sie Maryannes Diagnose bestätigte. Sie packte die Leiche des jungen Mädchens an der Schulter und legte sie sanft auf die Seite. Erst jetzt konnte die Notärztin Mia erreichen. Sie prüfte Puls und Atmung, dann schüttelte sie den Kopf. Gusenberg entfuhr ein Seufzer. Ann Fischer hatte die Augen geschlossen, ihr Gesicht überzog ein überraschend friedlicher Ausdruck, der nicht zu der Hölle dieses Gefängnisses passte. Die Rettung war so nah gewesen. Wären sie nur ein paar Minuten früher angekommen, vielleicht hätten sie das Feuer löschen können. Wenn die Feuerwehr nur eher da gewesen wäre, wenn –

„Sie hat einen Puls! Er ist schwach, aber regelmäßig."

Gusenberg traute seinen Ohren nicht. Hatte die Ärztin das gerade wirklich gesagt? Ann war nicht tot, in diesem kleinen Körper steckte doch noch ein Funken Leben.

„Helfen Sie mir! Wir müssen sie nach oben bringen." Die Notärztin packte Ann unter den Schultern. „Nehmen Sie die Beine." Gusenberg umschlang Anns nackte Knöchel, die Haut war eiskalt. Wie konnte sie noch am Leben sein? Ein Ruck ging durch Anns Körper. Die Notärztin hatte sich aufgerichtet. Die Arme des Mädchens baumelten leblos hin und her. Die Frau rief den Feuerwehrmännern Befehle zu. Dann setzten sie sich in Bewegung. Vorsichtig watete sie durch das knöchelhohe Wasser, Gusenberg tat es ihr gleich. Mit einer an den Nerven zerrenden Langsamkeit trugen sie Ann die Treppe nach oben. Maryanne folgte schweigend mit der Tasche der Notärztin.

***

Die Männer der Feuerwehr waren von der Spurensicherung abgelöst worden. Gusenberg war müde, er konnte nicht mehr. Es war nun fast sieben Uhr morgens. Erst jetzt fiel ihm auf, wie sehr er nach Rauch stank. Ein Leichenwagen fuhr vor. Zwei Männer in Anzügen stiegen aus. In surrealer Ruhe zogen die Männer einen Zinksarg aus dem Fond und stellten ihn neben dem Wagen ab. Sie waren noch nicht an der Reihe. Zuerst mussten die Männer und Frauen in Weiß ihre Arbeit machen, dann kamen die Männer in Schwarz. Er konnte hier nichts mehr tun, zwei der Mädchen waren tot. Anns Leben hing immer noch am seidenen Faden. Maryanne sprach gerade mit einem Uniformierten.

Gusenberg musste weg. Er senkte den Kopf und lief zum Auto. Im Moment fiel ihm kein besserer Platz ein. Hatte Maryanne den Wagen abgeschlossen, nachdem Vollbrecht abgeholt worden war? Er konnte sich nicht mehr daran erinnern. Es kam ihm vor, als sei es Tage her, als sie den Anruf bekommen hatten, der sie hierhergeführt hatte.

Sein Handy vibrierte. Er hatte wieder Empfang. Gusenberg zog das Handy aus der Tasche. Nur eine Person hatte ihn angerufen, dieses jedoch zwanzig Mal in den letzten Stunden: Cecillia von Amtsstätten.

„Verdammt.“

Gusenberg drückte auf *Rückruf.* Es klingelte dreimal, dann wurde er auf die Mailbox weitergeleitet. Er überlegte kurz, ob er eine Streife bei Cecillia vorbeischicken sollte, entschied sich aber dagegen. Er würde selbst zu ihr gehen, aber erst musste er nach Hause.

Kapitel 40

Er musste Maryanne nicht lange bitte, auch sie war müde, auch sie wollte weg von diesem unheiligen Ort. Die beiden Ermittler brachten die Fahrt schweigend hinter sich. Gusenberg schloss die Augen, er wollte nur noch schlafen, aber immer, wenn sich die Lider schlossen, sah er das Feuer, den Rauch und die Mädchen im Keller. So blieb er wach, obwohl sein Körper etwas anderes wollte. Sein Kopf war leer, er konnte keinen klaren Gedanken fassen. Sie hatten ihr Ziel erreicht, Maryanne fuhr rechts ran. Als Gusenberg aus dem Auto stieg, fiel es ihm wieder ein.

„Wir haben immer noch die Schildkröte im Auto."

Maryanne blickte auf die Rückbank. Sowohl das Einmannzelt als auch die Schildkröte lagen ziemlich genau dort, wo Gusenberg sie abgelegt hatte.

„Ich kann sie in die Forensik bringen", sagte Maryanne tonlos.

„Ich glaube, die Schildkröte braucht etwas zu essen, sie wurde sicher seit Anns Entführung nicht mehr gefüttert." Gusenberg öffnete die Hintertür und griff sich das Tier. „Ich habe bestimmt noch etwas Essbares da."

Maryanne nickte. „Treffen wir uns in sechs Stunden im Büro? Dann können wir die vorläufigen Berichte besprechen und Vollbrecht durch die Mangel drehen. Er liegt gerade noch im Krankenhaus."

„Ja." Gusenberg schlug die Autotür zu und Maryanne fuhr los.

Der Ermittler wollte nur noch ins Bett, aber er hatte Angst. Angst vor dem, was er sehen würde, wenn er die Augen schloss. Vielleicht hatte er sich deswegen dazu entschieden, die Schildkröte zu füttern. Damit er ein paar Minuten länger etwas zu tun hatte. Gusenberg hatte keine Ahnung von Reptilien. Waren Schildkröten überhaupt Reptilien? Er nahm einen Schuhkarton aus dem Schrank und stellte die Schuhe zurück. Er lief zur Theke und legte den Karton mit Küchenrolle aus. Dann stellte er eine kleine Schüssel mit Wasser in den Karton und suchte ein paar genießbare Reste aus dem Biomüll. Es waren für alle harte Zeiten, aber anscheinend schien es dem Tier zu schmecken. Gusenberg wollte gerade duschen, als sein Handy klingelte. Er zuckte zusammen, es war Cecillia. Verdammt, er hatte sie vor lauter Müdigkeit ganz vergessen.

Der Ermittler nahm das Gespräch an.

„Hallo?" Cecillia klang gehetzt.

„Ja?", gab Gusenberg müde zurück.

„Gut, dass ich Sie erreiche. Ich brauche Ihre Hilfe."

Die Anwältin atmete schwer, Gusenberg höre Straßenlärm im Hintergrund.

„Wo sind Sie?"

„Ich bin auf dem Weg ins Präsidium. Ich muss Sie unbedingt sprechen."

„Um was geht es?" Gusenberg setzte sich an die Bar und beobachtete die Schildkröte im Karton.

„Nicht am Telefon!" Cecillias Stimme war ungewöhnlich scharf.

„Ich bin nicht im Präsidium, ich bin zu Hause. Ich werde auch erst wieder in ein paar Stunden im Büro sein.“

„Ich muss jetzt mit Ihnen sprechen. Es ist dringend. Bitte.“ Cecillias Stimme hatte jede Schärfe verloren.

Gusenberg überlegte kurz, bevor er Cecillia seine Adresse mitteilte.

„Wann können Sie da sein?“

Nun war es Cecillia, die schwieg.

„Ich kann in zehn Minuten da sein.“

Gusenberg stutzte. Er hatte nicht damit gerechnet, dass sie so schnell vor seiner Tür stehen würde.

Er murmelte ein *okay*, dann legte Cecillia auf.

Dieser Tag schien kein Ende zu nehmen, aber er musste einfach wissen, was Cecillia von ihm wollte. Anns letzte Worte fielen ihm wieder ein. Gusenberg fröstelte, er schlüpfte zurück in das nach Rauch stinkende Hemd und warf einen letzten Blick in den Schuhkarton. Die Schildkröte hatte sämtliches Gemüse gefressen. Er räumte den Karton hinter die Bar und wartete auf Cecillia. Es dauerte keine fünf Minuten, bis es an der Tür klingelt.

Cecillia sah so aus, wie er sich fühlte. Auch sie musste in dieser Nacht kaum geschlafen haben. Sie war ungeschminkt und sah zerbrechlicher aus als jemals zuvor. Ihre Kleidung stand dazu im krassen Gegensatz, sie trug erneut einen grauen Hosenanzug, eine Designerhandtasche und elegante Lederhandschuhe.

„Wenn Sie sich fragen, was hier so riecht, das bin ich“, sagte Gusenberg und versuchte sich an einem Lächeln.

„Was ist passiert?“ Cecillia warf einen Blick über die Schulter und trat ein.

„Ich war im Einsatz, ein Haus ist niedergebrannt“, sagte Gusenberg knapp, als er einen Schritt zur Seite machte.

Cecillia schloss die Tür, bevor sie sich an den Ermittler wandte.

„Ich war beim Arzt, eigentlich war es eine Routineuntersuchung.“ Cecillia ließ den Kopf hängen. Sie kämpfte mit den Tränen. „Ich habe nur noch einen Monat, mit viel Glück vielleicht sechs Wochen. Ich habe versagt, ich habe nichts herausgefunden. Ich werde sterben und die werden weitermachen.“

„Wir haben Biggy.“

Cecillia zuckte zusammen und blickte den Ermittler ungläubig an.

„Ihr habt ihn? Wer ist es?“

„Ja. Das Haus, das niedergebrannt ist, war sein Studio. Wir haben die Leichen von drei Mädchen geborgen. Andrej Vollbrecht ist vom Tatort geflohen.“

„Wurde er verhaftet?“

„Ja, wir haben ihn noch vor Ort gestellt, er wurde bei der Festnahme verletzt. Gerade befindet er sich in ärztlicher Behandlung.“

„Das sind großartige Nachrichten!“ Cecillia lächelte gequält.

„Sind sie das?“ Gusenberg machte einen Schritt auf die Anwältin zu.

„Ja, wieso? Das ist alles, was ich wollte.“ Cecillia wich einen Schritt zurück.

„Ich war in dem Haus“, sagte Gusenberg tonlos. „Ich war an der Kellertür, habe versucht, sie aufzubrechen, aber es hat nicht funktioniert. Die Mädchen waren noch am Leben, aber ich habe es nicht geschafft.“

„Das tut mir leid." Cecillia senkte den Kopf, hielt mit beiden Händen ihre Handtasche umklammert. Sie atmete schwer aus, wirkte erleichtert.

„Ich habe mit ihr gesprochen."

„Mit wem?"

„Einem der Mädchen, ihr Name war Ann Fischer, sie war dreizehn Jahre alt. Alles, was sie wollte, war zu überleben. Sie hatte solche Angst. Und ich habe sie nicht gerettet. Es ist meine Schuld, dass sie alle tot sind."

„Es ist nicht Ihre Schuld, Sie haben die Kinder nicht in den Keller gesperrt. Wir können nur froh sein, dass Biggy endlich das Handwerk gelegt wurde." Cecillia wollte ihm eine Hand auf die Schulter legen, aber der Ermittler zuckte zurück.

„Es gibt eine Sache, die mich nicht mehr loslässt." Gusenberg macht eine Pause. „Es ist nicht ihre Angst. Es sind ihre letzten Worte. Erst dachte ich, ich hätte mich verhört. Aber sie hatte es wiederholt, immer und immer wieder." Gusenberg taxierte Cecillia mit einem scharfen Blick. „Sie ist gefährlich."

Cecillia stand wie angewurzelt da.

„Ich habe die ganze Nacht darüber nachgedacht, aber jetzt macht alles Sinn. Förster musste sterben, damit er nicht erkannte, dass die Frau, die ihm alles untergeschoben hatte, seine eigene Anwältin war."

Mit einer schnellen Bewegung griff Cecillia in ihre Handtasche und riss eine Pistole hervor.

„Es tut mir leid, dass es so weit kommen musste." Cecillia richtete die Waffe auf den Ermittler.

„Du kannst dir die Plattitüden sparen." Gusenberg stand wie angewurzelt da. „Was willst du jetzt tun?

Mich erschießen? Damit kommst du nicht durch. Wir werden dich bekommen, wir haben genug Beweise. Vollbrecht wird auspacken. Ich weiß nicht, warum er das Feuer gelegt hat oder warum er dich überfahren wollte, aber ich werde es herausfinden."

„Dass ich nicht lache! Ihr habt genug Beweise, um Vollbrecht für immer einzubuchten, das stimmt. Aber ich sage dir, der Kerl wird keine zwei Wochen im Knast überleben. Dafür werde ich sorgen."

„So wie du es bei Förster getan hast? Alles, was Förster wollte, war zu wissen, was mit seiner Nichte passiert war."

„Und er hat es am Ende auch erfahren. Deshalb musste ich ihn loswerden. Seine Nichte wollte sich umbringen, es war egal ob ich sie vor den Zug schubse oder ob sie es beendet. Nur konnte ich vorher noch ein bisschen Geld mit ihr verdienen. Ich hatte allerdings unterschätzt, wie ungemütlich eine trauernde Familie sein kann. Aber Melissa hat mich gelehrt, dass ich mich bei den Schwächsten und Entbehrlichsten dieser Gesellschaft bedienen sollte. Keiner kümmert sich um diese Mädchen, keiner vermisst sie und die Wenigen, die es interessiert, haben keine gesellschaftliche Relevanz. Leider war Anns Mutter eine bessere, als ich gedacht hatte." Cecillia deutete Gusenberg an, dass er in die Knie gehen sollte. Der Ermittler gehorchte. Seine Muskeln schmerzten, seine Gelenke knackten ungesund.

„Geld? Das ist alles? Du hast all die Leben zerstört nur für Geld?"

„Es geht immer nur um Geld. Angebot und Nachfrage. Schau dir den Löffler-Clan an. Das sind alles widerliche Menschen ohne Moral, sie vertreten die schlimmsten

Verbrecher und werden dafür noch von der Gesellschaft gefeiert. Aber ich will mich nicht beschweren, Löffler Senior hatte zwar einen kleinen Schwanz, aber dafür ein umso größeres Maul. Schade, dass sein Sohn selbst Schwänze lutscht, das hat alles so viel komplizierter gemacht. Löffler Senior hat damals aktiv verhindert, dass der echte Biggy jemals vor Gericht gestellt wurde. Vollbrecht war immer nur ein Handlager und Hettrich ein naiver Trottel und ich, ich habe mir meine eigenen Gedanken gemacht und dieses florierende Geschäftsfeld übernommen. Ich brauchte nur noch ein paar Mädchen und ein paar helfende Hände. Auf Vollbrecht konnte ich nicht zurückgreifen, er wollte sich nicht noch mal die Finger verbrennen, deshalb wollte er mich töten, er dachte wirklich, dass mit mir alle seine Probleme verschwinden – er ist ein Trottel und Trottel werden am Ende gehängt."

Gusenberg konnte nicht glauben, was er da hörte. Aber es machte alles Sinn.

„Wo ist die Pistole?", fragte Cecillia schroff.

„Welche Pistole?"

„Die, von der du mir am Telefon erzählt hast, als ich ach so erschöpft zu Hause lag."

„Sie ist im Nachtkästchen, oberste Schublade." Gusenberg deutete auf das kleine weiße Schränkchen auf der gegenüberliegenden Seite des Raumes.

„Leg dich auf den Bauch. Die Hände hinter den Kopf."

Aus dem Augenwinkel beobachtete Gusenberg, wie sich Cecillia an der Schublade zu schaffen machte. Sie zog die Pistole heraus, prüfte das Magazin und ließ dann ihre eigene Waffe in der Handtasche verschwinden.

„Es ist bedauerlich, wenn Polizisten nicht mit den Erlebnissen im Dienst umgehen können. Im Vergleich zu der Normalbevölkerung ist das Selbstmordrisiko bei Polizisten stark erhöht. Gerade bei denen, die traumatische Dinge erlitten haben. Und das heute Nacht war eine schlimme Geschichte. Der große Held, der daran zerbricht, dass er die unschuldigen kleinen Mädchen nicht retten konnte.“

„Niemand wird die Selbstmordgeschichte glauben.“

„Darum geht es auch nicht, dein Selbstmord muss mir nur ein bisschen Zeit erkaufen. In dieser Hinsicht bin ich sogar froh, dass Vollbrecht mein Studio abgefackelt hat. Die Spurensicherung wird Wochen brauchen, um sich ein Bild zu machen, und bis dahin bin ich schon längst weg. Cecillia von Amtsstätten wird sterben. Die Arme ist aber auch so schwer krank. Ich habe mir schon einen Totenschein besorgt, in zwei Wochen werde ich einschlafen und nie wieder aufwachen. Ich werde schon längst das Land verlassen haben, bis irgendjemand auf die Idee kommt, Fragen zu stellen.“ Cecillia positionierte sich hinter Gusenberg und zielte mit der Waffe auf seinen Kopf.

„Das hast du dir alles schön überlegt, aber du hast mehr als einen Fehler gemacht. Vielleicht finden wir keine Fingerabdrücke im Haus, aber ich habe das Zelt vor den Flammen gerettet, in dem sich Melissa ersticken wollte. Dort werden wir Fingerabdrücke finden.“

Cecillia lachte. „Sicher werdet ihr darauf Fingerabdrücke finden, aber nicht von mir. Sondern von Harry Schneider, er hat mir anfänglich bei der Produktion geholfen, dieser Mann hatte eine sehr dunkle Seite, versteckt hinter der biederen Fassade eines Lokaljournalisten. Er hat mir bereitwillig geholfen, wenn ich ihn nur ab und an mit den Mädchen alleine gelassen habe. Aber er ist mir nach und nach zur Last gefallen. Es ist schon faszinierend, dass ein Mann, der gerne kleine Mädchen vergewaltigt, am Ende des Tages Skrupel hat, sie umzubringen. Ich bin froh, dass er tot ist. Ich habe mir einen Sekt aufgemacht, als er sich die Birne weggeschossen hat. Eines muss man ihm lassen, er war ein Showmensch bis zum Schluss."

Gusenberg hörte, wie der Schlitten der Waffe zurückgezogen wurde.

„Auf die Knie mit dir."

Gusenberg stieß sich vom Boden ab und richtete sich halb auf.

„Hat auch Harry Schneider Anns Schildkröte in ein Regal im Flur gestellt, oder warst das du?"

Zum ersten Mal wirkte Cecillia ehrlich überrascht.

„Was ist mit der Schildkröte? Wo ist das Viech?"

„Sie ist im Labor der Spurensicherung. Maryanne hat sie dort abgegeben, bevor sie mich nach Hause gefahren hat."

„Scheiße." Cecillia hatte einen Teil ihrer Selbstherrlichkeit eingebüßt.

„Na ja, egal. Meine Fingerabdrücke sind in keiner Kartei gespeichert, aber dann werde ich mich eben ein bisschen beeilen, bevor einer von euch Trotteln noch einen Geistesblitz hat. Los, setz dich auf den Stuhl. Es wird Zeit für deinen Selbstmord."

Gusenberg erhob sich, die Hände hinter dem Kopf gefaltet und ging zur Bar hinüber. Er setzte sich auf einen der Barhocker.

„Leg die linke Hand auf die Theke, die rechte kommt mit der Handfläche nach oben auf die Schulter. Wir wollen es doch so realistisch wie möglich machen."

Gusenberg gehorchte.

Cecillia näherte sich dem Ermittler, er konnte die kalte Mündung der Waffe an seiner Schläfe spüren.

„Gute Nacht, Herr Doktor."

Dann drückte Cecillia ab.

Nichts geschah.

Gusenberg fuhr herum, und stieß Cecillia von Amtsstätten mit ganzer Kraft seinen Ellenbogen ins Gesicht. Er konnte ein widerliches Knacken hören, als Cecillia zurücktaumelte und zu Boden stürzte. Der Ermittler sprang vom Hocker auf, trat ihr mit Wucht auf die Hand, die die Pistole umklammert hielt und griff nach ihrer Handtasche.

Cecillia stöhnte und hielt sich das Gesicht. Blut quoll zwischen ihren Fingern hindurch.

Cecillia versuchte sich zu erheben, schaffte es aber nicht. Dicke Tropfen stürzten zu Boden und färbten den Teppich rot.

Gusenberg zog ihre Waffe aus der Tasche und zielte auf sie.

Cecillia starrte ihn mit wutverzerrtem Gesicht an. „Drück schon ab! Erschieß mich. Das willst du doch, ich sehe es in deinen Augen!" Ihre Perücke war verrutscht, das blonde Haar klebte wirr in ihrem blutüberströmten Gesicht.

Gusenberg schüttelte den Kopf.

„So einfach wirst du nicht davonkommen. Du kommst noch früh genug in die Hölle." Der Ermittler beugte sich über die Anwältin, drückte sie zu Boden und legte ihr Handschellen an.

„Eine Sache solltest du noch wissen“, sagte Gusenberg.

Cecillia versuchte, den Kopf zu drehen, aber sie konnte sich Gusenbergs Griff nicht entwinden.

„Ann lebt.“

Epilog

2 Wochen später

„Und du willst sie wirklich behalten?", fragte Maryanne mit Blick auf den Schuhkarton vor ihr auf dem Schreibtisch.

„Ja. Ann hat sie mir zum Abschied geschenkt. Sie darf im Therapieheim keine Haustiere haben. Ich hoffe, dass sie sich irgendwann von dem Erlebten erholen kann. Ich habe gestern kurz mit ihrer Mutter gesprochen, sie will aus Westheim wegziehen. Zurück in die Heimat." Gusenberg lehnte sich in seinem Bürostuhl zurück.

„Hat die Schildkröte einen Namen?"

„Ja. Er hat einen Namen. Ann hat ihn Diddy getauft, aber das ist meiner Meinung nach nur ein Spitzname. Ich habe beschlossen, ihn Diogenes zu nennen, weil er auch irgendwie in einer Tonne lebt."

Maryanne lachte. „Du weißt, dass ein Haustier eine große Verantwortung ist."

Die Ermittlerin riss ein Salatblatt ab und legte es in den Karton, der mit der neuesten Ausgabe des Westheimer Kuriers ausgelegt war.

„Das verkorkste Leben der Horroranwältin", las Maryanne vor. „Wieso wundert es mich nicht, dass der

Artikel von unserem Freund Moritz Lankau ist? Hast du den Artikel gelesen?"

„Ja. In dem Bericht steht, dass sie sich selbst verteidigen will, auch wenn ihr die Anwaltskammer die Approbation entzogen hat, außerdem sticheln sie gegen Siemion Löffler, dass er nichts zu dem Fall sagt. Ich bin ja froh, dass wir nicht die Einzigen sind, denen er die kalte Schulter zeigt. Was sollte er auch anderes sagen?" Gusenberg zuckte mit den Schultern. „Für ihn ist alles gesagt, er selbst hatte mit dem Fall damals nichts zu tun und er hat uns das ärztliche Gutachten geschickt, dass sein Vater nicht vernehmungsfähig ist. Sollte Löffler Senior wirklich den Prozess verschleppt haben, um Freunde zu schützen, wird er das mit ins Grab nehmen."

„Glaubst du, dass es so war?", fragte Maryanne.

„Ich weiß es nicht. Aber ich kann es mir gut vorstellen. Vollbrecht war damals wie heute nur ein kleines Licht, der allein wegen des Geldes bei der Sache mitgemacht hat. Als er gemerkt hat, in was für einem Haifischbecken er gelandet war, war Hettrich schon tot und er verurteilt."

Das Faxgerät piepste. Der Ermittler stand auf und räumte das technologische Relikt, das in den letzten Jahren nur als Ablage gedient hatte, frei. Knackend und rasselnd warf es ein Blatt nach dem anderen aus.

Vollbrecht hatte ausgepackt, er hatte eine bizarre Geschichte erzählt, bei der alle Fäden bei einem Mann zusammenliefen – Biggy. IT-Spezialist, Geschäftsmann und Triebtäter. Vollbrecht hatte einen Namen genannt, hatte beschrieben, wie sie damals das Studio aufgegeben hatten und wie Biggy sich mit dem Geld nach

Amerika abgesetzt hatte, um sich ärztlich behandeln zu lassen. Hatte darüber gesprochen, wie Cecillia von Amtsstätten ihn gezwungen hatte, wieder aktiv zu werden. Der Ermittler griff sich das erste Fax.

„Der Totenschein." Er überflog die grobpixelige Kopie. „Laut des Arztes, Dr. John Stelmore, starb der Mann, der sich Biggy nannte, vor mehr als fünf Jahren an den Folgen einer AIDS-Erkrankung."

Gusenberg reichte Maryanne das Fax und las das Begleitschreiben.

„Er wurde in einem Armengrab in Pennsylvania bestattet. Kein Wunder, dass wir ihn nicht finden konnten." Gusenberg schüttelte den Kopf. Wer konnte ahnen, dass der Schatten der Vergangenheit schon längst von dieser verschlungen worden war? Biggy war tot, Cecillia seine perverse Thronfolgerin. Sie hatte die Fäden gezogen und das lukrative Geschäft weitergeführt, bis zu dem Tag, als ihr Melissa in die Hände fiel. Gusenberg klaubte die restlichen Zettel zusammen und legte sie auf den Schreibtisch.

„Ich werde Franka darüber informieren, dass der Totenschein vorliegt. Dann können wir das Kapitel Biggy endlich schließen und danach muss ich mit Diogenes zum Tierarzt, ich möchte ausschließen, dass er durch das Feuer irgendwelche bleibenden Schäden genommen hat. Wir sehen uns dann morgen wieder."

Gusenberg griff sich den Schuhkarton und verließ das Büro.